Fel yr Haul

Eigra Lewis Roberts

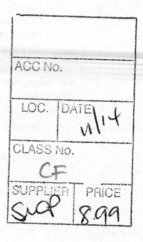

Gomer

Cyhoeddwyd yn 2014 gan
Wasg Gomer, Llandysul, Ceredigion SA44 4JL
www.gomer.co.uk

ISBN 978 1 84851 552 9

Dymuna'r cyhoeddwyr gydnabod cymorth ariannol
Cyngor Llyfrau Cymru.

Argraffwyd a rhwymwyd yng Nghymru gan
Wasg Gomer, Llandysul, Ceredigion

Diolchiadau

Dymunaf gydnabod Luned Whelan am ei gwaith, Cyngor Llyfrau Cymru a phawb yng Ngwasg Gomer am eu cyfraniad.

Diolch i:

Rhian Davies am fy nghyflwyno i Morfydd drwy gyfrwng ei chyfrol ddarluniau *Yr Eneth Ddisglair Annwyl*.

Nest Price, wyres Ruth a Herbert Lewis a merch Citi, am fy nghroesawu i Blas Penucha ac am sgwrs ddiddorol.

Ac i Llew am fod yma i mi, fel bob amser.

Ni chaiff llaw yrthiaw wrthi,
Nac ymafael â'i hael hi.
Trannoeth y dyrchaif hefyd,
Ennyn o bell o nen byd.

('Morfudd fel yr haul', Dafydd ap Gwilym)

1

Dringodd y gweinidog yn araf i'w nyth eryr ym mhulpud Charing Cross. Mewn deng mlynedd o esgyn y grisiau, dyma'r tro cyntaf iddo orfod rhoi ei bwysau ar y canllaw a'i orfodi ei hun i symud ymlaen, y tro cyntaf erioed iddo deimlo nad oedd ganddo hawl i fod yma. Ond onid dyma'i le – y galon Gymreig oedd yn curo yn y corff estron, y cartref oddi cartref i bob alltud? Onid yma y cafodd ei arwain ar drothwy canrif newydd, a'r hen frenhines wedi gorfod ildio'r awenau i'r Bertie na allai edrych arno heb deimlo ias o gryndod? Erbyn hynny,roedd hi tu hwnt i falio beth a ddeuai o'i gwlad druan hebddi ac wedi ymuno â'i hannwyl Albert yn Frogmore. Daethai teyrnasiad trigain a thair o flynyddoedd i ben, ac erbyn gwanwyn 1901 roedd y tymor galaru drosodd. Er bod gan rai eu hamheuon a'u hofnau, roedd y rhan fwyaf yn croesawu gwres yr haul ar eu hwynebau wedi'r düwch a'r digalondid a lynai wrth y weddw fach, hyd yn oed pan ddychwelodd o'i hencil yn Osborne i ddathlu ei dwy jiwbilî.

Wedi rhwysg y Coroni ar y nawfed o Awst 1902, camodd yr etifedd i'w deyrnas o'r diwedd. Cyn pen dim, roedd Bertie wedi troi ei gefn ar 'my dear Osborne' ac wedi gweddnewid Palas Buckingham o fod yn ddim ond amgueddfa er cof am Albert, er iddo haeru, pan fu farw'i fam, y byddai'n ymdrechu hyd yr eithaf i ddilyn ôl ei chamau.

Yn dawel bach, roedd Peter Hughes Griffiths yn gobeithio nad oedd y tywysog wedi sadio gormod wrth heneiddio, er na feiddiai ddweud hynny ar goedd. Wrth iddynt wylio'r cerbyd brenhinol yn mynd heibio ar ei ffordd i Abaty Westminster, ymunodd Mary ac yntau â'r dyrfa i ddymuno'n dda i un oedd, o leiaf, yn haeddu'r cyfle i'w brofi ei hun yn deilwng o wisgo'r goron. Roedd Llundain ar ei mwyaf ysblennydd y diwrnod hwnnw, ac yntau'n camu i'w deyrnas yr un mor hyderus â'r brenin newydd, ei angel wrth ei law. Flwyddyn yn ddiweddarach, roedd wedi ei adael yn unig, a'r ddinas a fu'n llawn addewid wedi troi'n fedd – yn fedd ac yntau'n fyw.

Teyrnasiad byr fu un Edward, wedi'r holl aros. Pylodd yr haul pan ddaeth ei fab, George, syber a chonfensiynol, i gymryd ei le, ond nid oedd hynny'n mennu dim ar un nad oedd ganddo bellach neb i rannu ei gynlluniau a'i obeithion. Bwriodd i'r gwaith o gadw'r galon i guro yn y corff estron gan geisio mygu'r hiraeth oedd yn ei fygwth. Byddai wedi llwyddo petai heb ildio i'r demtasiwn o roi ar bapur, yn ei gyfrol ysgrifau *Llais o Lundain*, feddyliau y dylai fod wedi eu cadw'n gudd. Sawl gwaith yn ystod yr wythnosau diwethaf yr oedd wedi ailddarllen y geiriau ac ysu am allu troi gair yn weithred? Mynd i Paddington neu Euston i gyfarfod pob trên o Gymru, a syrthio ar ei liniau i ofyn i blant Cymru fynd yn ôl; erfyn arnynt i ddychwelyd cyn i'r ddinas, nyth o lygredd a thomen o bechod, eu sugno i'w throbwll. A neithiwr, ni allai oddef rhagor.

Siwrnai gwbl ofer fu honno. Hyd yn oed petai wedi mentro codi ei lais, byddai hwnnw wedi mynd ar goll yng nghanol berw Paddington, ac wedi suddo o'r golwg fel y Cymry diniwed a heidiai i'r brifddinas yn llawn gobaith. Yn dod ac yn dal i ddod o hyd. Ac yntau'n ddigon haerllug i gredu y gallai atal hynny. Pa hawl oedd ganddo ef i fynegi barn ar ran y miliynau na fyddai byth yn un ohonynt? Bwrw'i lach ar ddinas a roddodd iddo do uwch ei ben a bwyd ar ei fwrdd. Sut y gallai fod mor ymhongar â chredu fod ganddo rywbeth gwerth ei ddweud ac nad ar dafod yn unig yr oedd i bob barn ei llafar?

Dychwelodd i Highgate Road, y tarth yn glynu wrtho ac yn rhewi'n ddafnau chwys ar ei gnawd. Rywdro yn ystod oriau rhynllyd y nos, a'i angen am Mary yn fwy nag erioed, sylweddolodd nad oedd ganddo ddewis ond rhoi'r gorau i'w bulpud a'i waith. A'r bore hwnnw, wrth iddo ddilyn y strydoedd llaith, a methiant truenus neithiwr yn ei watwar bob cam o'r ffordd, roedd y penderfyniad wedi ei wneud.

Llwyddodd, drwy hir brofiad, i gyflwyno'i bregeth heb faglu, ond pan ddaeth i lawr y grisiau i'r sêt fawr, ni allai gofio gair ohoni. Roedd ei ddewis o emyn yn fynegiant o ddyhead y gwas a'i cawsai ei hun yn brin o'r adnoddau yr oedd eu hangen ar weithwyr Duw:

Mi af ymlaen yn nerth y nef,
Tua'r paradwysaidd dir;
Ac ni orffwysaf nes cael gweld
Fy etifeddiaeth bur.

Ac yntau â'i fryd ar gael gadael y lle nad oedd ganddo hawl arno bellach, daeth yn ymwybodol o'r llais oedd yn treiddio drwy'r gynulleidfa.

Dilynodd y llais hwnnw i sedd y teulu Lewis, ond ni allai weld wyneb y ferch ifanc a safai yno gan fod cantel llydan ei het yn ei guddio.

Sylwodd Ruth Herbert Lewis fod llygaid y gweinidog yn crwydro i'w cyfeiriad. Er bod Herbert ei gŵr ac yntau'n ffrindiau mawr, a'r Citi bedair ar ddeg oed yn ei hanner addoli, gallai'r dyn fod y tu hwnt o blagus ar adegau. Diolchodd nad oedd Citi yno'r bore hwnnw i fod yn dyst i'r bregeth. Roedd clywed y gweinidog yn cyhoeddi o'i bulpud fod yn Llundain fwy na thrigain mil o ladron a chan mil o buteiniaid, dros fil ohonynt o fewn tafliad carreg i Charing Cross, yn amlwg wedi tarfu ar sawl un. Ofnai Ruth Herbert y byddai Miss Davies, Park View, yn llewygu yn y fan a'r lle pan ofynnodd, 'A fu Sodom, neu Fabilon, neu Rufain, erioed mor annuwiol ag yw Llundain?' Credai ei thaid Brown hi, tad ei mam, yr oedd iddo'r fath barch yng nghapel Myrtle Street, Lerpwl, mai dyletswydd gweinidog oedd cynnig cysur i'w aelodau, ac ni chymerai mo'r byd â'u dychryn yn y fath fodd.

Nid oedd eu Mr Griffiths hwy fel pe bai'n ymwybodol ei fod wedi tarfu ar neb. Roedd ei lygaid erbyn hyn ynghau a gwên lydan ar ei wyneb. Boddwyd synau bygythiol neithiwr gan y nodau crisial oedd yn ei gario ymhell o gyrraedd lleithder a düwch bore o Dachwedd wrth iddo rwyfo'n ôl o draeth Llansteffan, a'r cwch bach yn agor llwybr arian drwy'r lli. Yr haul yn boeth ar ei war, y sicrwydd ifanc yn nerth yn ei gyhyrau, a'r llawenydd yn chwyddo wrth iddo nesáu at Ffynnon Ynyd, ei gartref yng Nglanyfferi. Clywed, i gyfeiliant y nodau, leisiau ei gynefin, ei fam yn galw 'dewch i mewn', yn groeso i gyd, a Gyp yn ei hategu â'i gynffon. Gwybod y byddai'r teulu yno'n ei ddisgwyl – Flo a Lisi a'i frodyr, yn gyfan unwaith eto wedi'r bylchu creulon, ei dad ar ei liniau yn gofyn bendith, a hwythau'n cau'n gylch amdano.

Cyhoeddodd y fendith yr un mor ddidwyll ag arfer, cyn brysio i'r cyntedd i gyfarch ei aelodau. Cerddodd Miss Davies heibio iddo, ei gwefusau wedi eu pletio'n dynn. Mae'n rhaid ei fod wedi dweud rhywbeth i'w ddigio. Nid hwn fyddai'r tro cyntaf, na'r tro olaf chwaith, mae'n siŵr. Ond, a gwres ei gynefin yn dal i gydio wrtho, ni fyddai hynny wedi tarfu arno heddiw, er iddo ofni am funud fod Ruth Herbert am ddilyn ei hesiampl a chipio perchennog y llais i'w chanlyn. Camodd ymlaen nes ei gorfodi i aros, ac estyn ei law iddi.

'Bore da, Mrs Lewis.'

'Bore da, Parchedig.'

Heibio i gantel llydan yr het, syllai pâr o lygaid tywyll yn chwilfrydig arno.

'Mae pleser gennyf cyflwyno Miss Morfydd Owen, o Trefforest. Student yn y Royal Academy Cerddorol.'

Llaw fechan oedd gan Miss Owen, ond yr un mor gynnes â'r llais a roesai'r fath wefr iddo.

'Croeso i chi aton ni, Miss Owen. A shwd y'ch chi'n dygymod â'r brifddinas?'

'Ma'n wahanol iawn i Drefforest.'

'Yn wahanol i bobman.'

Edrychodd Ruth Herbert yn rhybuddiol arno.

'Esgusoder ni, Mr Griffiths.'

''Se'n well i fi fynd 'nôl i'r llety, Mrs Lewis. Ma 'da fi waith iddi gwpla erbyn bore fory.'

'Not on an empty stomach. Dewch, Morfydd.'

Ni fyddai croeso iddo ef wrth fwrdd 23 Grosvenor Road heddiw, roedd hynny'n amlwg. Gadawodd y capel a'i fryd ar geisio dal ei afael am ryw hyd eto ar y tir paradwysaidd a'r darlun o'r teulu cytûn y bu unwaith yn rhan ohono.

2

Pan glywodd guro ar ddrws 69 Sutherland Avenue, Maida Vale, croesodd Morfydd at y ffenest a sbecian allan. Ciliodd yn ôl yn sydyn gan roi ei bys ar ei gwefus.

'Who is it?' holodd Ethel, un o'i chyd-letywyr.

'An old acquaintance of mine from school.'

'Shall I let her in?'

'No! She's a spy.'

'Don't be silly, Morffith. She must be freezing out there.'

'Good. Don't you dare open that door.'

Ond roedd Ethel eisoes ar ei ffordd.

'Leave the talking to me, for heaven's sake,' galwodd ar ei hôl. Roedd hynny'n ormod i'w ofyn gan un na wyddai ystyr y gair tawelwch.

Byddai'n ymarfer canu am oriau bob dydd, ei llais contralto dwfn yn cyrraedd i bob twll a chornel o'r tŷ. Mae'n wir fod ganddi galon fawr ac nad oedd ddim dicach pan fyddai un ohonynt yn bygwth ei boddi hi a'i llais yn y gamlas, ond yn anffodus roedd popeth arall o'i chwmpas yr un mor fawr.

Drwy gil ei llygad, gallai Morfydd weld Maud yn swatio yn y cyntedd fel llygoden fach wedi ei chornelu. Gobeithio'r annwyl na fyddai Ethel yn sôn am y 'rotten feeds' a'r barodi luniodd y ddwy ohonynt ddoe ar 'To a Skylark' Shelley, ar ôl pryd mwy truenus nag arfer – 'Hail to thee, brown syrup! Jam, thou never wert'.

Dyna'n union beth wnaeth hi, wrth gwrs, cyn dychwelyd i'r ystafell gan wthio Maud o'i blaen. Syllodd honno'n bryderus ar Morfydd.

'Shwt y'ch chi, Morfydd fach?' holodd yn floesg.

'If you're asking how the poor girl is, I'll tell you.'

Gwasgodd Morfydd ei dyrnau.

'Don't let us keep you from your studies, Ethel.'

'Thank you, Morffith. I'll try not to disturb you both.'

Fe gei di aflonyddu faint fynni di arnon ni, meddyliodd Morfydd, bloeddio ar ucha dy lais nes codi ofan ar yr ysbïwraig fach yma a'i hala hi 'nôl gatre i gario clecs i Sarah Jane Owen, Wain House, Trefforest. Wrth iddi wylio Ethel yn brasgamu ar draws yr ystafell, diolchodd nad oedd y merched eraill yno i'w chlywed yn ei hannog i fyddaru pawb.

'Mae hi'n ferch fowr, on'd yw hi?'

'Pidwch talu gormod o sylw iddi, Maud.'

'Beth o'dd hi'n dreial weud abythdu jam?'

'Jôc fach, 'na i gyd.'

'O'dd e ddim yn swno'n ddoniol i fi.'

O, nag oedd, ymhell o fod yn ddigri. Ond ni châi hon, oedd wastad fel petai'n cario beichiau'r byd ar ei hysgwyddau, wybod hynny.

'Chi'n dishgwl yn welw iawn, Morfydd.'

'Wy'n iawn. A 'na'n gwmws beth chi'n mynd i weud 'tho Mama.'

'Wy ddim yn 'i gweld hi ond yn yr oedfa yn Saron.'

14

'Dewch nawr, Maud. Hi halws chi 'ma, yntefe?'

Gwridodd Maud hyd at fôn ei chlustiau. Beth oedd ar ben ei mam yn anfon hon yn gennad drosti?

'Ddicwyddes i sôn bo fi'n dod i Lunden i ymweld â Jane, 'y nghyfnither.'

'Ddyle hi ddim fod wedi mynd ar 'ych gofyn chi.'

'Fi gynigodd alw 'ma. Ma'ch rhieni'n becso'n ofnadw gan taw chi yw'r unig ferch, ac nad y'ch chi wedi bod oddi catre o'r bla'n.'

'Fues i yn y coleg yng Nghaerdydd am ddwy flynedd.'

'Ond nace Caerdydd yw Llunden. Wy'n ffaelu cretu bo'ch tad 'di gadel i chi ddod 'ma ac ynte mor strict.'

Ni fyddai Tada byth wedi cytuno oni bai i Eliot allu ei berswadio'i bod yn ddyletswydd arno i roi cyfle iddi ddatblygu ei thalent. Eliot Crawshay-Williams, yr Aelod Seneddol addawol, un mlynedd ar ddeg yn hŷn na hi, y rhoddodd ei chalon iddo'r tro cyntaf iddynt gyfarfod yn yr ystafell fach foel honno yng Ngholeg y Brifysgol, Caerdydd, dros flwyddyn yn ôl bellach. Y gŵr a'r tad nad oedd ganddi unrhyw hawl arno. Beth fyddai gan Tada, na adawai i'r un bachgen ddod dros riniog Wain House, i'w ddweud pe gwyddai am y dyddiau a dreuliodd Eliot a hithau ym Mhorthcawl? Byddai'n difaru'i enaid iddo ofyn caniatâd Eliot i gyhoeddi'r gân a luniodd Morfydd ac yntau o'i gerdd 'Lullaby at Sunset'. Roedd un peth yn sicr – yno yn Nhrefforest y byddai hi heddiw, yn glyd ac yn gynnes a'i stumog yn llawn, ond yn afradu ei dawn yng Nghapel Saron ac ar lwyfan Neuadd y Dref, Pontypridd.

A beth fyddai gan y Maud yma, yr oedd hi a'i ffrindiau yn Ysgol Sir Pontypridd wedi tynnu arni'n ddidrugaredd, i'w ddweud petai'n aelod o gynulleidfa Charing Cross y Sul diwethaf? Byddai wedi dychryn am ei bywyd, fel y Miss fach y bu ond y dim iddi lewygu, yn ôl Ruth Herbert. Roedd y gweinidog wedi bod dan y lach bob cam nes iddynt gyrraedd Grosvenor Road. Ond er bod hynny yr un mor anodd ei oddef â chanu Ethel, roedd arogl y cinio Sul yn ddigon i wneud iawn am y cyfan. Druan o'r Mr Griffiths â'r wyneb ffeind a'r llygaid trist, oedd wedi ildio'r hawl honno.

Yn ddirybudd, daeth oernad o'r ystafell uwchben a barodd i Maud neidio ar ei thraed.

'Beth yw'r sŵn erchyll 'na?'

'Y ferch fowr sy'n tiwno'n barod am gwpwl o orie o ymarfer.'

'O, diar. Man a man i fi fynd, 'te.'

Agorodd Morfydd y drws iddi, a'i gau ar ei sodlau, bron. Nid oedd unrhyw ddiben gofyn iddi gadw'r hyn a welsai ac a glywsai iddi ei hun. Roedd ei mam wedi dewis yn ddoeth, wedi'r cyfan. Ni châi ond y gwir, a dim ond y gwir, gan un na allai ddweud celwydd i achub ei bywyd.

Nos yfory, câi rannu ei chwŷn ag Eliot dros baned yn y caffi yn Kensington. Byddai yntau'n pwyso arni, fel y gwnaeth ddechrau Medi, i symud i fyw at Alice ac yntau yn Aubrey Road, Campden Hill. Ond sut y gallai oddef gorfod gorwedd yno am y pared ag ef a'i wraig, gan wybod na fyddai byth yn eiddo iddi? Roedd yn haws dygymod â'r 'rotten feeds' a'r

Ethel a'i gwnâi mor anodd iddi ganolbwyntio ar ei gwaith coleg. O leiaf roedd honno wedi gwneud cymwynas â hi, am unwaith, drwy gael gwared â'r ysbïwraig fach.

Wrth iddi fynd heibio i ystafell Ethel, llwyddodd i wrthsefyll y demtasiwn o ddyrnu ar y drws a gweiddi arni i gau ei cheg. Go brin y byddai'n rhaid iddi ei goddef yn hir eto. Unwaith y câi William a Sarah Jane Owen wybod am sefyllfa eu hunig ferch yn Llundain, deuai'r alwad i ddychwelyd i Drefforest. A byddai goresgyn yr alwad honno yn hawlio'r ychydig nerth oedd ganddi.

3

Oedodd y ddau gyfaill yn ystafell saith Oriel Tate, Millbank, eu cefnau at y ffenestri uchel a'u llygaid wedi eu hoelio ar y mur gyferbyn.

'Fe allwn ni ddiolch fod yr awdurdodau wedi gweld y goleuni o'r diwedd, Peter.'

Syllodd y ddau ŵr canol oed parchus, y naill yn weinidog ar un o gapeli mwyaf llewyrchus Llundain a'r llall yn Aelod Seneddol, â'r un rhyfeddod ar y darluniau a adferwyd o dywyllwch y seler wedi hanner canrif.

'Ro'dd eu tywyllwch yn fwy Eifftaidd na thywyllwch y seler, Herbert. Mae hynny yn hala 'ngwa'd i ferwi.'

Wrth weld y mwstásh bach yn codi fel gwrychyn cath, trawodd Herbert ei law yn ysgafn ar ysgwydd ei ffrind a'i arwain i eistedd ar un o'r meinciau.

'Shwt allen nhw fod wedi anwybyddu'r fath athrylith? Joseph Mallard William Turner, mab yr eilliwr bach o Maiden Lane, na chafodd nemor ddim addysg, ei dad yn crafu byw a'i fam druan wedi colli'i phwyll. Ac i feddwl fod pobl heddiw, a ni'r Cymry'n fwy na neb, yn cwyno eu bod yn cael cam, pan nad oes dim ond eu diogi a'u llwfrdra eu hunain i'w feio am hynny.'

'Geirie cryfion, Peter.'

'A 'na'r cyfan y'n nhw . . . dim ond geirie un o'r Cymry llwfwr, diymadferth fu mor ymhongar â defnyddio'i bulpud i gystwyo pawb ond fe'i hunan. Ry'ch chi 'di clywed 'bytu'r bregeth fore Sul, mae'n siŵr.'

'Do, ac wedi darllen y gyfrol ysgrifau.'

'Yn cynnwys yr un ar Lundain, nad o'dd 'da fi bripsyn o hawl ei sgrifennu?'

Roedd Herbert ar fin awgrymu ei bod, efallai, ychydig yn rhy lym, ond daliodd y geiriau'n ôl pan welodd y gofid yn cymylu wyneb caredig un na fyddai byth yn achosi poen bwriadol i neb.

'Mae ganddoch chi hawl i'ch barn, fel pawb arall, Peter.'

'Ond nid i roi'r farn honno ar ffurf pregeth. A nage 'na beth o'n i wedi'i baratoi. O, na, "Myfi yw'r bugail da", 'na beth o'dd y testun i fod – y bugail da sy'n rhoi ei einioes dros ei ddefaid. Ond, erbyn meddwl, rhyfyg llwyr ar ran un o weision y bugail hwnnw, nad oes ganddo ddim i'w gynnig, fyddai hynny hefyd. A'r peth gwaethaf oll o'dd na allen i gofio 'run gair ddwedes i, fel tase rhywun arall wedi bod yn siarad ar fy rhan i . . . y diafol, falle.'

'Go brin, er bod hwnnw'n un garw am frolio! Deudwch i mi, Peter, be'n union oeddech chi'n gobeithio'i wneud ar ôl cyrraedd yr orsaf?'

'Mynd ar fy nglinie i erfyn, ontefe?'

'A chael eich ysgubo o'r ffordd, eich taro i'r llawr, a'ch gadael yno . . . yn eich gwaed? Meddyliwr ydech chi Peter, nid y Dafydd a fedrodd lorio Goleiath efo'i ffon dafl. Fydde waeth i chi drio atal llif afon Tafwys ddim.'

''Na pam wy 'di paratoi'r llythyr hwn i'w roi i'r diaconied.'

Estynnodd bapur o'i boced. Gwyddai Herbert yn iawn beth fyddai ei gynnwys ond rhoddodd gweld y geiriau ar bapur ysgytwad iddo.

'Ydech chi wedi meddwl o ddifri beth mae hyn yn ei olygu, Peter?'

'Dyma'r unig ateb.'

'A beth fydde gan Mary i'w ddweud?'

Er bod dagrau'r hiraeth nad oedd y blynyddoedd wedi lleddfu dim arno yn llenwi'i lygaid, roedd ei lais yn gadarn ac yn bendant.

'Wy'n gwybod na fydde hi am i mi ddala swydd nad wy'n deilwng ohoni.'

'Fe fydd hyn yn siom fawr i Citi. Mae ganddi gymaint o feddwl ohonoch chi.'

'Yn wahanol i'w mam.'

'Mi wn i fod Ruth a chithe'n anghytuno weithe.'

Gallai Herbert Lewis A.S. ddal ei dir ar lawr y Tŷ, a dadlau gyda'r gorau, ond gwyddai mai ymdrech ofer ar ei ran fyddai ceisio perswadio rhywun yr oedd ganddo'r fath barch tuag ato i ailystyried.

'Ydech chi am ddod draw acw am de cyn troi am adre, Peter?' holodd yn obeithiol.

'Wy ddim yn credu dylen i.'

'Mi fyddwn i'n gwerthfawrogi'ch cwmni chi. Mae Ruth wedi mynd i ymweld â Hannah, ei chwaer.'

Gan daflu un olwg olaf ar waith arlunydd y golau, gadawodd y ddau yr oriel a chychwyn cerdded gyda glan afon Tafwys i gyfeiriad Grosvenor Road. Gollyngodd Herbert ochenaid fach. Gyda lwc, byddai Ruth wedi cyrraedd adre o'i flaen a gallai, er cywilydd iddo, drosglwyddo'r cyfrifoldeb iddi hi.

Ar waethaf brath y gwynt, symudai'r gweinidog fel rhywun mewn breuddwyd, gan oedi weithiau i syllu i'r llif, er nad oedd yn yr olygfa ddim i'w hedmygu heddiw. Yna'n gwbl ddirybudd, meddai:

'Ody'r gantores fach o Drefforest yn sefyll 'da chi?'

'Na, mewn llety yn Maida Vale.'

'Gwrddes i hi'r Sul diwetha.'

'Ddwedodd Ruth wrthoch chi ei bod hi o linach y Pêr Ganiedydd?'

'Un o'i emyne fe o'n ni'n ganu pan glywes i'r llais. O'dd e'n brofiad mor hyfryd, camu o'r tarth a'r oerni i'r haul. Y paradwysaidd dir, Herbert.'

'Glanyfferi, ie?'

'O'n nhw i gyd yno'n fy nisgwyl i, hyd yn oed y brawd bach golles i, yn iach ac yn llond 'i gro'n.'

Y profiad hwnnw oedd wedi ysgogi'r wên y cyfeiriodd Ruth ati, mae'n rhaid – yr un oedd wedi tarfu arni'n fwy na'r bregeth, hyd yn oed.

''Sda fi ddim esgus dros ddianc, esgeuluso 'nyletswydd.'

'Dim ond dychwelyd dros dro, Peter. Ryden ni i gyd angen hynny.'

''Da Fe mae popeth y dylen i fod 'i angen.'

Roedden nhw wedi cyrraedd y tŷ. Ofnai Herbert yn ei galon y byddai Peter yn troi ar ei sawdl ac yn gadael. Gafaelodd yn ei fraich a'i dywys i fyny'r stepiau. Safai Ruth o flaen y drych yn y cyntedd, wrthi'n tynnu'r pinnau o'i het.

'Chi gartref, Herbert!'

Gwenodd arno, ei llygaid gleision yn pefrio. Ond ciliodd y wên pan welodd y gofid ar wyneb ei gŵr.

'Oes rhywbeth yn bod?'

'Newydd drwg sydd gen i, mae arna i ofn. Ydech chi am ddweud wrthi, Peter?'

'Na, gwedwch chi.'

Camodd y gweinidog ymlaen i'r golau a golwg druenus arno.

'A pwy ydych wedi ypsetio tro hyn, Parchedig?'

'Mae'n flin 'da fi, Mrs Lewis.'

'Mae Peter yn bwriadu ymddiswyddo, Ruth.'

'Ymthi. . . beth?'

'Gadael Charing Cross a'r weinidogaeth.'

'Ond gallwch chi ddim gwneud hynny.'

'Fe fydd y diaconied yn derbyn hwn cyn nos.'

Estynnodd Peter y llythyr o'i boced.

'Darllenwch e os y'ch chi moyn.'

Chwifiodd Ruth ei llaw i gyfeiriad y llythyr.

'Is it because of that unfortunate sermon?'

'O'dd bai mowr arno i.'

Diflannodd y tynerwch o'r llygaid. Hon oedd y Ruth na fyddai'n petruso codi llais i amddiffyn ei daliadau.

'I will say this once, and once only, Reverend, and in my mother tongue so that there can be no misunderstanding. You are the most annoying of men, and a very unwise one. Standing there in the sêt fawr, having caused your congregation such distress, smiling without a trace of remorse.'

'Fe alla i egluro hynny, Ruth.'

'Arbedwch dy anadl, Herbert. Now, put that letter out of sight, Mr Griffiths, and we'll say no more about it. O'r golwg, o'r meddwl.'

'Ond . . .'

'We need you, Parchedig, and you certainly need us.'

Canodd Ruth y gloch i alw un o'r morynion.

'A nawr, yn iaith fy gŵr, fi'n credu ni gyd yn haeddu eli y calon.'

'A thafell o fara brith Penucha os oes peth yn weddill, Ruth.'

Yn ystafell foethus ei gartref ar lan afon Tafwys, suddodd yr Aelod Seneddol i'w gadair, blas ei hen gartref, Plas Penucha, Caerwys, ar ei dafod a'r rhyddhad yn llifo drwy'i gorff, er iddo orfod cydnabod iddo'i hun nad oedd wedi gwneud dim i haeddu'r naill na'r llall, a bod y diolch i'r wraig oedd ar hyn o bryd yn syllu ar y mwyaf plagus o ddynion ag adlewyrchiad o'r tynerwch yn ei llygaid gleision.

4

Er bod Morfydd wedi gadael y capel gynted ag oedd modd fel ei bod yno wrth y giât yn aros am Maud, roedd ysbïwraig Sarah Jane Owen wedi cael y blaen arni ac yn trotian i lawr Stryd Saron. Gan godi godre'i sgert ac anwybyddu llais cydwybod, oedd yn gwahardd unrhyw ymddygiad anweddus ar y Sul, aeth i'w dilyn nerth ei thraed a llwyddo i ddal i fyny â hi cyn cyrraedd cyffordd Stryd y Bont.

'Beth yw'r hast, Maud? Chi'n treial 'yn osgoi i, y'ch chi?'

'Pam fydden i'n neud 'ny?'

Roedd llygoden fach Maida Vale yn amlwg wedi magu peth hyder, yma ar ei thir ei hun.

'Cydwybod euog, falle?'

''Shgwlwch, ma'n rhaid i fi fynd.'

Cythrodd Morfydd am ei braich i'w dal yn ôl.

'Pidwch meiddio hwpo'ch trwyn i 'musnes i byth 'to. Clecan, achwyn arno i.'

'Netho i ond gweud y gwir, Morfydd. A 'na beth ddylech chi fod wedi'i neud, nace twyllo'ch rhieni.'

Ysgydwodd ei hun yn rhydd o afael Morfydd a'i gadael yn sefyll yn syfrdan ar y gornel. O bellter, clywodd lais ei mam yn gofyn,

'O'ch chi'n cweryla 'da Maud, Morfydd?'

Heb geisio celu'i dicter, meddai Morfydd yn wawdlyd,

'A hithe'n un mor barod 'i chymwynas?'

'Wetoch chi 'thi bo chi'n symud llety wedi'r Nadolig?'

'Na. Dyw e'n ddim o'i busnes hi.'

Roedd rhai o ferched y capel wedi oedi i glustfeinio ac yn syllu'n chwilfrydig arnynt.

'Dewch. Nace 'ma'r lle i drafod hyn.'

Nid oedd fawr o drafod wedi bod, nawr fod ei harhosiad yn Sutherland Avenue ar ben. Ar ei noson olaf yno, roedd hi wedi arwain Ethel allan o'r tŷ ac i lawr y grisiau carreg i'r ffordd, ei siarsio i gau ei cheg, a gwrando.

'What am I supposed to hear, Morffith?' holodd hithau.

'The silence, Ethel.'

'My God, is that what it is?'

Y munud nesaf, roedd hi wedi dychwelyd i'r tŷ gan ddweud na allai oddef rhagor, a'r bloeddio arferol yn rhwygo'r tawelwch.

'O'dd Tada'n gofyn y'ch chi'n folon whara'r organ yn y Parc yn y cwrdd heno.'

'Wrth gwrs 'ny.' Yn fwy na bodlon, gan na fyddai'n rhaid iddi wynebu Maud eto cyn dychwelyd i Lundain. Pwy fyddai'n credu y gallai perchennog y galon lân a'r wefus bur fod mor fileinig â'i chyhuddo hi o dowlu llwch i lygaid ei rhieni? Onid iddi hi yr oedd y diolch am ddioddef cyhyd rhag peri gofid i'r ddau?

'Ma'n dda'ch cael chi gatre, Morfydd.'

'Ac yn dda bod gatre, Mama.'

Mor wir, wedi'r wythnosau o rynnu yn yr ystafell wely fawr, ddrafftiog, ei bysedd fel talpiau o rew a'i stumog yn brifo o eisiau bwyd. Byddai wedi bod yn arw arni oni bai am Ruth Herbert a'i 'bwytewch fel petasech adref' wrth y bwrdd cinio yn Grosvenor Road. Byddai gadael am Lundain yn fwy fyth o rwyg y tro hwn, ond ni chymerai mo'r byd â chyfaddef hynny.

Syniad Tada oedd codi eglwys y Parc ar gyfer rhai o aelodau Saron oedd yn cael trafferth deall iaith y nefoedd, fel eu bod yn cael yr un chwarae teg â'r Cymry. Ond er ei bod mor gyfarwydd â'r chwaer fawr, roedd hi yn ei helfen wrth organ fach y Parc y noson honno. Teimlai fod ganddi hawl bersonol arni gan ei bod yn un o'r rhai fu yng Nghaerdydd yn ei dewis, dair blynedd ynghynt.

Yn gyndyn o symud, arhosodd nes bod pawb arall wedi gadael cyn mynd i ddilyn Princess Street am ei chartref.

'Nosweth dda, Miss Owen.'

Roedd y bachgen wedi camu i'w llwybr. Craffodd arno yn y golau pŵl.

'Georgie bach, London Stores! Ble ti 'di bod yr holl amser?'

'Bant.'

'Ond ti 'nôl nawr?'

'Dim ond paso drwodd, fel tithe.'

'Ddylet ti fod wedi dod mewn i'r capel. 'Nele dos o grefydd les i ti.'

'Paid dechre pregethu, Morfydd. Dere, ddwa i i dy ddanfon di gatre.'

'Cyn belled â Wain House, ife? A rhedeg bant cyn i ni gyrredd, fel o't ti'n arfer neud.'

''Na beth o't ti moyn.'

''Na beth o'dd raid i fi neud.'

'Ti'n dala i fod ofan dy dad?'

'Parchedig ofan, 'na beth yw e.'

'Os ti'n gweud. Ond wy ddim yn gadel heb y gusan 'na addawest ti i fi beder blynedd 'nôl.'

Cododd ar flaenau'i thraed a thynnu'i llaw dros y gwefusau meddal a'r cnawd llyfn. Ond cyn iddi allu cadw'r addewid, clywodd lais William, ei brawd, yn galw'n bryderus,

'Beth sy'n mynd mla'n, Morfydd?'

Camodd Morfydd yn ôl, ond daliodd Georgie ei dir, ac meddai yn orchest i gyd,

'Pidwch becso, ddwa i â hi gatre'n ddiogel.'

''Sdim angen 'ny, nawr bo fi 'ma.'

'William yw hwn, George . . . 'y mrawd i.'

'Wrth gwrs. Bodyguard arall, ife? Gadewch hi fod. Ma 'ddi'n ferch fawr nawr.'

Rhythodd William arno.

'Ti yw'r bachan a'th bant i whilo'i ffortiwn, yntefe? Ddest ti o hyd iddi hi?'

'Ddim 'to!'

Byddai Morfydd wedi rhoi'r byd, y munud hwnnw, am gael swatio yng nghesail Georgie bach, yno ar y stryd fawr heb falio pwy a'i gwelai, ond bu'r hen barchedig ofn yn drech na'r ysfa, fel arfer.

'Dere, Morfydd.'

'Nos da, Georgie. Tro nesa, ife?'

Cerddodd William a hithau am adref, fraich ym mraich. Cyn iddynt gyrraedd Wain House, meddai William,

'Weta i 'tho Tada bod rhai o'r menywod wedi dy ddala di 'nôl . . . moyn holi abythdu Llunden.'

"Sdim angen, William.'

'Ond ma 'ny'n neud bywyd yn rhwyddach, on'd yw e?'

Fin nos, yn y parlwr, aeth pawb a phopeth yn angof wrth iddi deimlo gwres a chysur ei chartref yn lapio amdani. Ei mam wrth y piano, William David a Richard Austin, bum mlynedd yn hŷn na hi, wedi hen adael i ddilyn eu llwybrau eu hunain ond yn dal yr un mor garcus o'u chwaer fach, a Tada, y codwr canu a'r arweinydd côr, yn llywio'r cyfan. A chyn noswylio, Tada a hithau'n canu'r gân a luniwyd ganddynt o gerdd Eliot, 'Lullaby at Sunset', yr un a fu'n gyfrwng i'w rhieni, o dan bwysau, gytuno i ollwng eu gafael arni.

A nodau hyfryd organ fach y Parc a'r canu wedi pylu, gorweddai Morfydd yn ei gwely yn sawru'r tawelwch na allai Ethel druan fyth ei amgyffred. Ychydig ddyddiau ynghynt, wrth iddi ffarwelio ag Eliot yng nghanol berw gwyllt Paddington, roedd hi wedi mynegi'r ofn na allai wynebu dychwelyd i Lundain. Gwyddai ef yn well na neb faint ei hunigrwydd a'i hiraeth, ond ni cheisiodd roi pwysau arni, dim ond sibrwd, 'You know what you have to do', a chyflwyno cerdyn Nadolig iddi. O oedd, roedd hi yn gwybod; yn gwybod mai dim ond pasio drwodd yr oedd hi, fel Georgie, ac mai rhywbeth ar fenthyg oedd heno.

Estynnodd am y cerdyn o'i guddfan dan y

gobennydd. Arno, roedd darlun o'r haul yn machlud,
a'r tu mewn eiriau Eliot ei hun:

> When we are old and worn and tired and gray
> And most, ah! far the most, shall we then rue
> Not things we did, but things we did not do.

5

Crwydrodd Herbert o un ystafell i'r llall, ond nid oedd na siw na miw o Ruth. Daeth o hyd iddi, o'r diwedd, allan ar y balconi a golwg wedi fferru arni.

'What on earth are you doing out here?'

'Cymraig, Herbert, os gwelwch fod yn dda.'

Gafaelodd yn ei llaw a'i harwain i eistedd wrth y tân.

'Beth sy'n eich poeni chi, Ruth?'

'Y Parchedig. Mae ef yn unigryw iawn.'

'Unig. "Unigryw" means unique. Er, mae'r gair hwnnw'r un mor addas i ddisgrifio Peter, erbyn meddwl.'

'Raid i ni gwneud rywbeth. "Nid da bod dyn ei hunan" . . . llyfyr y Genesis.'

'Dydw i ddim yn credu y dylen ni ymyrryd.'

'That word is one people always use as an excuse to sit back and do nothing.'

'Ond be fedra i ei wneud, mewn difri?'

Ysgydwodd Ruth ei phen yn ddiamynedd.

'Gadael ef i fi, Herbert.'

'Fe gawn ni drafod hyn rywbryd eto. Mae'n rhaid i mi fynd am y Tŷ, mae arna i ofn.'

'Ie, ewch. Fi yn disgwyl Morfydd yma.'

Gadawodd Herbert ei dŷ ei hun beth yn dawelach. Gyda lwc, byddai cael cwmni Morfydd yn help i symud meddwl Ruth, dros dro o leiaf. Suddodd ei galon pan welodd Morfydd yn ymlwybro'n araf tuag ato. Roedd hi'n fyr ei hanadl a'i llygaid tywyll yn ddau bwll llonydd yn ei hwyneb gwelw.

'Sut ydech chi, Morfydd?' holodd yn bryderus.

'Damed yn flinedig, 'na i gyd.'

'Yden nhw'n eich gweithio chi'n rhy galed tua'r coleg ene?'

'Mae'r gwaith beth yn drymach y tymor hyn, rhwng y cyfansoddi a'r gwersi canu a'r cyngherdde yn yr Academi bob pythewnos.'

'Cymerwch ofal ohonoch eich hunan, 'mechan i. Ryden ni i gyd mor falch o'ch gweld chi'n llwyddo, ond nid ar draul eich iechyd.'

Wedi iddi ffarwelio â Herbert Lewis, eisteddodd Morfydd ar y stepiau i fagu nerth ar gyfer wynebu Ruth. Cyn iddi ddychwelyd i Lundain, roedd Tada hefyd wedi ei siarsio i gymryd gofal ohoni ei hun, nid oherwydd ei hiechyd, ond er mwyn sicrhau ei henw da fel merch i William Owen, cyfrifydd ac asiant ystadau, blaenor a chodwr canu. Tada, â'i safonau uchel a'i ddisgwyliadau mawr, oedd mor falch pan gafodd hi ei derbyn i'r Orsedd yn Eisteddfod Genedlaethol Wrescsam y llynedd, er mai'r ffaith ei bod wedi dewis Llwyn-Owen, enw ei hen gartref ef ym Mhontdolgadfan, fel ei henw barddol oedd wedi ei blesio fwyaf. Tada, a haeddai'r parchedig ofn, ond a ystyriai dynerwch yn arwydd o wendid ac na chymerai mo'r byd â'i chyfarch fel 'fy mechan i'.

Yn ôl yn Blomfield Road, cafodd drafferth i ddringo'r grisiau i'w hystafell. Er bod y bwyd rywfaint gwell yma, roedd bod mor agos at y gamlas yn effeithio'n fawr ar ei hiechyd. Ond doedd fiw iddi gwyno, rhag ofn i hynny gyrraedd clustiau ei mam, ac i'r ysbïwraig fach o Drefforest gael ei hanfon yma unwaith eto. Ni allai fforddio'r amser i fynd adref am rai misoedd, a byddai wedi cael cyfle i ddod ati ei hun erbyn hynny. Yn y cyfamser, ag un yn unig y gallai rannu ei gofid. A'i bysedd yn gwynio, rhwng yr oerni a'r llosg eira, dechreuodd ysgrifennu:

My dear Eliot,

I have just returned from Grosvenor Road and I am grac, absolutely, utterly grac. If I had the energy, I would stamp the floor, thump the walls, kick the door, but I will use you as a punchbag instead, which is unfair of me.

Ruth Herbert, who is 'very fond of a good tune' intends to publish a BOOK of the folk songs she has been collecting and has bullied me into what she terms helping.

I did try to tell her how busy I am, but she was too excited to listen and didn't seem aware of my wheezing and sneezing. She'll be away again soon, trotting around Cardiganshire in her

little cart with poor Seren puffing up
the hills . . .

Y tro hwn, byddai Annie Ellis, ei ffrind o Aberystwyth, yn teitho gyda hi, diolch i'r drefn. Nid oedd gan Ruth Herbert ddigon o Gymraeg i allu deall ystyr y caneuon. Pethau digon distyr oedd llawer ohonynt ar y gorau, ac ni fyddai ambell un wedi ennill gwobr yn y cwrdd plant yn Saron hyd yn oed, fel honno am y 'ddafad gernig ag arni bwys o lân', yn ôl fersiwn Ruth.

I've told you about the phonograph R.H.
takes with her to record the songs.
Even Ethel's bellowing would be sweet
music compared to all that scratching
and wailing. Some old people are
terrified of it and refuse to open their
mouths, and Annie Ellis has to be
called on to persuade them, for R.H. will
not leave until they do. It becomes a
battle of wills at times, for Mrs
Herbert Lewis is one very determined
lady, who will not be thwarted, and
disregards all obstacles . . .

Roedd Ruth wedi mynnu chwarae rhai o'r caneuon a recordiwyd iddi. Nid oedd yr ansawdd gwael yn mennu ar un na wyddai odid ddim am gerddoriaeth. Ond petai'r Auntie Mary Davies oedd yn gyfrifol am ddod â'r peiriant erchyll i Grosvenor Road o fewn cyrraedd y munud hwnnw, gallai Morfydd yn hawdd fod wedi ei thagu yn y fan a'r lle, ar waetha'r ffaith ei bod yn un o gyn-fyfyrwyr yr Academi Frenhinol ac wedi'i hethol yn llywydd Cymdeithas Alawon Gwerin Cymru. Roedd y sŵn yn dal i ferwino'i chlustiau. Sut yn y byd y gallai oddef oriau o wrando ar y fath gabledd?

What am I going to do? I know I should have refused, but she has been so kind, giving me warmth, food and a surrogate family as well as a second home. I do admire her greatly, although her unwitting misuse of our beautiful language drives me mad at times.

Mr Lewis is so patient with her. You have told me of his brilliance in the House, but in his own house he is prepared to let his wife take the initiative, being such a gentleman and so in love with her. I, too, am a little in love with him just now.

He told me today how proud they all are of my success, and not to endanger my health by working too hard. I never realised men, especially politicians, can be so sensitive and sympathetic i.e. until I met you. But I have only known such men as austere chapel elders and cold-blooded accountants. Enough said!

Oh dear, I have just realised that I am now supposed to be a mature young lady who has been given the key to the door, whatever that means. I remember how my cousin Winnie seemed to have grown up overnight when she celebrated her twentyfirst birthday. But I'm sorry to say that my first reaction when I opened my cards (including a very pretty one from you and Alice) at the breakfast table was to burst into tears, upsetting poor Ethel and causing her to give me a huge bear-hug which I have yet to recover from. The only key I needed just then was the one that opens the door to Wain House, Trefforest.

Diolchodd iddo am wrando arni, er nad oedd ganddo fawr o ddewis, mwy nag arfer. A hithau wedi diffygio'n llwyr, bu'n rhaid iddi ildio i'r blinder a'i gorfodi ei hun i gymryd hoe na allai ei fforddio.

6

'Deffrwch, Morfydd!'

Agorodd Morfydd gil un llygad a gweld William Hughes Jones (yn ôl ei dystysgrif bedydd), Elidir Sais (i'r llythrennog) a Bili Museum (iddi hi) yn sefyll rhyngddi a'r haul.

'Beth y'ch chi moyn tro hyn? A tynnwch y bow tei dwl 'na, da chi. Nace yn yr Amgueddfa y'ch chi nawr.'

'Rydw i'n credu mewn edrych ar fy ngorau ble bynnag yr ydw i, cariad bach.'

'Ewch 'nôl at griw Charing Cross a'u picnic a gadewch i fi fod.'

'Ond nid yw hynny'n bosibl gan fod yma un yr wyf am i chi gyfarfod â hi.'

Estynnodd ei law i Morfydd i'w helpu i godi ar ei thraed. Carthodd ei wddw, ac meddai'n ffurfiol,

'Dyma Elizabeth Lloyd o Lanilar, Morfydd. Y ferch gyntaf i ennill gradd anrhydedd dosbarth cyntaf yn y Gymraeg yng Ngholeg y Brifysgol, Aberystwyth, ac ar hyn o bryd yn gwneud gwaith ymchwil yma yn Llundain ac yn Rhydychen.'

Roedd yr athrylith o Lanilar, lle bynnag oedd y fan honno, tua'r un oed â hi, ond yn fwy difrifol ei golwg a syber ei gwisg.

'Mae'n bleser cwrdd â chi, Elizabeth.'

'A hon a'r goeden geirios ar ei phen yw Morfydd Owen, neu yn hytrach, Morfydd Llwyn-Owen, o roi iddi ei henw barddol. Cyfansoddwraig a chantores.'

'A bardd?'

'Ysbrydoliaeth i fardd yn hytrach, Miss Lloyd . . . ffynhonnell yr awen.'

''Se'n well i chi hastu, William, neu fydd dim o'r picnic ar ôl.'

'Gwir a ddywedwch. Felly fe'ch gadawaf, anwylaf ferched, ond dim ond dros dro.'

I ffwrdd ag ef, yn fân ac yn fuan, gan adael Morfydd i ofalu am y ferch ddieithr, a hithau wedi bod yn edrych ymlaen ers dyddiau at gael treulio prynhawn segur yn yr haul ar Hampstead Heath. Gallai ddibynnu ar griw ifanc capel Charing Cross i wneud yn fawr o'u rhyddid a gadael llonydd iddi, ond o'r eiliad y cyrhaeddon nhw, roedd Bili wedi bod yn sboncian o'i chwmpas fel criciedyn.

'Man a man i ni ishte,' meddai'n fyr ei hamynedd, a'i gollwng ei hun ar y gwair. 'Ble gwrddoch chi'r c'ilog dandi bach 'na?'

'Yn yr Amgueddfa Brydeinig. O'dd e'n barod iawn i'n helpu i 'da'r ymchwil.'

'Ac yn falch o'r cyfle i ddangos 'i wybodeth. Bili Museum druan! Ma bai arno i'n galw 'ny arno fe.'

Eisteddodd Elizabeth wrth ei hochr.

'Wy'n credu bo'r enw'n gweddu i'r dim.'

'Ody, sbo. On'd yw e'n siarad fel llyfyr?'

''Sdim syndod, ac ynte'n llyncu dwsine o lyfre bob dydd.'

'Ma'n rhaid bod 'dag e stumog gref!'

Mygodd Morfydd y chwerthin oedd yn cosi'i

llwnc pan welodd nad oedd arlliw o wên ar wyneb Elizabeth. Byddai ceisio cynnal sgwrs gyda hon yn boen. Ond roedd Elizabeth wedi codi'r llyfr a adawsai ar y gwair pan aeth y gwres a'r blinder yn drech na hi, ac meddai, a'i llygaid yn disgleirio,

'Wy'n gweld eich bod chithe'n edmygydd o Syr Edward Anwyl.'

'Ma fe'n alluog iawn, on'd yw e?'

'Ac yn awdurdod ar yr ieithoedd Celtaidd. O'dd e'n ddarlithydd arna i yn y coleg.'

'Ma fe damed yn rhy astrus i fi, ma arno i ofan. Falle y gallwch chi'n rhoi i ar ben ffordd.'

Petrusodd Elizabeth. Nid oedd yn rhy siŵr beth i'w wneud o'r eneth danbaid, ffraeth ei thafod, oedd yn ymddangos mor sicr ohoni ei hun.

'Ond ry'ch chi'n rhy fishi, wrth gwrs.'

Roedd hi wedi tarfu arni. Ond beth oedd i'w ddisgwyl gan un oedd, mae'n amlwg, wedi cael pob sylw a chlod oherwydd ei phrydferthwch a'i dawn?

'Falle gawn ni gyfle rywbryd 'to. Mae'n bryd i fi fynd gartre, Morfydd.'

'I Lanilar, ife?'

'Nage, 'nôl i'r llety.'

'Licen i allu galw Blomfield Road yn gatre.'

Cythrodd Morfydd am ei braich i'w rhwystro rhag codi.

'Pidwch mynd nawr. Ma Bili ar 'i ffordd 'nôl.'

Wrth iddo nesu atynt, sylwodd Morfydd fod golwg wedi torri ei grib ar y ceiliog dandi bach.

'Chi'n dishgwl yn ddiflas iawn, Bili.'

'"Yon Casius has a lean and hungry look."

39

Dyna beth yw ysbryd Cristnogol. Doedd yna'r un briwsionyn yn weddill.'

Tawodd yn sydyn a chodi'i het wellt i gyfeiriad y cwpwl a âi heibio fraich ym mraich ychydig bellter i ffwrdd.

'Wel, wel, ac maen nhw wedi mentro'n ôl.'

'Y'ch chi'n gyfarwdd â'r ddou 'na?'

'Mor gyfarwydd ag yr ydw i'n dymuno bod.'

'Wel, pwy y'n nhw 'te?'

'David Herbert Lawrence, mab i löwr sydd â'i fryd ar fod yn Mr Charles Dickens yr ugeinfed ganrif.'

'A pwy yw 'i wejen e?'

'Un mae o wedi'i dwyn oddi ar ei athro yn Nottingham. Almaenes. Mae'r cwmni'n paratoi i adael. Dewch, Morfydd.'

'Na, ewch chi. Mae Elizabeth wedi addo fy helpu i 'da *Welsh Grammar* Syr Edward Anwyl. Gwrddwn ni yn y tea room ar bwys yr Amgueddfa brynhawn Mercher fel arfer, ife?'

'Bydd hynny'n bleser o'r mwyaf. Prynhawn da, Miss Lloyd. Gyda llaw, beth ydych chi yn ei feddwl o'r bow tei yma?'

'Wy'n credu bo chi'n dishgwl yn fonheddig iawn, Mr Jones.'

'Ac mae fy nghymeriad i yn ddilychwin, yn wahanol i ambell un.'

Wedi iddo adael, ymddiheurodd Morfydd i Elizabeth am wneud defnydd ohoni a'i sicrhau na fyddai'n mynd ar ei gofyn.

'Ond falle gallen ni gwrdd o bryd i'w gilydd,' awgrymodd yn swil.

'Gobitho 'ny.'

'Wy ddim yn ieithydd nac yn llenor.'

'Na finne'n gerddor o fath yn y byd. Ond fe ddown ni i ben 'da'n gilydd.'

Y noson honno, ysgrifennodd Morfydd at Eliot gan wybod y byddai ef yn rhannu ei llawenydd:

My dear Eliot,

I'm so happy. Today on Hampstead Heath I met a wonderful girl – clever, handsome rather than pretty, with large serious eyes, not much of a smiler (nor am I, but that is because of my poor teeth). I can't wait to introduce her to you and you to her.

7

Ni fu fawr o drefn ar y gwersi canu y bore hwnnw. Ofnai Morfydd y byddai Ruth Herbert wedi gadael ar un o'i theithiau cyn iddi gael cyfle i egluro pam y bu mor ddieithr yn ddiweddar. Ar wahân i'r prynhawn hwnnw ar Hampstead Heath, ni chawsai eiliad iddi ei hun. Er ei bod hi'n un o'i ffefrynnau, roedd Frederick Corder, ei hathro, yn feistr caled, a'r cwrs uwch-raddol mewn cyfansoddi yn hawlio ymroddiad llwyr. Ond siawns na fyddai Mrs Lewis, oedd wastad yn cwyno nad oedd digon o oriau mewn diwrnod, yn sylweddoli faint o waith a olygai hynny.

Er nad oedd wedi disgwyl cael y croeso arferol yn Grosvenor Road, rhoddodd yr oerni yn llais Ruth Herbert ysgytwad iddi.

'Where have you been, Morfydd? I've missed my train, and Mrs Ellis will be so worried. It was very thoughtless of you.'

'Allen i'm gadel y coleg tan nawr.' Baglodd Morfydd dros ei geiriau, gan wneud i'r rheswm dilys swnio'n debycach i esgus.

'Never mind that. And what do you think of your . . . friend . . . now?'

'Pwy ffrind?'

'Dim Cymraig heddiw. Fi ormod upset.' Cipiodd Ruth Herbert gopi o'r *Times* oddi ar y bwrdd.

'Darllen ef.'

Ceisiodd Morfydd ganolbwyntio ar y geiriau a ddarllenai, ond ni allai wneud unrhyw synnwyr ohonynt:

> A Hearing in the Divorce Court of the High Court of Justice is expected to prove one of the biggest social sensations of the season . . .

'Ond wy ddim yn deall.'
'Read on.'

> The chief parties are two prominent Liberal MPs. Eliot Crawshay-Williams has been accused by Hubert Carr-Gomm of adultery with his wife, Kathleen . . .

'Celw'dd yw'r cyfan! Allwch chi byth â chredu beth ma'n nhw'n weud yn y papure. Pwy yw'r Carr-Gomm 'ma, ta beth?'

'Your Eliot's best friend, in school, college and in y Tŷ. Mr Lloyd George and Mr Churchill have done their best to stop the case from coming to court.'

Taflodd Morfydd y papur yn ôl ar y bwrdd a chwalodd hwnnw i bob cyfeiriad.

'Cenfigen, 'na beth sydd tu cefen i hyn.'

'Don't you dare defend him, Morfydd. They have made no attempt to deny their adultery. This is the end of his political career and he has no one to blame but himself.'

'Pwy hawl sydd 'da chi i farnu heb wpod y ffeithie?'

Rhythodd Ruth Herbert arni, ei gwrid yn uchel a'i llygaid glas yn fflachio.

'I will overlook such an insolent remark this time. I must go now, to interview people who have little material wealth but a very high standard of morals. You may stay a while to compose yourself and to realise your error of judgement.'

Cerddodd Morfydd hyd a lled yr ystafell, ei chalon yn curo fel gordd a'i meddwl ar chwâl yn llwyr. Nid oedd ymateb Ruth Herbert wedi ei synnu na'i dychryn. Clywsai eiriau tebyg yn cael eu tanio'n fwledi o sêt fawr Saron sawl tro. Ni fu iddi erioed gwestiynu hawl y diaconiaid i gondemnio a chystwyo. Onid oedd wedi derbyn, er pan nad oedd yn ddim o beth, fod pechod yn dwyn ei gosb? Gallai gofio fel y byddai'n sythu yn ei sedd, mor hunanfodlon, mor hunangyfiawn. Morfydd fach Wain House, y blodyn prydferthaf yng ngardd yr Iesu.

Dal i gerdded yr oedd hi pan glywodd sŵn traed yn agosáu. Gan gadw'i chefn at y drws, meddai dros ei hysgwydd,

'Ma'n flin 'da fi, Mrs Lewis.'

'Fi sydd yma, Morfydd.'

Croesodd Herbert Lewis at y bwrdd a dechrau rhoi trefn ar y papur.

'Dyma beth yw newydd drwg, yntê?'

'Ro'dd e . . . ma fe'n ffrind i fi, Mr Lewis . . . yn ffrind da.'

'Roedd gen inne feddwl uchel o Eliot, fel dyn ac fel gwleidydd.'

'Odych chithe'n barod i gredu'r celwydde 'ma?'

'Rydech chi i'ch canmol am fod mor driw, Morfydd, ond efallai y byddai'n ddoethach i chi lacio'ch gafael.'

''I fwrw fe o'r neilltu?'

'Na, rydw i'n gwybod na allech chi byth wneud hynny.'

'Os yw beth ma'n nhw'n weud yn wir . . .'

'O, ydy, yn berffeth wir.'

'Fydde Eliot byth yn rhoi lo's i neb o fwriad.'

'Ond dyna sydd wedi digwydd, yn anffodus, i Alice a'r ddau fach, i chi, ac i ninne, ei gyfeillion a'i gyd-weithwyr.'

Roedd hi'n syllu'n galed arno, fel Citi pan fyddai rhywbeth yn pwyso ar ei meddwl, y Citi bymtheg oed, ifanc-hen, a ddywedodd neithiwr mai testun pregeth Mr Griffiths y Sul diwethaf fyddai ei nod o hyn allan – 'Cynorthwywch fi, annwyl Iesu Grist, i gadw yn ffyddlawn i ti ar hyd fy oes.' Er bod Morfydd chwe blynedd yn hŷn na Citi, plentyn oedd hithau, yn gweld y du yn ddu a'r gwyn yn wyn a heb fod yn ymwybodol o'r cilfachau llwydion rhwng y naill a'r llall.

'Paned o de, Morfydd?'

Roedd y forwyn fach newydd yn fodiau i gyd er i'w meistr geisio'i chael i ymlacio drwy ddweud,

'Un o Abermaw yw Jane, Miss Owen. Tref hyfryd ar fae Ceredigion. Ond yn dechre cynefino â Llunden.'

Ciledrychodd y forwyn arno'n swil, heb ddweud gair. Wedi iddi adael, meddai Herbert Lewis,

'Mae'n ddigon anodd arni mewn lle diarth, ac yn adnabod neb.'

'Ry'n ni i gyd wedi gorffod wynebu 'ny.'

Teimlodd Morfydd ias rewllyd yn rhedeg drwy'i chorff wrth iddi gofio hunllef ei hwythnosau cyntaf hi yn Llundain – yr unigrwydd a'r oerni llethol, a'r hiraeth yn fwy na dim. Byddai hwnnw wedi mynd yn drech na hi oni bai am Eliot. Daethai i ddibynnu'n llwyr arno, am arweiniad ac am gyngor.

Llithrodd y gwpan o'i gafael a thasgu te dros y lliain claerwyn roedd y ferch fach o Abermaw wedi'i osod ar yr hambwrdd.

'Ma'n flin 'da fi fod mor lletwhith, Mr Lewis, ac am fod mor ewn tuag atoch chi a Mrs Lewis.'

'Mae hynny'n ddealladwy, 'mechan i. Oes modd i chi allu mynd adref am ychydig ddyddie?'

'Dros y Sul, falle.'

'Ia, ewch chi. Rydw inne'n credu yr a' i am Benucha. Dyna lle y bydda i'n cael adferiad ysbryd a'r nerth i ddal ymlaen, wyddoch chi.'

'Wy wedi tarfu Mrs Lewis, mae arna i ofan. Fyddech chi cystal â gweud 'thi bod 'da fi bob bwriad o ddala mla'n i witho ar yr alawon gwerin gynted daw'r tymor i ben?'

'Does dim angen hynny. Mae ganddi bob ffydd ynoch chi, fel sydd gen i.'

Gwyliodd Morfydd y staen te yn ymestyn dros y lliain. Byddai dŵr a sebon yn ddigon i gael gwared ohono, ond roedd y staen ar gymeriad Eliot eisoes wedi lledu nes bygwth ei ddyfodol. Sawl tro yr oedd hi wedi canu am y tyner lais oedd yn ei gwahodd i 'ddod a golchi 'meiau i gyd yn afon Calfarî' heb orfod ystyried y geiriau, gan nad oedd ganddi feiau i'w golchi?

8

Os oedd adferiad i'w gael ym Mhlas Penucha, nid oedd hynny'n wir am Wain House. Roedd Morfydd wedi gobeithio na fyddai'r newyddion o Lundain wedi cyrraedd Trefforest, ond diffoddodd y gobaith hwnnw yr eiliad y cerddodd i mewn i'r siop. Safai ei mam wrth y cownter, wrthi'n gweddnewid het ddigon di-liw yn wledd i'r llygad.

Ni chafodd Morfydd unrhyw ymateb i'w, ''Na bert' edmygus. Gwthiodd Sarah Jane Owen yr addurniadau o'r neilltu cyn anfon Margaret Mary, ei phrentis, drwodd i'r cefn i roi trefn ar y stoc, a chau'r drws yn dynn ar ei hôl.

'Rhowch y garden *Closed* ar y drws,' gorchmynnodd.

'Nawr? Ond . . .'

'Mater i ni fel teulu yw hwn. O, Morfydd, shwt allech chi?'

'Allen i beth?'

'Cyfathrachu â'r fath ddyn.'

'Wy'n cymryd taw Eliot yw hwnnw.'

'Ma Tada'n becso'i ened.'

'Ond 'sda fe ddim i fecso abythdu.'

'Fe halodd y llythyr at Mr Crawshay-Williams, yntefe? A chytuno i'ch anfon chi i Lunden.'

Gadawodd Morfydd i'w mam draethu, ymlaen ac ymlaen, heb wneud unrhyw ymdrech i'w hesgusodi ei hun na cheisio amddiffyn Eliot, fel y gwnaethai yn

Grosvenor Road. Tawodd o'r diwedd, a galw Margaret Mary yn ôl, gan ddweud yn siarp,

'Agorwch y drws ar unwaith, Miss Evans.'

Dringodd Morfydd y grisiau o'r siop i'r parlwr a'r syniad a fu'n mudlosgi yn ei meddwl yn ystod y daith o Lundain yn cyniwair o'i mewn.

Un bore Sul, rai wythnosau'n ôl bellach, dim ond Citi a hithau oedd yn sedd y teulu Lewis yn Charing Cross. Er ei bod yn hoff iawn o Citi, roedd ei chlywed yn sôn, drosodd a throsodd, am 'beautiful sermons' Mr Hughes Griffiths wedi trethu ei hamynedd i'w eithaf. Roedd hi mor gyffrous â geneth fach ar fore Nadolig. Ond geneth fach oedd hi, o ran hynny, yn gannwyll llygad ei rhieni, a heb ddim i boeni yn ei gylch ond ambell bwl o annwyd a gwddw tost.

Erbyn iddynt gyrraedd y capel, prin y gallai Morfydd roi un droed o flaen y llall oherwydd effaith y llosg eira a fu'n ei phlagio drwy'r gaeaf. Ni fu erioed mor falch o gael eistedd, ac nid oedd ganddi'r nerth i ymuno yn y canu hyd yn oed. Caeodd ei llygaid, a gadael i'w meddwl grwydro.

Rywdro yn ystod y bregeth, teimlodd bwysau llaw Citi ar ei braich, a'i chlywed yn sibrwd. 'O, Morfydd!' Roedd y gweinidog yn dyfynnu emyn nad oedd yn gyfarwydd ag ef, er bod ganddi ryw frith gof o'i ganu mewn cwrdd pregethu yn Saron. Oedodd Mr Griffiths cyn dod at y pennill olaf, a dweud,

'Dyma weddi'r pechadur, yn gyfuniad o erfyniad a gobaith:

Mi glywais gynt fod Iesu,
A'i fod Ef felly'n awr,
Yn derbyn publicanod
A phechaduriaid mawr;
O! derbyn, Arglwydd, derbyn,
Fi hefyd gyda hwy.
A maddeu'm holl anwiredd
Heb gofio'm camwedd mwy.'

Wrth iddynt gerdded fraich ym mraich drwy Barc St James, tro Morfydd oedd dweud, a'i llygaid hithau'n disgleirio, ''Na beth o'dd pregeth hardd, yntefe, Citi?'

Geiriau'r emyn hwnnw oedd flaenaf yn ei meddwl fin nos pan eisteddai ei rhieni a hithau yn y parlwr. A'r tawelwch yn pwyso arni, cododd Morfydd gan fwriadu croesi at y piano, ond roedd llygaid ei thad wedi eu hoelio arni, fel petai'n aros iddi syrthio ar ei bai fel y gwnâi pan oedd yn ferch fach.

'Wel, a beth y'ch chi'n 'i feddwl o ymddygiad gwarthus un y bu eich Mam a finne'n ddicon ffôl i ymddiried ynddo fe, Morfydd?'

''Sda hyn ddim byd i neud â ni, o's e?'

'Ond fe adawes i iddo fe ga'l perswâd arno i, a hynny'n gro's i'n ewyllys.'

'O'ch chi moyn y gore i fi.'

'A 'ma'r gore, yn ôl Mr Crawshay-Williams, ife? "Canys pa lesâd i ddyn os ennill efe yr holl fyd a cholli ei enaid ei hun?" Ond go brin fydd 'da fe'r wyneb i sefyll yn Llunden nawr.'

'O'dd e'n sôn am fynd dramor, yn ôl Mr Lewis.'

''Na beth yw rhyddhad, yntefe Sarah?'

Crwydrodd llygaid Morfydd i gyferiad y Llyfr Hymnau ar astell y piano. Wedi peth petruso, mentrodd ofyn,

'Y'ch chi'n gyfarwdd â'r emyn sy'n gweud fel mae Iesu'n derbyn publicanod a phechaduriaid mawr, Tada? O'dd gweinidog Charing Cross yn 'i ddyfynnu e ar 'i bregeth un bore Sul.'

'Nace 'na emyn Thomas William, Bethesda'r Fro, William? "O'th flaen, O Dduw, rwy'n dyfod"?' Aeth Sarah Owen at y piano a chwilio drwy fynegai'r llyfr.

'Ie. Un o'r emyne iach sy'n rhoi camargraff, yn anffodus.'

''Na pam bod cyn lleied o ganu arno fe yn Saron, ife? Am nag yw arweinydd y gân yn cretu mewn maddeuant?'

Taflodd ei mam olwg rhybuddiol arni, ac meddai'n dawel,

'Cofiwch ble ry'ch chi, Morfydd a 'da pwy chi'n siarad.'

'Ond o'dd Mr Griffiths yn gweud taw beth sy'n gwneud yr emyn 'ma mor arbennig yw bod Crist yn folon anghofio yn ogystal â madde.'

'Dyw pethe ddim mor syml â 'ny, Morfydd. Mae'n rhaid wrth edifeirwch, mewn sachliain a lludw.'

'Ond ma'r pechadur yn cyfadde 'i fod e'n frwnt ac yn euog.'

'Ac yn credu fod hynny'n ddigon i haeddu trugaredd. Ond mae'r pechadur hwn, o leiaf, wedi cymryd y cam cyntaf. Nace herio ac ymffrostio fel eich Mr Williams chi.'

Eisteddodd Sarah Owen wrth y piano a dechrau chwarae. Bu'r gerddoriaeth, fel bob amser, yn drech na geiriau, ac yn falm ar friwiau. Roedd y nodau wedi tawelu, er bod eu hatsain yn llenwi'r parlwr, pan ofynnodd Morfydd,

'Pwy dôn o'ch chi'n 'i whara, Mama?'

'"Wilton Square", Mrs Megan Watts Hughes.'

'O'n nhw'n sôn abythdu hi wrth y bwrdd cino yn Grosvenor Road pwy ddiwrnod. Cantores o'dd hi, yntefe?'

'Ie, a chyfansoddwraig, fel chithe. Ond roiodd hi bopeth heibo ac agor catre i fechgyn amddifaid yn Llunden.'

'Ma hi'n dôn hyfryd, on'd yw hi, Tada?'

''Sdim byd yn bod ar y dôn.'

Brathodd Morfydd ei thafod rhag dweud, 'Nac ar y geirie'. Ond er bod y dôn yn un hyfryd, roedd hi'n ysu am gael rhoi ei dehongliad hi o'r geiriau.

Yn ei hystafell wely'r noson honno, diolchodd Morfydd na fu i Tada fynnu iddi fynd ar ei llw na fyddai unrhyw berthynas bellach rhwng Eliot a hithau. 'Eich Mr Williams chi', dyna ddywedodd e. Gwyn fyd na fai hynny'n wir. Petai'n gwybod yr hyn a wyddai heddiw, byddai wedi gwneud yn fawr o'r cyfle y diwrnod hwnnw ar y Links ym Mhorthcawl. Gallai gofio pa mor browd oedd hi ohoni ei hun, o'r synnwyr moesoldeb a'r hen barchedig ofn oedd wedi peri iddi ddal yn ôl. Ond onid oedd hynny wedi ei harbed rhag achosi poen a dwyn gwarth ar ei theulu? Lle i ddiolch oedd ganddi nad ei gweddi hi oedd hon, ond erfyniad ar ran pob pechadur am faddeuant ei gyd-ddyn yn ogystal â'i Dduw – maddeuant oedd, yn ôl yr hyn a glywsai yma yn Nhrefforest ac ar lan afon Tafwys, yn ormod i'w ofyn.

9

Bu ond y dim i Morfydd anwybyddu'r neges a dderbyniodd o Grosvenor Road y bore Sadwrn hwnnw o Fehefin, yn ei gorchymyn i alw yno rhag blaen. Ond mynd wnaeth hi, gan addo iddi ei hun na fyddai'n cymryd ei themtio i amddiffyn Eliot na chodi gwrychyn Ruth Herbert. Ond cafodd wybod yn fuan nad Eliot oedd y cocyn hitio y tro hwn.

Roedd Ruth Herbert, meddai, wedi darganfod sawl alaw werin arall yn ystod ei thaith, ac yn awyddus i Morfydd ddechrau rhoi trefn arnynt. Eglurodd hithau na allai wneud hynny heddiw gan ei bod yn bwriadu mynd i weld y prosesiwn.

'Pwy prosesiwn?' holodd Ruth yn chwyrn.

'Angladd Emily Davison, yndife.'

'Ac ers maint ydych chi yn member o WSPU, Morfydd?'

'O beth?'

'The Women's Social and Political Union . . . the Suffragettes.'

''Sda fi ddim bwriad bod yn aelod, ond wy'n edmygu rhywun sy'n folon aberthu'i bywyd dros beth mae'n gretu ynddo.'

'Dyna beth ydych yn feddwl, ie?'

Ni wyddai Morfydd beth i'w gredu; a bod yn onest, nid oedd ganddi fawr o ddiddordeb chwaith. Ond roedd hi'n amlwg wedi cythruddo Ruth Herbert cymaint fel bod honno wedi troi at yr iaith a roddai ryddid mynegiant iddi.

'Our dear Queen Victoria made it quite clear that women should not involve themselves in politics. This woman, who some people claim to be another Joan of Arc, was demented and unbalanced. Do you know that she assaulted an innocent man, having mistaken him for Mr Lloyd George, broke the windows of y Tŷ and set fire to postal boxes?'

'Na, wy'n rhy fishi i ddarllen y papure.'

Anwybyddodd Ruth y sylw hwnnw, a dweud,

'And now that you do know, you will keep your distance from those fanatics?'

'Wy wedi addo cwrdd â ffrind i fi yn Piccadilly.'

'Your choice of friends, Morfydd, is very suspect, to say the least.'

Gwasgodd Morfydd ei gwefusau'n dynn, gan gofio'r addewid a wnaethai iddi ei hun.

Ysgydwodd Ruth Herbert ei phen yn ddiamynedd. Nid oedd unrhyw ddiben ceisio dal pen rheswm ag un oedd mor barod i bwdu, fel plentyn.

'Fydd 'da fi ragor o amser gynted ma'r arholiade drosodd.'

Nid âi i erfyn ar Morfydd, reit siŵr, hyd yn oed petai'r holl deithio'n mynd yn ofer a'r llyfr bach heb weld golau dydd byth.

'Rhowch gwybod i fi pan chi ar cael.'

❦

Roedd Piccadilly dan ei sang. Ceisiodd Morfydd wthio'i ffordd drwy'r dyrfa at y London Pavilion, lle roedd Elizabeth a hithau wedi trefnu i gyfarfod, ond baglodd dros draed rhywun a chrafangu am y fraich agosaf wrth geisio'i harbed ei hun.

'What the 'ell . . ?'

Roedd y dyn a syllai i lawr arni yn gydnerth ac yn llydan, a'i farf ddu, drwchus yn rhoi golwg fygythiol iddo.

'I'm so sorry. Please let me pass.'

'You ain't goin' nowhere, Miss.'

'But I must find my friend.'

Caeodd llaw fawr, wydn am ei garddwn. Y munud nesaf, roedd y dieithryn yn agor llwybr drwy'r dyrfa ac yn ei llusgo i'w ganlyn nes cyrraedd y rheng flaen.

'Yer'll be safe 'ere. Jack's the name. What's yers, little 'un?'

Mentrodd Morfydd godi'i golygon a gwelodd bâr o lygaid eirin duon bach yn pefrio arni.

'Morfydd.'

'Welsh, are yer? Like me old gran. "Jawl bach" she used to call me.'

Tawelodd yn sydyn wrth i nodau Ymdeithgan Angladdol Chopin gael eu cludo gyda'r awel. Roedd y dyrfa fel petai wedi'i tharo'n fud ac yn anadlu mewn cytgord, a dim ond murmur pell fel sŵn y môr mewn cragen i'w glywed. Yna, daeth yr orymdaith i'r golwg, yn cael ei harwain gan ferch ifanc mewn gwisg o sidan melyn, yn cario croes fechan wedi'i heuro.

Gorffwysai'r arch ar gert wastad wedi'i gorchuddio

â brethyn porffor ac arno dorch lawryf anferth. Er bod yno rai cannoedd o ddynion, y merched oedd yn denu'r sylw, rhai yn eu gwyn ac eraill mewn du, ac yn gwisgo sasiau gwyrdd, gwyn a phorffor. Roedd Morfydd yn ddigon agos i allu darllen y geiriau ar eu baneri – 'Fight on and God will give the Victory', 'Give me liberty or give me death', 'Deeds not words'. Cadwai'r heddgeidwaid, rhai ar droed ac eraill ar geffylau, lygaid barcud ar y merched, ond nid oedd eu hangen. A'r rhain oedd y 'fanatics' y cawsai ei rhybuddio i gadw'i phellter oddi wrthynt!

❧

'You alright, Miss?'

Sylweddolodd Morfydd fod popeth drosodd a'r dyrfa'n dechrau gwasgaru.

'There must have been thousands of women here.'

'And me ol' Dutch wiv 'em. Bless 'er 'eart.'

'Thank you for rescuing me, Jack.'

''Ope you get it one day, love.'

'Get what?' holodd Morfydd yn ddideall.

'The vote. That's why the lady done 'erself in, ain't it? Be 'appy, darlin'.'

Diflannodd Jack, a gadael Morfydd yn sefyll yno yn ei hunfan. Ond cyn iddi allu rhoi ei meddwl ar waith, gwelodd Elizabeth yn prysuro tuag ati.

'Ble y'ch chi 'di bod, Morfydd?' holodd yn bryderus.

'Yn gwylio'r orymdaith. O'dd hi'n werth 'i gweld, on'd o'dd hi?'

'Allen i'm canolbwyntio ar ddim, o'n i'n becso shwt gyment.'

'O'n i mewn dwylo diogel.'

'Gwrddoch chi rywun o'ch chi'n nabod, do fe?'

'Naddo, wn i ddim pwy o'dd e. Wetws e 'se fe'n dishgwl ar 'yn ôl i.'

'O, Morfydd, ddylech chi wybod yn well na rhoi'ch hunan yng ngofal dieithryn.'

'Pidwch chi dechre! Wy 'di cael llond bola ar bobol yn gweud 'tho i beth i neud. Gadewch fi fod, er mwyn popeth.'

'Os taw 'na beth y'ch chi moyn. Wy'n mynd bant i Rydychen fory, ta beth.'

Gwyliodd Morfydd hi'n cerdded i lawr Regent Street, mor urddasol â'r merched a welsai yn yr orymdaith gynnau. Ond ni chymerai Elizabeth mo'r byd ag ymladd yn erbyn y drefn, na'i rhoi ei hun yng ngofal dieithryn. Peth sobor o anodd oedd cystadlu ag un a oedd mor enbydus o dda.

Oedodd yno, ar Sgwâr Piccadilly, yn fach ac yn eiddil, y byw estron yn ferw o'i chwmpas, a Llundain y lle mwyaf unig ar wyneb daear.

10

Er ei llwyddiannau yn y coleg a'r pleser o gael profi i Tada nad oedd ganddo achos i boeni, roedd yr unigrwydd yn iau ar ysgwyddau Morfydd. Ni chlywsai air oddi wrth Elizabeth ers iddi fynd a'i gadael ddiwrnod angladd Emily Davison.

Credai rhai, fel Jack, i honno ei thaflu ei hun o dan garnau ceffyl y brenin o fwriad, ond mynnai eraill mai damwain oedd hi, gan fod ganddi docyn dychwel o Epsom yn ei phwrs, a bod y weithred wedi gwneud mwy o ddrwg nag o les i'r achos. Ond nid oedd fymryn o ots gan Morfydd am na hawliau na phleidlais.

Yna, un bore Mercher ganol Gorffennaf, derbyniodd lythyr oddi wrth Eliot, yr un mor gynnes ac annwyl ag arfer, a gallodd hithau ddweud fel Pantycelyn, un o'i hynafiaid, yn ôl Tada, 'Mi dafla 'maich oddi ar fy ngwar'. Rhoddodd ei dillad Sul ffurfiol o'r neilltu i wisgo'r ffrog roedd hi wedi ei llunio o'r defnydd mwslin a brynodd yn rhad yn y farchnad a'i liwio'n goch llachar. Diwrnod i ymfalchïo yn y gwaed Sbaenaidd a etifeddodd o ochr ei mam oedd hwn.

Pan gerddodd i mewn i'r tea room yn Bloomsbury, roedd hi'n ymwybodol o'r tawelwch sydyn wrth i bennau droi i edrych arni. Eisteddai merch ddieithr a'i chefn ati wrth y bwrdd a fyddai'n cael ei gadw ar gyfer William, ond cyn iddi gael cyfle i gwyno, roedd y ferch wedi troi i'w hwynebu.

'Elizabeth! Chi 'nôl!'

'Ers dyddie.'

'Pam na 'sech chi'n hala gair i weud?'

'Ofynnoch chi i fi adel llonydd i chi, Morfydd.'

Syllodd Morfydd yn gyhuddgar arni.

'Nac o'n i'n golygu i chi fynd a 'ngadel i ar 'y mhen 'yn hunan.'

Sylweddolodd Elizabeth nad oedd ganddi ddewis ond ildio, am y tro.

'Falle i fi fod damed yn fyrbwyll.'

'Wy ddim yn un i ddala dig. Ni'n deall ein gilydd 'te?'

'Odyn, Morfydd.'

Ond fe gymerai dipyn o amser iddi allu dod i ddeall y ceiliog gwynt yma o eneth.

'Beth y'ch chi'n neud man hyn, ta beth?'

'Alwes i yn yr Amgueddfa. O'n i wedi gobitho cael cwrdd â Mr Ernest Rhys, ond o'dd e bant.'

'A fe nath Bili'n fowr o'r cyfle i ddangos 'i wybodeth, sbo?'

'Ma fe'n alluog iawn, Morfydd.'

'Ac yn gwpod 'ny.'

'Wydden i ddim fod cwmni Dent eisoes wedi cyhoeddi dros bum cant o lyfre yn y gyfres Everyman. Wedodd Mr Jones wrthoch chi shwt daeth teitl y gyfres i fod?'

'Falle nath e.'

'Drama ganoloesol o'dd *Everyman*, lle ma Gwybodaeth, un o'r cymeriade, yn gweud – "Everyman, I will go with thee and be thy guide. In thy most need to go by thy side." 'Na beth o'dd gweledigaeth ar ran Mr Ernest Rhys, ontefe? Dim ond swllt yr un ac yn cynnwys rhywbeth at ddant pawb.'

Gallai Morfydd feddwl am well defnydd i'w sylltau a gwell pethau i'w gwneud ar brynhawn braf o Orffennaf na thrafod gorchestion Rhys a'i was bach, Jones. Nid oedd Elizabeth wedi sôn gair am y ffrog goch nac wedi dangos unrhyw ddiddordeb yn ei hynt a'i helynt hi.

'Mae'n dwym 'ma, on'd yw hi? Allen i neud â dishgled.'

'Wy'n credu dylen ni aros am Mr Jones, Morfydd.'

Pan gyrhaeddodd William ddeg munud yn ddiweddarach, roedd amynedd Morfydd wedi ei drethu i'w eithaf.

'Ble y'ch chi 'di bod tan nawr, William?' holodd yn bigog.

'Pwysau gwaith, cariad bach. A sut ydech chi, Miss Lloyd?'

'Wy'n dda iawn, diolch. Ac yn moyn ymddiheuro i chi am fynd â gyment o'ch amser.'

'Fy mhleser i. Ryden ni'n fawr ein braint heddiw o gael rhannu bwrdd ag enillydd Medal Arian Charles Lucas, y Coleg Cerdd.'

Plygodd Elizabeth ymlaen a'i llygaid dwys yn llawn edmygedd.

'Llongyfarchiade, Morfydd. Wy mor falch.'

'Shwt o'ch chi'n gwpod 'ny, William?'

'Nid pawb sy'n cael ei enw yn y *Times*, cariad bach.'

Galwodd William ar y weinyddes, a chynnwys, gyda'i archeb arferol, 'a selection of your excellent cakes, my dear.'

'Rhywbeth bach i ddathlu, yntê, Miss Lloyd?'

'Ry'ch chi'n garedig iawn. Ond nid dyna'r unig reswm sydd gyda ni dros ddathlu. Wyddech chi fod Mr Jones wedi cyhoeddi llyfr, Morfydd?'

'Na. Abythdu beth ma fe?'

'Sut i ddarllen barddoniaeth ... *At the foot of Eryri* – fy nheyrnged i'r unig le ar wyneb daear sy'n ennyn fy niddordeb i.'

''Soch chi'n un o'r ardal honno?'

'Na, o'r Rhyl, yn anffodus. Lle digon dienaid, a deud y gwir. Ond mi fûm i'n byw tan yn ddiweddar, pan o'n i'n dysgu hanes yn Ysgol Sir Bethesda, mewn pentref bach o'r enw Llanllechid.'

'Athro o'ch chi cyn dod i Lunden, ife?'

'Ond nid o ddewis. Llenyddiaeth Cymru sydd agosaf at fy nghalon i, fel chithe, Miss Lloyd. Rydw i wedi bod mor hy â dod â chopi o'm llyfr i chi. Prin iawn yw'r rhai sy'n gwerthfawrogi barddoniaeth, mae arna i ofn.'

Estynnodd y llyfr o'i boced a'i roi yn nwylo Elizabeth fel petai'n offrwm sanctaidd. Derbyniodd hithau ef yr un mor ddefodol. Roedd un peth yn siŵr, meddyliodd Morfydd. Sut raen bynnag oedd arno, ymateb ffafriol fyddai un Elizabeth.

Roedd yr archeb wedi cyrraedd. Tywalltodd Morfydd baned iddi ei hun, cyn gwthio'r tebot i gyfeiriad Elizabeth.

'Ble ma 'nghopi i, 'te?' holodd.

'Cerddor ydech chi, Morfydd, ac mae'n rhaid i chi gyfaddef bod barddoniaeth uwchlaw cerddoriaeth. Mae cerddoriaeth yn bodloni ar blesio'r glust yn unig, ond mae pob cerdd dda yn apelio at y llygad hefyd. Meddyliwch am linell fel, "Cario'r groes a'i chyfri'n goron".'

'Mae Ann Griffiths yn llwyddo i gyfleu'r artaith a'r gorfoledd, on'd yw hi?'

'Yn hollol, Miss Lloyd. A beth am gyfoeth yr awdl enillodd gadair Bae Colwyn i Robert Williams Parry?'

'Ma gyda fi feddwl mowr ohono fe.'

'Fe dreuliodd o a minnau oriau yng nghwmni'n gilydd ar aelwyd y Parchedig Tegla Davies yn Nhregarth, a rhannu'r olygfa odidog sydd i'w gweld oddi ar Bont Coetmor dan olau lleuad am bedwar o'r gloch y bore.'

Torrodd Morfydd ar y sgwrs i ofyn yn gellweirus, 'Weloch chi'r lladron yn dod dan wau sane, 'te?' ond ni chymerodd y ddau unrhyw sylw ohoni.

'Ry'ch chi'n fawr eich braint, Mr Jones.'

'Mae yn y gyfrol bennod gyfan i "The idyll of summer". "Marw i fyw mae'r haf o hyd. Gwell wyf o'i golli hefyd".'

'A'r diweddglo, Mr Jones. Mae'n dweud y cyfan, on'd yw e?'

Ymunodd y ddau i adrodd y cwpled clo, a hynny â'r fath arddeliad nes tynnu sylw'r cwsmeriaid eraill:

'Ba enaid ŵyr ben y daith sy'n dyfod?
 Boed ei anwybod i'r byd yn obaith.'

Sylwodd Elizabeth fod Morfydd ar ei thraed ac yn paratoi i adael, ac meddai,

''Sdim angen i chi fynd nawr, Morfydd.'

'Wy'n cretu bod.'

'Wela i chi yn Charing Cross fore Sul?'

'Falle.'

'Byddwch lawen, cariad bach.'

Pan edrychodd dros ei hysgwydd wrth iddi gau'r drws, roedd y ddau'n plygu uwchben y llyfr a'u pennau'n glòs: William yn ei morio hi fel un o'r hoelion wyth ac Elizabeth yn porthi fel blaenor.

11

Bu Morfydd yn tin-droi hyd y munud olaf fore Sul, ond mynd wnaeth hi o ran dyletswydd, a gorfod dioddef y wên foddhaus ar wyneb Elizabeth. Roedd hi wedi gobeithio gallu sleifio allan ac osgoi'r gwahoddiad i ginio, ond safai'r gweinidog rhyngddi a'r drws. Cyn iddo allu dweud gair, roedd Ruth Herbert wedi camu ymlaen.

'A very inspiring sermon, Parchedig.'

'Wy'n gobitho 'ny, Mrs Lewis.'

Estynnodd ei law i Morfydd a'i llongyfarch yn wresog ar ei llwyddiant.

'A shwt y'ch chi, Miss Lloyd?'

'Yn hapus fy myd, Mr Griffiths. A diolch o galon i chi am y bregeth.'

Sylwodd Morfydd fod Citi yn ysu am gael rhoi ei phwt i mewn. Ond rhai i'w gweld yn hytrach na'u clywed oedd plant yng nghyntedd Charing Cross, drwy drugaredd. A dyna Elizabeth, unwaith eto, wedi llwyddo i ddweud y peth iawn ac ennyn edmygedd pawb.

Clywodd Ruth yn ei gwahodd hi a'r gweinidog 'i giniaw' a hwythau'n derbyn â diolch. Yna, roedd Ruth Herbert ac Elizabeth yn plethu breichiau ac yn troi eu cefnau arni hi a Citi. Wrth ei gweld yn closio ati, ofnai Morfydd fod Citi am ddechrau canu clodydd y gweinidog unwaith eto. Ni allai stumogi rhagor o hynny heddiw. Aeth i ddilyn y ddwy arall gan ofalu gadael bwlch rhyngddynt.

Tuthiodd Citi ar ei hôl.

Roedden nhw'n nesu at y Parc pan ofynnodd honno,

'Ydych chi'n meddwl ei fod yn unig, Morfydd?'

'Pwy?' holodd hithau'n siort.

'Mr Griffiths. Mae Mami eisiau gwraig iddo fe.'

'Hi wetws 'ny wrthoch chi?'

'Na. I heard her and father talking.'

'Digwydd bod tu fas i'r drws fel arfer o'ch chi, ife? A pwy yw'r fenyw ffodus i fod 'te?'

'I don't know. It can't be you, Morfydd . . . chi ddim digon sanctaidd. But Elizabeth would make an excellent gwraig gweinidog.'

'Ma fe'n ddicon hen i fod yn dad iddi, Citi. A ta beth, dyw hyn ddim o'ch busnes chi, na'ch mam, na neb arall.'

'Nid wyf i am briodi, byth. Rwyf am fod yn cen. . . missionary. Dysgu heathens bach duon am Iesu Grist.'

'Fydde hi ddim yn well i chi ddechre 'da'r plant bach gwyn'on di-dduw? Ma dicon ohonyn nhw i ga'l 'ma yn Llunden.'

'Fydde Mami ddim yn hoffi hynny. Maen nhw'n "flea-ridden", medde hi.'

Arafodd Morfydd ei chamau gan eu bod yn prysur ddal i fyny â Ruth ac Elizabeth. Ni fu'r Elizabeth sanctaidd fawr o dro cyn camu i'w hesgidiau hi ac ennill ffafr Bili Museum a Ruth Herbert. Gresyn na fyddai wedi dychwelyd i Blomfield Road ar ei hunion. Ond roedd hi'n rhy hwyr i hynny bellach a hwythau wedi cyrraedd Grosvenor Road.

'Morfydd.'

'Beth nawr?'

'All e ddim bod yn unig. Mae ganddo fe Duw ac Iesu Grist a'r saints i gyd.'

Roedd y drws ffrynt yn agored a'r forwyn fach o'r Bermo yn aros i dderbyn eu hetiau a'u cotiau. Gwthiodd Citi heibio i'w mam ac Elizabeth gan anwybyddu'r ddwy,

'Manners, Alice Catherine.'

Pan gamodd Morfydd i'r parlwr, gafaelodd Citi yn ei llaw a'i thywys i gyfeiriad gwraig ganol oed, urddasol yr olwg.

'Dewch i gyfarfod Auntie Tom . . . Mrs Annie Ellis, Morfydd.'

A hon oedd yr Annie Ellis fyddai'n cael perswâd ar hen bobl de Ceredigion a gogledd Sir Gaerfyrddin, yr un oedd, oherwydd ei dawn, wedi ychwanegu at y gwaith oedd yn ei haros hi yn ystod y misoedd nesaf.

'Wy 'di clywed canmol mawr i chi, Miss Owen, ac yn gobitho cael peth o'ch cwmni wedi i mi wneud fy nghartre yma yn Llunden.'

Cyn iddi allu dweud gair arall, roedd Ruth Herbert wedi torri ar eu traws i gyflwyno Elizabeth. Ond nid oedd angen hynny. Ni allai Morfydd gredu ei chlustiau pan glywodd Annie Ellis yn dweud, yn serchus,

'Do'n i ddim yn disgwyl 'ych gweld chi fan hyn, Elizabeth.'

Trodd Elizabeth at Ruth Herbert a'r wên anaml yn goleuo'i hwyneb.

'O'dd Mrs Ellis yn gwmws fel mam i ni, ferched y coleg yn Aber. O'n ni'n dwlu cael gwahoddiad i de i'w chatre yn Laura Place. Ma fe shwt dŷ chwaethus, a hithe fel brenhines ar ei haelwyd.'

Gollyngodd Morfydd ochenaid fach. Dyna Elizabeth, unwaith eto, wedi llwyddo i ennill edmygedd a rhoi boddhad gyda'i dewis doeth o eiriau.

Wrth y bwrdd cinio, bu'r ddwy'n cyfnewid atgofion am Aberystwyth: Ruth Herbert yn ceisio dilyn orau y medrai; y gweinidog, oedd wedi'i roi i eistedd wrth ochr Annie Ellis, yn gwrando'n eiddgar; a Citi'n taflu cipolwg ar Morfydd bob hyn a hyn. Pan oeddynt yn gadael yr ystafell fwyta, aeth Citi at Annie Ellis a sibrwd yn ei chlust. Y munud nesaf, roedd y ddwy ar eu ffordd allan a Ruth Herbert yn holi,

'Ba le chi yn mynd yn awr, Alice Catherine?'

'Esgusodwch ni, Ruth, mae Citi angen cymorth gyda'i gwaith ysgol.'

Cododd y gweinidog yntau ar ei draed.

'Diolch o galon i chi am yr arlwy, Mrs Lewis Ond nawr fod y corff wedi'i ddigoni, mae'n bryd i mi roi sylw i waith yr ysbryd.'

Oedodd Citi pan glywodd hyn, a dweud,

'Diolch i chi am y pregeth, Mr Griffiths. It was just what I needed.'

'Pob bendith arnoch chi, 'mach i.'

Sylwodd Morfydd fod golwg hunanfodlon iawn ar Citi, ond ni feddyliodd ragor am hynny nes i Elizabeth ddweud pan eisteddai'r ddwy ar y balconi,

'On'd yw Mrs Ellis yn fenyw ryfeddol? Ac mor ddewr.'

'Dewr?'

'Ry'ch chi'n gyfarwydd â'r enw Tom Ellis, on'd y'ch chi? Yr Aelod Seneddol Rhyddfrydol dros Feirionnydd wnaeth gymaint o waith i hyrwyddo buddiannau Cymru?'

'Fe yw 'i gŵr hi, ife?'

Er i Elizabeth geisio celu'i syndod oherwydd anwybodaeth ei ffrind, roedd arlliw o gerydd yn ei llais.

'Gwraig weddw yw hi, Morfydd. Fuodd e farw yn '89, rai misoedd cyn i Tom, y mab, gael ei eni.'

'Shwt ddylen i wpod 'ny? 'Sda fi ddim ionyn o ddiddordeb mewn gwleidyddieth.'

Sawl gwaith yr oedd hi wedi annog Eliot i roi'r gorau i'w 'silly politics' a glynu at ei farddoniaeth? Ac er bod ganddi fwy o feddwl o wleidyddion ar ôl cwrdd â Mr Lewis, diwrnod digon diflas oedd hwnnw dreuliodd hi yn Oriel y Boneddigesau yn Nhŷ'r Cyffredin, ar wahoddiad Eliot.

Dychwelodd Citi a'r Auntie Tom ddiharebol yn fuan wedyn. Wrth iddi fynd heibio i Morfydd, taflodd Citi winc ati. Roedd yr eneth y rhoddodd y gweinidog ei fendith arni yn llawn stumiau, meddyliodd, ond waeth iddi heb â meddwl y gallai gael y llaw uchaf ar ei mam. Os mai Annie Ellis oedd dewis Ruth ar gyfer Mr Griffiths, ni allai holl seintiau'r cread ei arbed.

❦

Aeth Citi i'w danfon hi ac Elizabeth cyn belled â'r bont.

'Didn't I do well, Morfydd?' holodd.

'Ddylech chi ddim fod wedi ymyrryd. Mae Mrs Ellis yn ddigon hen a doeth i benderfynu drosti'i hunan.'

'Ond all hithe ddim bod yn unig. Mae ganddi y Cymdeithas Dirwest a Cymdeithas Alawon a Duw yn llond pob lle.'

'A phopeth yn dda, ife? Ewch 'nôl gatre nawr, Pippa Browning.'

Rhedodd Citi yn ôl am ei chartref dan chwerthin.

'Beth o'dd hi'n dreial weud 'bytu Annie Ellis, Morfydd?'

'Wy ddim yn cretu dylen i ddatgelu hynny.'

'Fel y mynnwch chi.'

Rhoddodd gweld y siom ar wyneb Elizabeth, a gwybod ei bod wedi cael y gorau arni am unwaith, bleser o'r mwyaf i Morfydd.

12

Yn ôl yn ei hystafell oer ac oeraidd, na allai byth fod yn gartref, syllodd Morfydd yn hir ar y ddau air moel 'Dear Eliot' cyn tynnu llinell drwyddynt ac ysgrifennu 'My dearest Eliot' yn fawr ac yn bowld ar eu traws.

My dearest Eliot,

Well, you have done what you had to do. I will say no more.

Shall I tell you, instead, what I have had to do during the last few months?

1. Being a dutiful daughter by winning the Charles Lucas Medal, the Swansea Eisteddfod Prize for singing, and the Oliveria Prescott Prize for General Excellence.

2. Was persuaded (bullied) by R.H. to take part in the Cymdeithas Alawon Gwerin's meeting on August 6 at Town Hall, Abergavenny. I really enjoyed the Eisteddfod. Being a member of the Gorsedd is a jolly business.

3. Justifying my status as a Bard by composing a poem about the fat fellow whom I absolutely loved blindly:

I hate the man.

Won't marry him.

Finished.

Love someone else.

He doesn't love me.

Sad.

4. Thinking of becoming a Suffragette – too much effort.

5. Suffering all the unbearably bigoted earthly saints with very little patience.

6. Also suffering extreme bouts of jealousy re. the new friend I told you about – the clever, perfect Elizabeth. Not her fault. Mine.

7. Feeling a terrible emptiness, loneliness, an all-consuming hatred and anger.

Then I got your letter, wore my red dress and strutted around with the flamboyance of a Spanish gipsy, was upset by that know-all Bili Museum and the said Elizabeth, and suffered from 6 and 7 once again.

Today being Sunday, I have spent the morning in the company of saints. This afternoon, I will find comfort in my work and produce some worthwhile music to accompany 'The Lamb', William Blake, which means recapturing my innocence as one of Saron's 'plant bach Iesu Grist'. This evening, I will walk hand in hand along the canal with a student, much admired by everyone, including himself, who believes he is in love with me. Poor boy! SAD.

My benefactress R.H.L. would certainly approve of him, but I will not let her near, as she is now in a dangerous matchmaking mood. I am not the victim (and will never allow myself to be) but the kind, unsuspecting minister of Charing Cross. Citi is convinced that he is perfectly content in the company of God and all the saints. She told me today that she will never marry but will become a missionary. Those little black heathens will have to watch out. She can be very devious for such a sweet girl.

Tonight, I will listen to my little student's promise of undying love and remember how you told me that I ought not to get married for a long time.

Perhaps, when I am old and gray, I will rue what I did not do, but now I prefer to follow your example and do what I have to do. And that is enough.

  Yours, Morfydd

Ond nid oedd hynny'n agos at ddigon. Dylai fod wedi ei geryddu am droi ei gefn arni, a chyfaddef ei hiraeth am gael ei weld. Roedd wedi dweud yn ei lythyr y byddai'n aros o gwmpas am sbel eto. 'I won't be frightened off' – dyna'i eiriau. Y pechadur nad oedd yn bwriadu syrthio ar ei fai na gweddïo am faddeuant. Y pechadur diedifar na fyddai wedi diolch iddi am gadw'i ran, ac yn ymorchestu'n ei bechod, yn ôl Tada.

Gwthiodd y llythyr i'r amlen a'i selio cyn estyn am ei chopi o gerdd Blake. Roedd hi eto'n blentyn rhwng muriau Saron, yn ddiogel o fewn y gorlan. Ni chafodd unrhyw drafferth i wau â'r nodau gôt feddal, wlanog am y corff bach, ond wrth iddi glustfeinio am y llais tyner, ni allai glywed dim ond ei llais ei hun yn adrodd yn oedfa'r Pasg: 'Fel oen yr arweinid Ef i'r lladdfa, ac fel y tau dafad o flaen y rhai a'i cneifia, felly nid agorodd yntau ei enau.'

Tada yn ei chanmol am roi'r fath arddeliad yn

y geiriau a hithau, heb allu deall nac amgyffred eu hystyr, yn derbyn y cyfan yn ddigwestiwn. Yna, yn y tawelwch llethol, tasgodd lleisiau eraill o bob cwr o'r ystafell: lleisiau cras, didrugaredd yn ymuno i floeddio, 'Croeshoelier ef'.

Taflodd y gerdd o'r neilltu. Gorweddodd ar y gwely, yr ynys unig yn ehangder yr ystafell, a'i wylo ei hun i gysgu.

13

Gadawodd William y llyn o'i ôl, ei lygaid yn gwibio i bob cyfeiriad. Hwn oedd y pumed tro iddo grwydro'r Heath fel hyn yn ystod y misoedd diwethaf, a gorfod cyfaddef methiant bob tro. Ond hwn fyddai'r tro olaf.

Byddai'n rhaid iddo ddygymod â'r gadair wag yn y tea room, a'i rwystro'i hun rhag troi i gyfeiriad y drws bob tro y canai'r gloch.

Yn sydyn, fflachiodd rhywbeth o flaen ei lygaid, a dyna lle roedd hi'n gorwedd ar y gwair, ei het dros ei hwyneb, a'r ceirios cochion yn pefrio fel perlau yn yr haul. Yn hytrach na dweud mor falch oedd o'i gweld, fel yr oedd wedi bwriadu ei wneud, meddai'n bigog:

'Pam na allwch chi eistedd ar y fainc, fel pawb rhesymol?'

'Wy ddim moyn ishte ar y fainc.'

'Fe fyddai hynny'n fwy gweddus.'

Taenodd William ei hances boced dros y sêt.

''Sdim diben i chi ymdroi fan hyn, William. Mae Miss Lloyd wedi mynd gatre i Lanilar am gwpwl o wthnose.'

'Wedi dod yma yn y gobaith o'ch gweld chi yr ydw i, Morfydd.'

Cododd Morfydd ar ei heistedd a chewcian arno heibio cantel ei het.

'Chi'n difaru beth wetoch chi abythdu cerddoriaeth a barddoniaeth, y'ch chi?'

'Ddim o gwbwl.'

Roedd hynny'n ormod i'w ddisgwyl. Er mor helaeth oedd ei eirfa, ni wyddai Bili ystyr y gair 'edifar'. Byddai yntau, fel Eliot, yn gallu ei gyfiawnhau ei hun drwy fynnu iddo wneud a dweud yr hyn oedd raid.

'Ond nid yw hynny'n lleihau dim ar fy edmygedd ohonoch chi, nag ar fy nheimladau tuag atoch chi.'

'Man a man i ni gytuno i anghytuno, ac aros yn ffrindie 'te.'

'Ffrindiau? Dyna'r cyfan, cariad bach? "I have spread my dreams under your feet; Tread softly, because you tread on my dreams".'

'Pidwch dechre 'na 'to. Ta beth, o'dd 'da chi ddim amser i fi y tro dwetha i ni gwrdd.'

Rŵan fod ei lygaid wedi dygymod â'r haul, gallai weld y dryswch ar ei wyneb. Dim ond ei chythruddo wnaeth hynny.

'O'ch chi ac Elizabeth yn rhy fishi yn adrodd rhyw linelle nad o'n nhw'n golygu dim i fi.'

'"Boed ei anwybod i'r byd yn obaith." Dihareb o linell, yntê?'

'Nodau, nage geiriau, yw 'neunydd crai i, William. Os y'ch chi am gariad bach sy'n barod i'ch gwerthfawrogi a'ch amenio chi, Elizabeth yw honno.'

'Mae hi'n rhy hen i mi, Morfydd.'

'Dim ond dwy flynedd yn henach na fi yw hi.'

'Twenty three, going on fifty. Mae hi'n gwneud i

mi deimlo fel petai hi'n gallu darllen fy meddwl i. Gam ar y blaen i mi bob tro.'

'Feddylies i ddim y clywn i chi'n cyfadde 'ny, William.'

'Ac mae edrych i fyny arni'n achosi cric yn fy ngwar i.'

'Fel sy 'da fi nawr.'

'Dewch i eistedd ata i. Mae'n unig iawn yma.'

Estynnodd ei law iddi i'w helpu i godi, a dal ei afael arni pan eisteddodd wrth ei ochr.

'Mae'ch llaw chi'n oer, cariad bach. Ie, wn i, ddylwn i ddim deud hynna, ond dyna fyddwch chi i mi, am byth.'

Gorffwysodd Morfydd ei phen ar ei ysgwydd a chau ei llygaid. Mor braf fyddai gallu ymateb yn gadarnhaol ac addo bod yn gariad bach i Bili. Efallai ei fod yn ei hala'n grac ar adegau, ond ni fyddai ef byth yn troi ei gefn arni. Byddai yno iddi, mor bropor, mor ffyddlon, yn un y gallai ddibynnu arno.

'Dwi yn hoff ohonoch chi, William,' sibrydodd.

'Ond rydech chi wedi rhoi eich bryd ar un arall?'

'Ar fwy nag un.'

'Peth peryglus yw hynny. "Y sawl a gâr lawer gaiff fod heb yr un" – dyna ddywed yr hen gân, "Mae 'nghariad i'n Fenws".'

'Os na fydd neb moyn 'y mhriodi i, falle af i'n genhades. Y'ch chi'n credu bo fi'n ddigon sanctaidd?'

'Nac ydw, Morfydd.'

Tynnodd Morfydd ei llaw yn ôl a throi ato, ei

llygaid tywyll yn fflachio mellt. Pwysodd William ei fys ar ei gwefus.

'A pheidiwch byth â newid.'

Mae'n siŵr y byddai croeso mawr iddo yn Wain House, Trefforest – Mama a Tada'n rhyfeddu at ei wybodaeth ac yn ei gymharu'n ffafriol â'r Eliot anfoesol. Ond ni allai yn ei byw ei weld yn cymryd ei le yno, nac yn Saron. Nac yn ei chalon hithau.

'Ma'n flin 'da fi, William.'

'Sh, rŵan. Gadewch i mi gael cofio'r prynhawn hwn ar Hampstead Heath â llawenydd. "Ni fwriaf o gof yr haf a gefais".'

14

Penderfynodd Morfydd dreulio'r haf yn Llundain, ar ei phen ei hun, heb fod yn atebol i neb. Roedd Eliot y tu hwnt i'w chyrraedd, Elizabeth yn mwynhau cysuron ei chartref yn Llanilar, a William, ar ôl y prynhawn dadlennol hwnnw ar yr Heath, wedi'i adael i lyfu'i friwiau. Ac yn well na'r cyfan, daethai llythyr oddi wrth Citi yn dweud bod y teulu'n aros ym Mhenucha am weddill y gwyliau.

Gan fod y gwaith coleg wedi ysgafnhau, ei hofn mwya oedd y byddai gofyn iddi gadw ei haddewid i Ruth Herbert. Ni welai'r llyfr bach byth olau dydd nes byddai'n ei gorfodi ei hun i oddef y peiriant nadu.

Treuliodd rai dyddiau yn crwydro'r ddinas. Beth fyddai gan Tada i'w ddweud, tybed, pe gwyddai ei bod yma, yn ddiamddiffyn, yng nghanol lladron a phuteiniaid? Daeth un ohonynt ati pan oedd yn oedi yn Piccadilly, ac ysgyrnygu arni gan ddweud, 'Ger'off me patch.'

Roedd hi wedi meddwl efallai y gwelai Jack, jawl bach ei fam-gu, eto, ond pa obaith oedd ganddi o hynny? 'Nace Caerdydd yw Llunden' – dyna ddwedodd yr ysbïwraig â'r galon lân a'r wefus bur. A nace Trefforest yn sicr. Diolchodd ei bod yn ddigon pell o'r fan honno. Dros dro, o leiaf.

Yn raddol, dechreuodd y dyddiau lusgo. Ysai weithiau am ysgwydd i bwyso arni a llaw i afael ynddi. Ond nid llaw'r pen bach o fyfyriwr, na'r un a'i holynodd: y ddau'n addo cariad am byth heb fod ganddynt ddim i'w gynnig, mwy nag oedd gan Bili Museum.

Pan ddychwelodd Elizabeth o Lanilar, ar dân am gael bwrw ymlaen â'i hymchwil, roedd Morfydd wedi ildio i'r syrthni a heb awydd symud o'i hunfan.

'Beth y'ch chi 'di bod yn neud trwy'r gwylie, 'te?' holodd Elizabeth, ychydig yn ddiamynedd.

'Ymlacio, fel chithe.'

'Shwt y'ch chi'n dod 'mlaen â'r gwaith ar yr alawon?'

'Wy ddim 'di twtsh â fe 'to. A ta beth, ma'r teulu Lewis bant ym Mhenucha drwy'r haf.'

'Ma pawb yn ôl nawr fod yr ysgolion wedi ailagor.'

''Sda fi gynnig i'r gwaith.'

Edrychodd Elizabeth yn gyhuddgar arni a chroesi at y drws.

'Ond so chi'n mynd i dorri'ch addewid i Mrs Lewis, a hithe wedi bod mor garedig?'

'Ble y'ch chi'n mynd nawr?'

'I'ch hebrwng chi i Grosvenor Road. Ma'r gwylie drosodd, Morfydd.'

Gadawodd y ddwy Blomfield Road, Elizabeth yn brasgamu yn ei hawydd i dywys Morfydd i ben ei thaith, a hithau'n loetran yn fwriadol bob hyn a hyn. Gwyddai Elizabeth yn well na'i chymell i frysio. Cadwodd lygad barcud arni. Ni fyddai'n ddim ganddi sleifio'n slei bach i un o'r strydoedd cefn.

Pan ddaethant i olwg rhif 23, oedodd Elizabeth, a dweud,

'Pob lwc, Morfydd. Gwedwch 'tho Mrs Lewis bo fi'n cofio ati.'

'Nace lwc wy angen, ond gras ac amynedd.'

Arhosodd Elizabeth yno nes iddi ei gweld yn diflannu i'r tŷ cyn rhoi ochenaid fach o ryddhad.

Croeso digon llugoer a gafodd Morfydd gan Ruth Herbert.

'Chi yn siwr bod amser gyda chi yn awr?' holodd. 'Mae ef yn llawer o gwaith.'

Galwodd ar Jane, a pheri iddi ddod â'r ffonograff drwodd. Syllodd Morfydd yn syn ar y silindrau cwyr a'r corn mawr, bygythiol. Pa ryfedd ei fod yn codi arswyd ar yr hen bobl, yn arbennig pan fyddai Ruth Herbert yn eu rhybuddio i beidio rhoi eu trwynau'n rhy agos ato?

'Ydych chi ddim yn meddwl bod hwn yn . . . beth ydyw'r gair am "wonderful"?'

'Ardderchog, rhagorol, gwych.'

'Exactly. Gwrandawed hyn.'

Y munud nesaf, roedd Morfydd yn camu'n ôl, ei dwylo dros ei chlustiau, ac yn griddfan yn dawel, fel anifail wedi cael cweir.

'Beth sydd yn bod yn awr?' holodd Ruth yn ddiamynedd.

''Sda fi gynnig i'r sŵn 'na.'

'"Sŵn"? William Jones ydyw hwn, yn canu cân am y roses coch.'

''Na beth yw e i fod, ife?'

'We spent four hours trying to get him to sing. O'dd e'n hen ddyn crusty. Ond dyna byddaf innau pan yn ugain pedwar a dau.'

81

'Wy inne'n crusty – a dim ond chwarter 'i oedran e.'

Syllodd Ruth arni a'i llygaid gleision yn llawn chwerthin.

'You are a silly little thing.'

Sylwodd fod gwefus isaf Morfydd yn crynu rhyw gymaint a brysiodd i ychwanegu, 'But very dear to us. Ni dechrau eto, ie?'

Yn raddol, daeth ei chlustiau i ddygymod â'r sŵn, a llwyddodd i ddatrys geiriau'r gân. Mentrodd ddweud,

'Nace sôn abythdu rhosynne ma'r gân, ond am foche cochion y ferch. Ma fe moyn rhoi cusan iddi.'

'Oh, dear, is it a suitable song? Dr John Lloyd Williams used to spend some time in public houses when he was collecting his songs, but I will not publish anything that is unfit for polite society. Nid oes lle yn fy llyfyr i i pethau . . .'

'Anweddus?'

'Gair drwg-da. Diolch, Morfydd. Ond raid i fi fynd i'r Temperance Meeting yn Charing Cross. Will you be able to manage without me?'

'Fe wnaf i 'ngore.'

'Chi raid cofio cadw pethau yn simple.'

'Syml?'

'Y geiriau sydd yn pwysig. Buasai yn well gyda fi peidio cael accompaniment o cwbwl.'

''Sdim diben i fi sefyll 'ma, 'te.'

'Peidiwch bod mor tenau croen, Morfydd. Tiwns bach neis, dyna beth sydd eisiau.'

Diolchodd Morfydd ei bod wedi gallu cadw ffrwyn ar ei thymer nes bod Ruth Herbert wedi gadael. Nid oedd wedi treulio dwy flynedd yng Nghaerdydd i raddio'n Mus. Bac., a chipio gwobrau yn ystod ei blwyddyn gyntaf yn y Coleg Brenhinol er mwyn cyfansoddi 'tiwns bach neis'. Ond beth oedd i'w ddisgwyl gan fenyw oedd yn credu, fel Bili Museum, fod barddoniaeth uwchlaw cerddoriaeth? Go brin y byddai Bili'n galw'r lol a'r lap a ddeuai o enau'r ffonograff yn farddoniaeth, o ran hynny. Rhoddodd dro i'r handlen. Suddodd ei chalon pan glywodd y geiriau, nad oedd yn gwneud unrhyw synnwyr iddi:

Hwp, ha wen!
Cadi ha, Morus stowt,
Dros yr ychle'n neidio.

Tro bach arall i'r handlen, a'r llais cras i'w glywed, fel drwy storm fellt a tharanau:

Hwp, dena fo!
A chynffon buwch a chynffon llo.
A chynffon Richard Parri fo.
Hwp, dena fo!

Ni allai oddef rhagor. Canodd y gloch i alw ar Jane, a dweud, wrth estyn y ffonograff iddi, 'Hwp, dena fo.' Sylwodd fod gwên ar wyneb y forwyn fach a'i bod yn sibrwd o dan ei gwynt.

'O'ch chi'n gweud rhwbeth, Jane?' holodd.

'Cadi Ha, Miss.'

Cyn iddi allu holi rhagor, roedd y forwyn wedi gadael yr ystafell, yn cario'r peiriant yn ei chôl fel petai'n magu babi. Beth ar wyneb daear oedd

83

'Cadi Ha'? Ta waeth am hynny. Roedd hi wedi gwneud ei thro da am y diwrnod, a hynny ar draul ei chlyw. Erbyn iddi gyrraedd yn ôl i'w llety, roedd hi'n fwy na pharod i ffarwelio â'r haf ac ailafael yn ei gwaith coleg.

15

Gadawodd Morfydd y Strand a'i bryd ar gael rhywun i rannu ei hedmygedd o'r lluniau a dynnwyd ohoni yn stiwdio'r Adelphi.

Roedd hi ar ei ffordd i lety Elizabeth pan gofiodd fod honno wedi hel ei thraed unwaith eto. Nid oedd Llundain yn ddim mwy iddi hi nag ystafell aros ar orsaf rhwng Llanilar a Rhydychen ac ni fyddai byth ar gael pan oedd arni ei hangen. Ni allai fentro galw yn Grosvenor Road. Y tro diwethaf iddi fod yno, roedd Ruth Herbert wedi bod yn feirniadol iawn o'i dehongliad o'r gân 'Mynwent Eglwys' ac wedi ei hatgoffa o'r rheidrwydd i 'cadw ef yn simple'. Yn amharod i afradu ei dawn, gadawsai hithau'r cyfeiliant fel yr oedd. Ni wyddai ddim o hanes Eliot, ond siawns na fyddai Bili ar gael, yno ynghlwm wrth ei ddesg yn yr Amgueddfa Brydeinig.

Ac yno yr oedd o, wrth gwrs, yn yr ystafell ymchwil, yn gymaint rhan o'r lle â'r memrynau a'r creiriau. Pan alwodd arno o'r drws, cododd ei ben a gwgu arni. Syllodd o'i gwmpas yn bryderus cyn dod i ymuno â hi a chau drws yr ystafell yn dynn o'i ôl.

'What are you doing here?' sibrydodd.

'Pam chi'n wilia Saesneg 'da fi?'

'Dyna'r iaith sy'n cael ei siarad yn yr adeilad hwn.'

'Well i ni fynd mas, 'te.'

Nid oedd ganddo ddewis ond ei dilyn, rhag gwneud sôn amdano'i hun a cholli parch ei gyd-weithwyr.

Cerddodd y ddau i gyfeiriad y tea room heb yngan gair. Roedden nhw'n eistedd wrth y bwrdd arferol a'r archeb wedi'i rhoi pan ofynnodd Morfydd,

'Odw i ddim yn cael teisen heddi?'

'Mae paned o de yn fwy nag yr ydech chi'n ei haeddu. Nid dyna'r ffordd i ymddwyn yn yr Amgueddfa, o bob man ... rhuthro i mewn heb ganiatâd, tynnu sylw pawb a gwneud ffŵl ohona i.'

''Sdim angen 'yn help i arnoch chi i neud 'ny.'

'Dydy ennill medal Charles Lucas a chael eich enw yn y *Times* ddim yn rhoi'r hawl i chi wneud fel y mynnwch chi, Morfydd.'

'A beth ambythdu gwobr Oliveria Prescott am ragoriaeth gyffredinol, ac Ysgoloriaeth Goring Thomas am gyfansoddi?'

'A dyna pam y daethoch chi yma? I ganu eich clodydd eich hun?'

Estynnodd Morfydd yr amlen oedd yn cynnwys y lluniau o'i bag. Craffodd Bili arnynt fesul un, ei lygaid yn llawn edmygedd ar waethaf ei ddicter.

'Ma'n nhw'n werth 'u gweld, on'd y'n nhw?'

'Wrth gwrs. Sut y gallai lluniau o'r fath wrthrych fod yn ddim ond perffaith?'

'Allwch chi gatw un os y'ch chi moyn, i'ch hatgoffa chi ohono i.'

'Tywallt halen ar friw fyddai hynny.'

'Ma'n flin 'da fi os rhoies i lo's i chi. Ni'n dala'n ffrindie, on'd y'n ni?'

'A dyna'r cyfan allwn ni fod, yntê? Does yna ddim man cyfarfod i ddau sydd yr un mor benderfynol o ddilyn eu llwybrau eu hunain.'

Roedd y ceiliog dandi bach wedi gorfod cyfaddef gwendid, o'r diwedd, ond pa hawl oedd ganddo i geisio esmwytho'i gydwybod drwy ei thynnu hi i'w ganlyn? Hi, oedd wedi cael ei gorfodi i blygu i ewyllys rhieni, i gerdded rhwng canllawiau ac ildio, dro ar ôl tro, i'r parchedig ofn.

Casglodd Morfydd y lluniau a'u cadw yn yr amlen.

'Siaradwch chi drostoch 'ych hunan. Chi'n rhydd i dderbyn neu wrthod. Ond pidwch becso, wy'n gwpod am rai fydd wrth eu bodd yn derbyn rhain.'

'Y llu cariadon sy'n dibynnu ar lun i'w hatgoffa ohonoch chi, ac nad oes ganddyn nhw ddewis ond derbyn? Druan â nhw.'

'Nace arno i ma'r bai os y'n nhw'n ddicon ffôl i gwmpo mewn cariad 'da fi.'

'Mae ganddon ni'n dau achos i ddiolch nad yden ni erioed wedi colli na thraed na phen.'

Beth fyddai ei ymateb, tybed, petai hi'n cyfaddef fel y bu ond y dim iddi golli'r naill a'r llall? Weithiau, byddai'n difaru'i henaid na fu iddi ddal ar y cyfle; dro arall yn diolch iddi lwyddo i gadw'i hunan-barch, fel y gallai wynebu Tada â chydwybod dawel.

'Chi'n iawn, Bili. Ry'n ni wedi arbed lot o ofid i ni'n hunen, on'd y'n ni?'

Nodiodd yntau'n ddoeth, gan fwrw o'i gof sawl noson ddi-gwsg pan fu siom a hiraeth yn gwasgu arno. Mynd ar ei lw na adawai i'r un ferch gael y gorau arno byth eto, a gorfod goddef un codwm ar ôl y llall. Ond ni fynnai gyfaddef hynny wrth neb, heb sôn am hon, oedd yn ymhyfrydu yn ei gallu i swyno dynion.

Cododd ar ei draed, gan osgoi edrych arni. Fe wnâi'n siŵr mai ef oedd yn gwneud y gadael y tro hwn.

'Cofiwch fi'n garedig at Miss Lloyd, Morfydd.'

Aeth y ddau i ddilyn eu llwybrau eu hunain, fel arfer. Cyn pen dim, roedd William yn ôl wrth ei waith, yn ei longyfarch ei hun ar lwyddo i daflu llwch i lygaid Morfydd. Dychwelodd hithau i'w llety, yr un mor falch iddi allu cadw'i phen a'i hunan falchder ar waetha'r ymweliad anffodus â'r Amgueddfa.

16

Byddai Morfydd wedi aros yn Llundain dros y Nadolig oni bai i Elizabeth ei chyhuddo o esgeuluso'i chartref a'i rhieni. Roedd y danchwa erchyll a ddigwyddodd yng nglofa Senghennydd fis Hydref wedi cael effaith andwyol nid yn unig ar drigolion ardal Caerffili, ond ar Gymru gyfan a thu hwnt. Gwyddai Morfydd mai dyna'r cyfan fyddai ar dafodau pawb yn Nhrefforest, ac ni allai ddygymod â'r wynebau pruddglwyfus a'r ysgwyddau crwm.

Roedd hynny wedi esgor ar ffrae. Hi oedd wedi gwneud y ffraeo, o ran hynny, ac roedd y ffaith na fyddai Elizabeth byth yn colli'i thymer na chodi ei llais yn ei chythruddo'n fwy fyth. Pan ddywedodd honno, 'Man a man i chi wynebu'r gwir', rhoddodd lais i'r cwynion oedd wedi dyblu a threblu yn ystod y misoedd diwethaf i ganlyn poenau ac afiechydon arferol y gaeaf.

''Sda chi'm amcan beth wy 'di gorffod 'i odde, o's e?' holodd, ei hanadlu'n llafurus a'i llygaid fel pe baent wedi suddo i'w phen. 'Ma'n nhw'n fy nhrafod i'n gwmws fel 'sen i'n groten fach. Dy'n nhw ddim yn folon derbyn bod 'da fi 'mywyd 'yn hunan.'

''Na shwt ma rhieni . . . moyn y gore i'w plant, ac yn ofni gollwng gafel.'

'Rhyddid i neud beth wy moyn, 'na'r cyfan wy'n ofyn.'

'Peth dansherus yw hynny, Morfydd. Fel gwedodd

John Donne, "No man is an island entire of itself". Ry'n ni i gyd yn atebol i rywun.'

'Wy 'di ca'l dicon arnoch chi'n gweud 'tho i beth i neud. Chi mor bropor, on'd y'ch chi ... mor berffeth, byth yn ca'l cam gwag na gorffod ymddiheuro am ddim.'

'Well i fi adel, 'te?'

'Ie, cerwch chi. 'Sdim croeso i chi 'ma rhagor.'

Oedodd Elizabeth am ychydig eiliadau, ond roedd Morfydd wedi troi ei chefn arni. Dylai fod wedi gwybod yn well na gweld bai arni a hithau yn ei gwendid. Ond nid oedd yn bwriadu ymddiheuro am ddweud y gwir, hyd yn oed i geisio achub cyfeillgarwch a fu'n ddigon bregus ar adegau.

❧

Bore trannoeth, daeth un o'r merched oedd yn rhannu'r llety yn Blomfield Road â nodyn iddi oddi wrth Morfydd yn erfyn arni fynd draw.

Aeth hithau ar ei hunion, a chael Morfydd yn gorwedd ar yr ynys o wely, y tân wedi diffodd a'r ystafell cyn oered â'r byd y tu allan. Mynnodd gael ychydig o glapiau glo o'r seler, er i wraig y llety haeru bod Morfydd wedi cael ei dogn am yr wythnos. Mewn byr amser, roedd y tân yn fflamio, blanced ychwanegol ar y gwely, a Morfydd wedi ei gorfodi i gymryd y moddion yr oedd wedi'i esgeuluso ers dyddiau.

Ni soniwyd gair am y nodyn, na'r anghydfod a fu. Wedi iddi gael popeth i drefn a'i bodloni ei hun fod

Morfydd mor glyd a chynnes ag oedd modd, eisteddodd Elizabeth wrth y tân. A'i gofid am Morfydd wedi ei chadw'n effro am oriau yn ystod y nos, aeth y gwres yn drech na hi. Rhyw hepian yr oedd hi pan glywodd Morfydd yn galw arni. Cododd yn frysiog a chroesi at y gwely. Roedd Morfydd wedi codi ar ei heistedd ac yn syllu'n wyllt o'i chwmpas.

'Beth sy'n bod, Morfydd fach?'

'O'dd arna i ofan bo chi 'di 'ngadel i.'

'Sa i'n mynd i unman.'

Gafaelodd Morfydd yn ei llaw, a'i gwasgu.

'Ry'ch chi'n werth y byd, Beti Bwt.'

Lledodd gwên dros wyneb Elizabeth.

''Sneb erio'd 'di 'ngalw i'n Beti, a wy'n bell o fod yn bwt, on'd ydw i?'

''Na beth fyddwch chi o hyn mla'n, ond dim ond i fi.'

Teimlodd Elizabeth gryndod y llaw fach, fel petai glöyn byw wedi glanio ar ei chledr. Roedd hi mor eiddil ac mor hawdd ei chlwyfo. Cofiodd sut y gwelodd hi'r prynhawn hwnnw ar Hampstead Heath, fel un barod ei thafod a sicr ohoni ei hun.

Sawl tro yn ystod y misoedd diwethaf yr oedd hi wedi gorfod cyfaddef nad oedd hi fymryn yn nes at ei deall? Ond heddiw, a'r llaw fach yn dynn yn ei llaw hi, roedd fel petai'r cen wedi syrthio oddi ar ei llygaid, a gallai weld yr ansicrwydd a'r diffyg hyder o dan yr wyneb. I Morfydd, bygythiad oedd methiant a llwyddiant fel ei gilydd, yn mynnu'r cyfan, fel na allai byth orffwyso ar ei rhwyfau. Efallai mai'r sylw a'r clod cynnar oedd i gyfri am hynny. Er iddi haeru ei bod eisiau rhyddid i wneud fel y mynnai, Morfydd fyddai'n dioddef fwyaf petai ei rhieni'n cytuno i ollwng eu gafael. Ni allai hi byth dorri'r hualau oedd yn ei chydio wrth rieni a chapel.

Ni theimlodd Elizabeth erioed mo'r ysfa i gadw draw o Lanilar. Gallai ddibynnu ar gefnogaeth ei rhieni, ond ni fyddent byth yn rhoi pwysau arni, dim ond derbyn ei bod yn ddigon doeth i dorri ei chŵys ei hun. Ond, a bod yn onest, ni allai hi, mwy na Mr a Mrs Owen, Trefforest, ddibynnu ar Morfydd i arfer y dogn doethineb oedd ganddi. Ychydig wythnosau'n ôl roedd hi wedi talu arian na allai ei fforddio am luniau ohoni ei hun, mewn stiwdio ar y Strand o bobman – lluniau oedd, meddai hi, yn gwneud iddi edrych yn welw ac yn ddiddorol. Gallai Elizabeth fod wedi ychwanegu 'a ffroenuchel', ond ofnai y byddai Morfydd yn ystyried hynny'n glod yn hytrach na beirniadaeth. Roedd hi wedi rhannu'r lluniau â'r cyn-gariadon oedd yn ymddangos fel madarch dros nos, ac yn diflannu yr un mor sydyn. Byddai wastad yn eu cymharu'n anffafriol â rhyw gariad a fu ganddi – yr un y rhoesai ei chalon iddo, er nad oedd ganddi unrhyw hawl arno.

'Gŵr priod o'dd e, ife?' holodd hithau'n betrus.

'Ie. A nawr ma 'dag e fenyw arall.'

Ai anghydfod ynglŷn â'r cariad hwnnw a wnaeth i Morfydd dreulio'r haf yn Llundain? Efallai na ddylai fod wedi rhoi pwysau arni i fynd adref. Er nad oedd wedi cyfarfod rhieni Morfydd, gwyddai y byddai eu hymateb yr un fath ag ymateb aelodau ei chymdeithas hi – mynegiant o siom a cherydd llym yn gwanu hyd at y galon. Sut y gallai adael i'r beth fach hon, oedd yn rhidyll o boenau, ddioddef rhagor? Roedd hi ar fin ei chymell i anwybyddu dyletswydd a chadw draw o Drefforest pan ofynnodd Morfydd,

'Ma pythewnos tan y Nadolig, on'd o's e?'

''Bytu bod.'

'Fydd hynny'n rhoi amser i fi wella cyn mynd gatre.'

'Cyn belled â bo chi'n gofalu am 'ych hunan.'

'Ry'ch chi 'ma i neud yn siwr o 'ny, on'd y'ch chi?'

17

Ar waethaf ymdrechion Elizabeth, nid oedd modd dad-wneud effaith yr oerni a'r tamprwydd. Wrth iddi ffarwelio â Morfydd, ei hofn mwyaf oedd y byddai ei rhieni, o'i gweld yn y fath gyflwr, yn ei rhwystro rhag dychwelyd i Lundain. Yn ystod y pythefnos diwethaf, daethai i sylweddoli cymaint yr oedd eu cyfeillgarwch yn ei olygu iddi.

Byddai wedi bod yn fwy pryderus fyth petai wedi clywed Sarah Jane yn dweud, pan gyrhaeddodd Morfydd Wain House, wedi diffygio ac yn gorfod ymladd am ei hanadl,

'Eich tad oedd yn iawn. Ddylen ni ddim fod wedi cytuno i chi adel catre.'

Ei feio ei hun a wnaeth ei thad, unwaith eto, am gymryd ei berswadio gan un nad oedd ganddo barch at na dyn na Duw. A'i nerth wedi pylu'n ddim, ni wnaeth Morfydd unrhyw ymdrech i amddiffyn Eliot, er y gwyddai y byddai ei mudandod yn arwydd o euogrwydd i'w thad. Cawsai fframio'r llun ohoni yn y gôt ffwr ffug a'r het bluog i'w roi yn anrheg i'w rhieni. Er i'w mam edmygu'r het, unig ymateb Tada oedd dweud, 'Nace'n Morfydd ni yw hon.'

Treuliodd y tri ohonynt ddeuddydd cyntaf y gwyliau yn mesur eu camau a'u geiriau. A hithau heb fynd led ei throed o'r tŷ, teimlai Morfydd fel petai'r muriau'n cau amdani. Yna'r prynhawn cyn y

Nadolig, pan oedd ei mam yn brysur yn y siop, ac ymarfer olaf y côr plant yn debygol o gadw'i thad yn Saron am awr neu ddwy, manteisiodd ar y cyfle i sleifio allan. Nid oedd ar wefusau pawb ond yr hyn yr ofnai ei glywed, a gwynt Senghennydd yn llercian ym mhob twll a chornel.

Er nad oedd ganddi unrhyw nod arbennig, fe'i cafodd ei hun yn sefyll y tu allan i'r London Stores. Parodd yr hyn a welodd drwy'r ffenestr i'w chalon guro'n gyflymach. Y munud nesaf, roedd hi yn y siop, yn cerdded heibio i'r cwsmeriaid a'r wraig y tu ôl i'r cownter ac yn anelu at y gŵr ifanc a safai ar ysgol a'i gefn ati, wrthi'n rhoi trefn ar y silffoedd uchaf.

'Georgie,' sibrydodd.

Trodd yntau ac edrych i lawr arni. Er bod tebygrwydd rhyngddo a Georgie, roedd golwg mwy syber ar hwn, ei ysgwyddau'n grwm fel petai'n cario gofidiau'r byd ar ei gefn.

'Ma'n flin 'da fi . . . ym . . .'

'Kenneth, y brawd hena'.'

Roedd y siop wedi gwagio heb iddi sylwi, a'r wraig fach wedi gadael ei chownter ac yn croesi ati.

'Ddylen i'ch napod chi,' meddai, ei llygaid yn pefrio fel rhai ei mab ieuengaf.

'Morfydd Owen, Wain House.'

'Wrth gwrs. O'dd eich llun chi yn y *Pontypridd Observer* pwy ddiwrnod. Ry'ch chi'n neud enw i chi'ch hunan 'sha Llunden, on'd y'ch chi? Kenny, dere lawr glou ac estyn stôl i Miss Owen.'

Dringodd yntau i lawr yn llafurus a rhoi ei bwysau ar y cownter i'w sadio'i hun.

'Wedi dod 'ma i holi abythdu Georgie wy. O'n ni'n dou yn ysgol Wood Road 'da'n gilydd.'

Cymylodd wyneb y fam, a chiliodd y golau o'i llygaid. Rhythodd ar Morfydd cyn troi ar ei sawdl a diflannu i gefn y siop.

Ac ymateb y wraig fach oedd mor groesawgar ychydig eiliadau'n ôl wedi tynnu'r gwynt o'i hwyliau, holodd Morfydd mewn penbleth,

'Beth wetes i i'w tharfu hi?'

'Dyw enw Georgie ddim yn ca'l 'i grybwll man hyn.'

'Pam 'ny?'

''Sneb 'di clywed gair er pan a'th e bant ddechre'r flwyddyn . . . i roi cynnig arall ar neud 'i ffortiwn, medde fe. Esgusodwch fi, Miss Owen, alla i byth â ffordo colli busnes.'

Roedd cwsmer arall yn loetran yn ddiamynedd. Herciodd Kenny ato, gan ymddiheuro am yr oedi. Wrth iddi adael y siop, cafodd Morfydd gip ar y fam yn sychu ei llygaid â'i ffedog cyn dychwelyd i rannu'r gwaith o ofalu am y busnes yr oedd ei bachgen ieuengaf wedi troi ei gefn arno. Efallai y dychwelai yntau ryw ddiwrnod, fel y mab afradlon, heb ddod o hyd i'r cawg wrth droed yr enfys. Byddai'r fam fach na allai oddef clywed ei enw yn ei dderbyn â breichiau agored. Ond edliw yr holl oriau a roesai er mwyn cadw'r busnes rhag mynd â'i ben iddo a wnâi'r mab hynaf. Dim rhyfedd ei fod mor sur ei olwg. Druan ag ef. Ynghlwm am byth wrth gownter London Stores, y cloffni a'r cyfrifoldeb yn llyffethair arno. Cofiodd Morfydd fel y bu i Elizabeth sôn mai peth dansherus oedd rhyddid, a bod pawb yn atebol i rywun. Roedd Georgie bach wedi mynnu'r hawl i wneud fel y mynnai. Ond nid oedd modd gwneud hynny heb glwyfo pobl eraill. Beth petai hi wedi penderfynu aros yn Llundain dros y Nadolig, ei gorfodi ei hun i ddioddef yr oerni a'r unigrwydd, dim ond er mwyn ceisio profi nad oedd arni angen neb?

Arhosodd y darlun o'r fam fach yn gwlychu'i ffedog â'i dagrau efo hi nes iddi gyrraedd Wain House, a chael ei dau frawd mawr yn aros amdani. Erbyn y min nos, aethai'r prynhawn siomedig a bygythiad y deuddydd diwethaf yn angof dros dro, wrth iddi ymollwng i'r teimlad braf o fod gartref.

18

Cyrhaeddodd Morfydd yn ôl i Lundain i wynebu blwyddyn newydd yn ysgafnach ei chalon, a'i bryd ar wneud y gorau o hynny o ryddid oedd ganddi heb esgeuluso'i dyletswydd tuag at ei rhieni. Ond bu'r cyfuniad o'r mwrllwch cawl pys y tu allan a'r oerni iasol y tu mewn yn ddigon i chwalu'r holl fwriadau da.

Aeth deuddydd heibio cyn iddi allu mentro i lawr y grisiau i geisio apelio at natur dda gwraig y llety, a chymryd bod ganddi'r fath beth. Ond roedd drws honno wedi ei gau'n dynn. Pwysodd Morfydd yn erbyn y bwrdd bach yn y cyntedd lle byddai'r post yn cael ei adael, er mwyn ceisio magu nerth i ddringo'r grisiau. Sylwodd fod amlen ar lawr wrth ei thraed. Roedd ei henw hi arni, a'r ysgrifen yn gyfarwydd. Eisteddodd ar y gris isaf a rhwygo'r amlen yn agored.

Yn ôl yn ei hystafell, anghofiodd y mwrllwch a'r oerni yn y llawenydd o dderbyn gair oddi wrth ei Mr Williams hi. Rhoddodd rai o'r clapiau glo, oedd cyn brinned ag aur, ar y llygedyn tân, cyn mynd ati i ysgrifennu:

My dear Eliot,

I have just returned from Trefforest, having been thoroughly spoilt by my mother, who must have thought I was at death's door. She kept me fed and watered like the hothouse plants at Kew. It all became too much for me, and I managed to sneak out one day. Do you remember me telling you how I met Georgie bach, my very first boyfriend, last Christmas, and how he reminded me of the kiss I had promised him? Leaving Wain House that day, I meant to keep the promise. But it was not to be, for Georgie has not returned from seeking his fortune, leaving behind an angry brother and a broken-hearted mother. This made me feel very guilty, for I had been tempted to stay in London over Christmas. And I would have stayed were it not for worthier-than-thou Elizabeth, who accused me of neglecting my parents. When I complained of my lack of freedom, she quoted that insufferable John Donne's 'no man is an island'.

The New Year's resolutions I made in my warm bed at home became undone (a clever pun, but not mine!!) as soon as

I returned. How could I think of others when I needed what little strength I have to exist?

But this afternoon, when I found your letter (it had fallen on the lobby floor and been left there), it was as if I was able to draw strength from your words. How much better it will be to see and to hear you. I will be counting the days!

With my love, Morfydd

P.S. Next month I will be travelling to Weston-super-mare to give a <u>lecture</u> on Welsh Folk Songs. What do you think of that?!!

Roedd hynny'n swnio'n well nag yr oedd mewn gwirionedd. Go brin y byddai wedi cael gwahoddiad o'r tu hwnt i Glawdd Offa oni bai am ei thad. Roedd Owen Cyrnant Daniel, gŵr ei chwaer Mary, yn rheolwr banc y London and Provincial yn Weston, ac ef oedd llywydd y Cymmrodorion.

Gan fod y gwahoddiad yn cynnwys Tada, awgrymodd hi y gallai yntau gymryd rhan drwy ganu ambell un o'r caneuon. Roedd hynny wedi ei blesio'n fawr. Byddai Beti Bwt yn falch ohoni, meddyliodd.

❧

Bu'r Ionawr hwnnw, a'i gyfuniad gwenwynllyd o darth a mwg afiach, yn un creulon wrth drigolion Llundain. Datblygodd yr annwyd a flinai Morfydd yn fronceitus, ac erbyn dechrau Chwefror, prin y gallai symud. Daeth Elizabeth i'r adwy unwaith eto. Claf diamynedd oedd Morfydd, ac roedd bod yn gaeth yn dreth arni. Dioddefodd Elizabeth frath ei thafod fwy nag unwaith, yn cael ei ddilyn â'r 'Ma'n flin 'da fi, Beti Bwt. Be 'nelen i heboch chi?' cyfarwydd. Er bod gan yr Elizabeth honno amynedd Job ei hun, bu'n rhaid iddi droi tu min pan fynnodd Morfydd ei bod am godi, gan ei bod wedi trefnu cwrdd â ffrind ymhen deuddydd.

'So chi'n mynd i unman, Morfydd.'

'Ond wy ddim wedi'i weld e ers mishodd.'

'Fydd gofyn iddo fe aros am damed bach 'to, ta pwy yw e.'

'Na! Ma'n rhaid i fi.'

Ceisiodd Morfydd godi, ond bu'r ymdrech yn ormod iddi, a syrthiodd yn ôl ar y gobennydd yn ymladd am ei hanadl. Syllodd Elizabeth yn dosturiol arni gan ei beio ei hun am ei tharfu.

'Hala i lythyr ato fe, os y'ch chi moyn, i egluro.'

Bu Morfydd yn ystyried y cynnig am rai eiliadau cyn cytuno'n rwgnachlyd. Eisteddodd Elizabeth wrth y bwrdd ac estyn am bapur a phin ysgrifennu.

'Wel, beth y'ch chi am i fi weud? Sais yw e, ife?'

'Na. Cymro ym mhopeth ond ei iaith.'

Roedd y llythyr yn un byr ac i bwrpas. Pan

holodd Elizabeth a oedd Morfydd am anfon ei chofion ato, meddai,

'Cariad, nace cofion. Man a man i chi gael gwpod taw fe yw'r un roies i 'nghalon iddo.'

Ni chafodd Morfydd yr ymateb a ddisgwyliai, ac meddai'n siarp,

'Glywoch chi beth wetes i?'

'Do, Morfydd, yn ddigon clir. Wy angen yr enw a'r cyfeiriad.'

'Eliot Crawshay-Williams. A ma'r cyfeiriad yn 'i lythyr . . . ar bwys y ffoto ohono i.'

Er nad oedd gan Elizabeth ddiddordeb mewn pori drwy'r papurau newydd ac na fyddai byth yn rhoi clust i unrhyw sgandal, roedd ganddi frith gof o glywed neu ddarllen fod y Crawshay hwn wedi gwneud sôn amdano'i hun. Ni wyddai ragor, ac ni fynnai wybod chwaith. Arwyddodd ei llythyr â'r enw Beti Bwt Lloyd, yn hytrach nag Elizabeth. Awgrymai hwnnw hoeden fach ysgyfala nad oedd safonau na moesau'n golygu dim iddi.

Gafaelodd yn llythyr Eliot Crawshay-Williams rhwng bys a bawd, fel petai haint arno. Roedd hi wedi cyflawni ei dyletswydd, a hynny'n groes i'r graen. Ni fyddai'n cytuno i wneud y fath beth byth eto. Yn dân am gael ei wared, meddai,

'Wy am fynd i bosto hwn nawr.'

'Y'ch chi 'di gweud 'tho Eliot bo fi'n dost?'

'Wrth gwrs 'ny.'

'A bo chi'n pallu gadel i fi fynd mas?'

Anwybyddodd Elizabeth y cwestiwn hwnnw. Gafaelodd yn ei chôt a gadael yr ystafell, gan osgoi'r

demtasiwn i roi clep ar y drws. Clywodd Morfydd yn
galw arni mewn llais gwan,

   'Dewch 'nôl glou, Beti Bwt.'

19

Roedd y tywydd wedi tyneru ryw gymaint erbyn canol Chwefror, ac Elizabeth wedi llwyddo i ddal ei thafod sawl tro, er iddi fentro dweud nad oedd Morfydd yn ffit i deithio i Weston. Mynnodd hithau na allai dynnu'n ôl a siomi pawb, yn arbennig Tada, oedd yn edrych ymlaen cymaint.

Nid oedd yr annwyd fymryn gwaeth wedi'r daith, a bu'n rhaid iddi ddioddef clywed Morfydd yn clochdar. Cafodd fwy o achos brolio pan anfonodd Modryb Mary doriad o'r papur newydd lleol iddi. Dechreuodd ddawnsio o gwmpas yr ystafell dan ganu a chwifio'r darn papur uwch ei phen. Mygodd Elizabeth y demtasiwn i'w rhybuddio rhag gorwneud pethau. Curodd ei dwylo i gyfeiliant y canu. Ni allai gofio teimlo cyn hapused erioed. Roedd ganddi achos diolch i William Hughes Jones am ei chyflwyno i'r ferch ddigyffelyb hon oedd â chymaint i'w gynnig, un a allai ennyn dicter a thosturi, gwên a dagrau.

'Wy mor falch, Morfydd,' meddai, wedi i'r ddwy gael eu gwynt atynt.

'A finne! Clywch beth ma'n nhw'n weud man hyn . . . "a much appreciated lecture. In her rendering of several beautiful folk songs she charmed her hearers." A beth abythdu hyn 'te? "She was ably assisted by her father." Fydd hynny'n pleso Tada. O'dd hi mor hyfryd 'i glywed e'n canu "Y Deryn Pur" a "Dacw 'nghariad", a nace emyne byth a hefyd.'

'Wrtho fe geloch chi'r ddawn, ife?'

'Y ddou. Ma Mama'n gantores, ac yn bianydd 'fyd.'

'Ry'ch chi wedi'ch bendithio, Morfydd.'

'Otw, wy'n cretu bo fi. Chi'n meddwl dylen i ddangos yr adroddiad 'ma i Mrs Lewis?'

'Ar bob cyfri.'

'Falle 'se'n well i chi neud 'ny, rhag ofan iddi feddwl bo fi'n bragaldan.'

'Bydd e'n bleser! Ond wy'n credu y dylech chi gydnabod eich diolch iddi.'

'Am beth, nawr?'

'Ei chyngor a'i chymorth, ondife?'

'O, ie, chi'n itha reit, Beti Bwt . . . fel arfer.'

✤

Cadwodd Morfydd y toriad papur yn ddiogel nes ei bod yn teimlo'n ddigon abl i wynebu bore Sul yn Charing Cross heb i'r peswch amharu ar y gwasanaeth. Cyfarchodd Ruth Herbert hi'n wresog, a chafodd Elizabeth a hithau wahoddiad taer i ginio.

'We must fatten you up, Morfydd,' mynnodd.

'Nace ffowlyn odw i,' sibrydodd hithau, gan beri i Citi roi bloedd o chwerthin ac i'w mam ei cheryddu â'i 'Cofied y diwrnod, Alice Catherine'.

Cadwodd Elizabeth ei haddewid, ac ychwanegodd Morfydd ei diolch hithau i'w mentor, gan ei sicrhau bod y rhan fwyaf o'r alawon bellach yn barod a'i bod wedi eu cadw mor syml ag oedd modd. Yng ngwres y 'diolch i mi am ddiolch i chi', gallodd

105

oddef clywed Ruth Herbert yn dweud ei bod yn hoffi 'tiwns bach neis', er iddi guchio ar Elizabeth pan glywodd honno'n ei hamenio.

Yn hytrach na'i gorfodi i odde'r ffonograff, mynnodd Ruth fod ganddi rywbeth gwell i'w gynnig i Morfydd, a'i bod am gael y pleser o gyfarfod un o'r hen bobl oedd wedi ei helpu i gadw'r caneuon yn fyw.

Cyn iddi adael Grosvenor Road, cawsai ei siarsio gan Citi i beidio disgwyl gormod, gan fod yr hen wraig yn Wyrcws Treffynnon yn diflannu i'w gwely pan glywai fod 'y Saesnes ene' ar ei ffordd, ac na fyddai'n ddim ganddi wrthod canu nodyn. Ond pwysodd ar Morfydd i dderbyn y cynnig, gan fod hynny'n golygu aros am rai dyddiau ym Mhlas Penucha, y lle tebycaf i'r nefoedd a ddisgrifiai'r Parchedig Peter Hughes Griffiths ar ei bregethau.

'A shwt ma fe'n gwpod pwy fath o le yw'r nefo'dd, 'te?'

'Because . . . oherwydd bod ef gyda Duw ac Iesu Grist a'r saints i gyd.'

'Os y'ch chi'n gweud.'

Roedd yn haws cytuno na gwrando ar Citi'n rhestru rhinweddau'r gweinidog a drigai ymysg saint, er bod Morfydd yn sicr ei meddwl y byddai'n ddewisach ganddo gael cwmni amgenach wrth ei fwrdd a rhwng ei gynfasau. Yn ystod y misoedd diwethaf, roedd hithau wedi gweld colli'r cyffro o syrthio mewn cariad, ac allan ohono, o fod â'r pŵer i dorri a thrwsio calonnau, gan ofalu cadw ffrwyn ar ei chalon ei hun. Ond nawr bod y gwanwyn ar ei ffordd, ni fyddai rhagor o rynnu wrth lygedyn o dân. Allan acw, roedd breichiau y gallai swatio ynddynt, a gwefusau fyddai'n sibrwd fflamau o eiriau i gynhesu'i chorff. Roedd y Morfydd fach a gefnodd ar Wain House yn fwy na pharod i gwympo mewn cariad unwaith eto.

20

Tra oedd yn aros am Elizabeth, penderfynodd Morfydd gyfnewid ei het gantel llydan am un lai. Er mai hwn oedd picnic Hampstead Heath cynta'r flwyddyn ar gyfer pobl ifanc capel Charing Cross, byddai ambell un o'r rhai hŷn yn mynnu dod i'w canlyn er mwyn cadw llygad barcud ar bawb a phopeth.

Pan glywodd sŵn traed Elizabeth ar y grisiau, estynnodd am ddyrnaid o flodau papur lliwgar a'u plannu yma ac acw dros yr het. Dyna welliant! Câi'r canol oed sidêt feddwl beth a fynnent. Siawns nad oedd prynhawn braf o wanwyn yn haeddu'r dathliad gorau. Trodd i gyfarch ei ffrind, yn llawn ewyllys da.

'Wel, a beth y'ch chi'n feddwl o'n het croeso-gwanw'n i?'

'Pert iawn. Ond sa i'n galler dod 'da chi heddi, Morfydd.'

'Ond ry'n ni wedi trefnu.'

'Geso i neges wrth Mrs Herbert Lewis. O'dd Tada wedi ffono i weud bod Mam wedi cwmpo a thorri'i braich.'

'Druan fach â hi.'

'Ma'n rhaid i fi fynd gatre.'

'Wy'n siwr 'se rhai o'r cymdogion yn falch o'r cyfle i helpu rhywun sydd mor barod 'i chymwynas.'

'Fy lle i yw bod 'na, Morfydd.'

'Ie, sbo. Ond beth abythdu Bili Museum? O'dd bai arnoch chi'n 'i wahodd e i ddod 'da ni i'r Heath.'

'Ma fe'n aelod yn Charing Cross, on'd yw e?'

'Dim ond ar dywydd teg, pan fydd siawns am bicnic. A ta beth, ma'n well 'dag e addoli yn Saesneg. Pan gwrddon ni gynta, mewn salon yn Radnor Place, o'dd e'n pallu whilia Cwmrâg, ond allen i'm godde 'ny.'

'Ry'ch chi'n ddigon ffit i aller 'i drafod e, 'te.'

Roedd hi wedi mynd, a'i gadael ar drugaredd y ceiliog dandi bach. Wedi teimlo piti drosto pan alwodd yn yr Amgueddfa yr oedd hi, meddai hi, o weld y fath olwg lwydaidd a phenisel arno. Bu ond y dim i Morfydd ddatgelu pa mor sarhaus fu gwrthrych y tosturi y tro diwethaf iddynt gyfarfod, a pha mor awyddus i wadu'r gyffes o gariad. Ond golygai hynny gyfaddef iddi darfu arno drwy ymweld â'r Amgueddfa.

Ef oedd yr un cyntaf a welodd pan gyrhaeddodd orsaf Charing Cross, yn sefyll ychydig ar wahân i weddill y cwmni.

'Eich hun yr ydech chi, Morfydd?' holodd, yn ddigon oeraidd.

'Dyw Miss Lloyd ddim 'di gallu dod . . . ei mam hi wedi ca'l damwen.'

'Trueni,' yr un mor oeraidd.

Penderfynodd Morfydd ei anwybyddu a chanolbwyntio ar fwynhau'r profiad o deithio ar y trên trydan tanddaearol. Nid oedd ond cwta fis er pan ychwanegwyd yr estyniad hwn i Hampstead Heath. Roedd Llundain yn symud ymlaen ar garlam, a rhywbeth newydd yn ymddangos bob dydd. Mor wahanol i Drefforest a'i fyw araf, undonog.

Camodd William oddi ar y trên ar y blaen i bawb a cherdded yn fân ac yn fuan i gyfeiriad yr Heath. Tuthiodd hithau ar ei ôl.

'Chi ddim am gynnig helpu 'da'r hamperi?' holodd.

'Mae yna rai sy'n fwy abl i wneud hynny.'

Anelodd am un o'r meinciau ar bwys y clwb tennis. Arhosodd Morfydd ar ei thraed yn gwylio'r criw yn agor yr hamperi gwellt. Y munud nesaf, roedd William yn croesi atynt, yn ei helpu ei hun i beth o gynnwys un o'r basgedi, ac yn ei lapio yn ei hances boced. Dychwelodd ati a dal y pecyn yn agored o'i blaen.

'Cymerwch frechdan, Morfydd.'

'Chi'n siwr y gallwch chi ffordo un?' Yn wawdlyd.

'A dyna'r diolch yr ydw i'n ei gael am feddwl amdanoch chi?'

'Meddwl abythdu'ch hunan, 'na'r oll chi'n gallu 'i neud. A ddyle bod 'da chi gywilydd bwrw mewn fel 'na heb gynnig helpu.'

'Mae'n amlwg na wyddoch chi ddim beth yw bod ar eich cythlwng,' meddai, drwy gegaid o fara brith.

Meddyliodd Morfydd am brydau bwyd truenus Sutherland Avenue, a'r adeg pan fyddai cinio Sul Grosvenor Road yn ei chynnal am weddill yr wythnos. Roedd hi ar fin brathu'n ôl pan sylwodd ar y pantiau yn ei fochau a'r cysgodion o dan ei lygaid.

'Gwraig llety anniben sy 'da chi, ife?'

'Mor wahanol i Mrs Williams fach, Llanllechid. Does yna neb tebyg i bobl Eryri.'

Sylwodd Morfydd fod yr hances bellach yn wag, a'i fod yn pigo'r briwsion â blaen ei fys.

'Y'ch chi moyn i fi fynd i mofyn rhagor?' holodd.

'Mi fyddwn i'n ddiolchgar tu hwnt, cariad bach.'

Roedd hi o fewn cyrraedd i'r criw pan glywodd un ohonynt yn sibrwd, 'Pwy ar wyneb daear yw hwnna?'

Edrychodd hithau, a gweld rhyfeddod o ddyn mewn trowsus gwyrdd a chôt binc yn cerdded tuag atynt. Ond y sombrero anferth aeth â'i sylw yn bennaf. Hyd yn oed petai wedi gwisgo'i het gantel llydan, ni allai fod wedi cystadlu â honno. Wrth ei ochr cerddai'r dyn a welsai'r llynedd, yr un oedd â'i fryd ar gamu i esgidiau Mr Charles Dickens.

Brysiodd yn ôl at William. Sylwodd yntau ei bod yn waglaw.

'Roeddech chi'n rhy hwyr, felly? Locustiaid, dyna beth ydyn nhw . . .'

Torrodd ar ei draws i ddweud, 'Anghofiwch hynny nawr. 'Shgwlwch pwy sy'n dod ffordd hyn. Yr un o'dd 'di dwgyd gwraig 'i athro.'

'David Herbert Lawrence.'

'A pwy yw'r llall?'

'Ezra Pound. Americanwr sy'n credu ei fod o'n gwybod y cyfan am farddoniaeth, ac ymwelydd cyson â'r Amgueddfa.'

'Cerwch i ofyn iddyn nhw ymuno â ni.'

'Nid fy lle i ydy gofyn.'

'Fe wna i 'te.'

'Ac nid eich lle chi, yn sicr.'

Roedd y ddau gyferbyn â nhw erbyn hyn. Rhoddodd Morfydd wthiad bach i William o'r tu ôl i'w orfodi i godi oddi ar y fainc. Sythodd yntau i'w lawn faint.

'Good afternoon, gentlemen. Mr Hughes Jones, from the British Museum.'

'Of course. And a very diligent scholar, if I may say so.'

'Thank you for your kind words, Mr Lawrence. And how is your work on Chinese translation progressing, Mr Pound?'

'Poetry is a very complex art.'

'Indeed. May I introduce Miss Morfydd Owen, a student at the Royal College of Music?'

Estynnodd Lawrence ei law iddi.

'It's a pleasure to meet such a beautiful and charming lady.'

Ni chafwyd unrhyw ymateb gan Pound. Ciledrychodd Morfydd arno, ond roedd y sombrero'n cuddio'i wyneb, ac ni allai weld mwy na'r pigyn coch o farf ar ei ên.

'We are having a picnic with our friends. Would you care to join us?'

'Dorothy will be expecting us back, Lawrence.'

'You must excuse my friend. He has only been married a month.'

'Congratulations, Mr Pound.'

'It ought to be illegal for an artist to marry. Don't you agree, Mr Jones?'

Cyn i William allu meddwl am ateb priodol, roedd Ezra wedi troi ei gefn arnynt ac yn dweud dros ei ysgwydd,

'Come, we will take arms against this sea of stupidities.'

Rhythodd Morfydd ar Lawrence.

'Are all Americans so ill-mannered?'

'Rather outspoken, perhaps. Will you accept my apology on his behalf, Miss Owen, and honour me with your company next Sunday afternoon at 10 Church Walk, Kensington, around two o'clock?'

'I will accept your apology and invitation, Mr Lawrence.'

'Good day to you both.'

Gwyliodd Willam ef yn camu'n ysgafn, hyderus i ddilyn ei ffrind.

'Wel, wir, rydw i wedi fy siomi'n fawr.'

'Wy ddim 'di cwrdd â shwt berson mor anghwrtes ers ache.'

'Chi sydd wedi fy siomi i, Morfydd. Dydech chi ddim yn bwriadu cadw'r addewid wnaethoch chi i Mr Lawrence, gobeithio?'

'Wrth gwrs bo fi. Ac yn dishgwl mla'n.'

'Rydw i'n cymryd nad ydech chi wedi darllen ei nofelau.'

'Ddim 'to.'

'Mi fyddwn i'n eich cynghori chi i beidio. Mae ei waith mor anfoesol a di-chwaeth â'r dyn ei hun.'

'Os y'ch chi'n mynd i 'whaldodi fel hyn, wy'n mynd.'

'Poeni am eich enw da chi ydw i, Morfydd. Dydw i ddim am i chi gael eich cysylltu â'r fath ddyn.'

'Dy'ch chi ddim yn ca'l gweud 'tho i beth i neud, Bili Museum.'

Roedd hi'n ymuno â chriw Charing Cross. Sylwodd William fod ambell un o'r merched yn syllu'n edmygus ar yr het flodeuog. Ond er mor wirion ac anaeddfed oedd y rhai ifanc yma, ni fyddai'r un ohonynt yn mentro allan â gorchudd lamp ar ei phen wedi'i glymu wrth ei chlust â thusw enfawr o rosynnau papur.

Dychwelodd William i orsaf Hampstead Heath, ei stumog mor wag ag arfer, yn difaru ei enaid iddo dderbyn gwahoddiad Elizabeth, ond yn falch ei fod wedi llwyddo i gadw'i ben a'i draed unwaith eto.

21

Yr het flodeuog honno a dynnodd wg Bili Museum aeth â sylw gweinidog Charing Cross wrth iddo gerdded yn ddiamcan i lawr am afon Tafwys. Er ei fod wedi bwriadu galw i ymweld â rhai o'i aelodau, ni allai feddwl am ddim gwaeth na gorfod gwrando arnynt yn cwyno am eu byd a theimlo dyletswydd i gynnig cysur iddynt, pan oedd arno ef fwy o angen hynny na neb.

Yr hen glefyd blynyddol oedd i gyfri am hyn: y pyliau llethol o hiraeth a fyddai'n ei fwrw bob dechrau gwanwyn. Yna, gwelodd yr het, ac aeth ias drwy ei gorff. Roedd rhywun yn amlwg yn fwy na pharod i groesawu tymor a achosai'r fath loes iddo ef. Gwyn ei byd, pwy bynnag oedd hi.

'Prynhawn da, Mr Griffiths.'

'Miss Owen! Nabyddes i mohonoch chi. Rhy fishi'n edmygu'r het.'

'"A bit over the top" – 'na beth wedodd Mrs Lewis gynne fach.'

'Dyna ble y'ch chi 'di bod, ife?'

'A ma'n dda 'da fi weud bo'r llyfyr alawon wedi'i gwpla.'

'Fydd 'ny'n rhyddhad i Mrs Lewis.'

'I bawb ohonon ni.'

Byddai'n symud ymlaen unrhyw funud, yr haul a ddaethai i'w chanlyn yn suddo o dan gwmwl, ac yntau wedi ei adael yma, yn rhynnu yn y cysgodion.

'Wy ar fy ffordd i Oriel y Tate yn Grosvenor Road, Miss Owen. Y'ch chi'n gyfarwdd â hi?'

'Na, er bo fi wedi bwriadu galw mewn sawl tro.'

'Mae Mr Herbert Lewis a minnau wedi hala orie yno. Ond gan 'i fod e'n fishi yn treial cael trefen ar y Tŷ, y'ch chi'n credu gallwch chi fforddo'r amser i gadw cwmni i fi?'

'Wrth gwrs. Ond wy'n gwpod dim abythdu llunie, ma arno i ofan.'

Cydgerddodd y ddau tua'r Tate, i fyny'r grisiau carreg a rhwng y colofnau clasurol, a'r gweinidog yn ei longyfarch ei hun ar allu dal ei afael ar yr haul am ryw hyd eto. Oedodd Morfydd i syllu ar yr afon, yn dawel ac yn llyfn heddiw.

'Ma'r oriel mewn man delfrydol, on'd yw hi?'

'A'r un mor ddelfrydol o ran safle yn ystod y ganrif ddiwethaf. Carchar oedd yn arfer bod 'ma hyd at 1890. Uffern ar wyneb daear. Roedd y carcharorion a lwyddai i oresgyn teiffoid a cholera'n cael eu trawsgludo ar longau i Awstralia. Ond dewch, Miss Owen, wy moyn dangos rhywbeth i chi.'

Arweiniodd Morfydd i fyny'r grisiau a pheri iddi oedi o flaen y darlun a roddai gymaint o foddhad iddo ef a Herbert.

'*The Evening Star*, y Seren Hwyrol, o waith Turner.'

Craffodd Morfydd ar y darlun.

'Ble yn gwmws ma'r seren?'

Gwyddai fod ei hymateb wedi ei siomi, er ei fod yn ymdrechu i guddio hynny. Symudodd i eistedd ar un o'r meinciau, ond arhosodd Morfydd yn ei hunfan. Fe roddai'r byd am allu rhoi gwên ar yr wyneb synhwyrus, caredig. Yna'n sydyn, gwelodd olau bychan yn pefrio yn y dŵr tywyll.

''Co hi!' ebychodd, a'i llais yn diasbedain drwy'r tawelwch.

Cododd y gweinidog yn gyffro i gyd, a dod i sefyll wrth ei hochr. Trodd hithau ato. Roedd y siom wedi cilio a'r wên y bu'n deisyfu amdani'n goleuo'i wyneb.

'Shwt na weles i mohoni?' holodd.

'Yr adlewyrchiad yn y môr yw hwn. Mae golau cryfach y lleuad wedi dileu'r seren o'r awyr. Arlunydd y goleuni o'dd Turner, yn gwbwl gyfarwydd â threfn natur.'

'Un o ble o'dd e?'

'O Maiden Lane, Covent Garden. Eilliwr tlawd o'dd 'i dad, a'i fam allan o'i phwyll hanner ei hamser. Dim ond naw oed oedd e pan ddechreuodd arbrofi â chyfaredd goleuni a lliw.'

'Ma'n flin 'da fi fod mor ddiddeall.'

'A faint o'dd 'ych oedran chi pan ddechreuoch chi ganu?'

''Whech, saith o'd, falle. Ond roies i 'mherfformiad cynta yn bump o'd fel y Glöyn Byw Euraidd yn ysgol Wood Road yn Nhrefforest.'

'O'ch chi'n siŵr o fod yn berffeth yn y rhan.'

'O'dd Mama'n cretu bo fi, ta beth.'

'Ac fel cerddor, nid â'r llygad yn unig y byddwch chi'n gweld y nodau, ond â'r galon a'r enaid. Mae darn o gelfyddyd fel hwn yn gofyn am yr un ymateb.'

Er bod Morfydd yn gyfarwydd â chudd ddyheadau'r galon, roedd yr enaid yn un o'r pethau y bu iddi eu derbyn mewn oedfa a seiat, heb geisio'i ddeall. Ond nid oedd am ddweud dim a fyddai'n dileu'r wên.

Crwydrodd y ddau o gwmpas yr oriel gan oedi yma ac acw. Ceisiodd Morfydd rannu'r cyffro, ond byd dieithr oedd hwn iddi hi. Cyn gadael, dychwelodd y gweinidog at ddarlun y seren hwyrol.

'Addoliad oedd arlunio i Turner. Ei eiriau diwethaf cyn iddo farw oedd, "The Sun is God". Mae'n rhaid i mi ymddiheuro i chi, Morfydd. Rydw i'n teimlo ychydig yn isel heddi. Mae'r gwanwyn yn galler bod yn dymor creulon i'r sawl ohonon ni sydd wedi profi gwanwynau hyfryd na ddôn nhw byth yn ôl.'

Tawodd yn sydyn, a sylwodd Morfydd fod dagrau yn ei lygaid.

'Ond rydych chi'n ifanc, a'ch bywyd yn ymestyn o'ch blaen. Diolch i chi am gytuno i ddod gyda fi.'

Fel y bore Sul hwnnw yn Charing Cross, teimlodd y gweinidog wres yr haul ar ei wyneb. Clywodd eto'r llais crisial yn ei gario'n ôl ar hyd y llwybr arian i'w gynefin. Roedd nerth a hyder newydd yn ei gamau wrth iddo ddychwelyd o'r llonyddwch i brysurdeb y ddinas, a'r glöyn byw euraidd wrth ei ochr.

22

Drwy'r ffenestr fach gyferbyn â'r grisiau, gwelodd Lawrence Morfydd yn crwydro i lawr y stryd gan graffu ar y rhifau, a brysiodd i agor drws ochr rhif deg.

'Welcome to Church Walk, Miss Owen. Come this way so that we don't disturb Mrs Langley. She is Mr Pound's landlady and lives on the ground floor with her greengrocer husband. A kind and considerate woman, the best that England can produce. The Poet presides on the first floor.'

Er nad oedd rhybuddion Bili wedi mennu dim arni, teimlai Morfydd ychydig yn ansicr ohoni ei hun, ond mentrodd ofyn wrth iddi ddilyn Lawrence i fyny'r grisiau,

'This is not your home, Mr Lawrence?'

'Free spirits have no fixed abode.'

Cymerodd Lawrence ei llaw a'i harwain i ystafell lle roedd Pound yn ei gwman, mewn gŵn llofft o liw cwstard a beret melfed du, uwchben cylch nwy bychan, a'i rhoi i eistedd ar gadair fregus yr olwg.

'The tea maker you have already met, and this is Hilda Doolittle from Pennsylvania, poetess and novelist. Miss Owen is a student at the Royal College of Music, H.D.'

'And a very pretty one. How long have you known our Mr Lawrence?'

Roedd y ferch a eisteddai ar silff y ffenestr yn dal

ac yn denau, â thalcen a chernau uchel, yn ddeniadol heb fod yn brydferth, a golwg bell, freuddwydiol yn ei llygaid.

'We met a week ago, on Hampstead Heath.'

'And has she warmed your bed yet, Lawrence?'

Pesychodd yntau'n nerfus, gan daflu golwg ymddiheurol ar Morfydd.

'You are embarrassing our visitor.'

Yn awyddus i brofi nad oedd y Gymraes fach o Drefforest yn ddall ac yn fyddar i'r byd o'i chwmpas, meddai Morfydd,

'I'm not easily shocked.'

Cododd Pound a chroesi tuag ati. Plygodd drosti a'i chusanu ar ei thalcen. Gallai deimlo'r pwt barf goch yn cosi ei boch.

'Shall I begin?'

'What about the tea, Ezra?'

'H.D. will take over.'

'Indeed I won't.'

'May I be of any assistance, Mrs Pound?'

'Oh, my God! Your new friend, Lawrence, thinks that I am married to this arrogant, egocentric man.'

'That was your intention at one time.'

'He smothered me . . . Would have destroyed me.'

'And now poor Aldington has had the misfortune of catching you in his net, ready to pin down and add to his collection of butterflies. Such an unworthy pastime for a poet and scholar.'

'Why don't you shut up, Dryad, and fetch your empty-headed little faun to prepare the beverage?'

Safodd Ezra ar ganol y llawr a dweud, mewn llais uchel gwichlyd,

'Oh, deah old London is the place for poesy.'

Rhythodd H.D. arno.

'Get on with it, and keep it short.'

Adroddodd yntau ei gerdd heb dynnu ei lygaid oddi arni:

'As a bathtub lined with white porcelain,
When the hot water gives out or goes tepid,
So is the slow cooling of our chivalrous passion
O very much praised but-not-altogether-satisfactory-
    lady.'

Dychwelodd Ezra at ei gylch nwy, lle roedd Lawrence yn hofran yn bryderus.

'Thank you, my friend. You may be excused now. I think someone else desires an audience.'

Ni wnaeth H.D. unrhyw ymdrech i gelu'i dicter na'r awgrym o goegni yn ei llais wrth iddi rythu ar Ezra:

'Are you alive?
I touch you.
You quiver like a sea-fish.
I cover you with my net.
What are you – banded one?'

I Morfydd, roedd y cerddi yr un mor ddiystyr â'r darluniau yn y Tate. Pwy yn ei iawn synnwyr fyddai'n dewis ysgrifennu am faddon, o bob dim? Pwy oedd y casglwr gloÿnnod byw, y 'dryad' a'r

121

'faun'? A beth oedd hi'n ei wneud yma ar brynhawn Sul braf yn gwrando ar ddau nad oedd ganddi unrhyw ddiddordeb ynddynt yn ceisio cael y gorau ar ei gilydd? Sylwodd fod Lawrence yn dal i oedi wrth ysgwydd Pound, fel petai'n awyddus i'w amddiffyn a'i gysuro.

'Ezra is very gifted, not only as a poet, Miss Owen. The furniture you see has all been made by him.'

'Are the circus paintings yours as well, Mr Pound?'

'In that they belong to me, yes. A wedding present from my dear mother-in-law who made the error of introducing me to her daughter.'

'The error was yours for marrying her.'

Roedden nhw'n dechrau cecru eto. Teimlodd Morfydd y cur pen a fyddai'n ei phoeni wedi oriau o wrando ar ffonograff Ruth Herbert yn gwasgu arni. Roedd hi ar fin ei hesgusodi ei hun pan ddywedodd Lawrence,

'I believe it's my turn now.'

'Be quiet, Lawrence. No one is interested in hearing your impure little doggerels.'

'Now, now, H.D., he has the makings of a good poet.'

'So be it. But check your broncs first, Lawrence.'

Gan anwybyddu H.D., hawliodd ei le ar y llawr.

Er ei bod yn dyheu am gael gadael, paratôdd Morfydd ei hun ar gyfer sesiwn arall o wrando ac o geisio celu'i diflastod.

'Softly, in the dusk, a woman is singing to me,
Taking me back down the vista of years . . .'

Nid perfformiad welwch-chi-fi mo hwn, ond mynegiant tawel a diffuant oedd yn cymell ymateb y galon a'r meddwl.

> '. . . till I see
> A child sitting under the piano, in the boom of the
> tingling strings
> And pressing the small, poised feet of a mother who
> smiles as she sings.'

Roedd hi yno, ymhell o'r ystafell yn Church Walk, a thincial y piano'n cydio'r wefr a'r boen o gofio, y gwrthdaro rhwng dal gafael a thorri'n rhydd y gwyddai hi'n dda amdano.

> 'In spite of myself, the insidious mastery of song
> Betrays me back, till the heart of me weeps to belong
> To the old Sunday evenings at home, with winter
> outside
> And hymns in the cosy parlour, the tinkling piano
> our guide.
>
> So now it is vain for the singer to burst into clamour
> With the great black piano appassionato. The glamour
> Of childish days is upon me, my manhood is cast
> Down in the flood of remembrance, I weep like a
> child for the past.'

Ni ddywedodd neb air. Cododd Morfydd oddi ar y gadair o waith llaw'r bardd, yn gyndyn o dorri ar y tawelwch. Syllai H.D. drwy'r ffenestr fudr; syllai Pound ar yr adlewyrchiad ohono'i hun yn y trwyth tywyll.

Wrth iddo'i harwain i lawr y grisiau, meddai Lawrence,

'I'm sorry you had to leave without your tea. I would ask you to call again, but I may be far away.'

'Thank you for your poem, Mr Lawrence. I, too, have known such evenings.'

'And does the remembering pain you?'

'At times.'

'Our memories betray us, Miss Owen.'

Cerddodd Morfydd allan i haul dydd o haf ar stryd fawr Kensington ac adlais y nosweithiau Sul ym mharlwr Wain House yn llenwi'i chlustiau.

23

Er bod Morfydd yn fwy o ferch y dref ac yn gwybod fawr ddim am natur, gallai ddeall pam yr oedd Herbert Lewis yn awyddus i gyfnewid prysurdeb Llundain am yr adferiad ysbryd oedd i'w gael yn ei hen gartref ym Mhenucha.

Ond teimlai mai gor-ddweud ar ran Citi oedd dyfynnu Peter Hughes Griffiths a'i alw'n nefoedd, sut bynnag le oedd hwnnw. Byddai wedi hoffi cael crwydro'r aceri o dir wrth ei phwysau a phenderfynu hynny drosti ei hun, ond roedd Citi yno wrth ei sodlau ac wedi parablu'n ddi-baid o'r eiliad y gadawson nhw orsaf Caerwys.

A'r ymweliad â Wyrcws Treffynnon wedi ei drefnu at drannoeth, ceisiodd Morfydd sleifio allan i gael eiliad o heddwch, ond cyn iddi allu camu ar y lawnt clywodd Citi'n gweiddi, 'I'm not staying here!' a Ruth Herbert yn mynnu, yn dawel ond yn bendant, fel un oedd wedi arfer cael y maen i'r wal heb orfod codi llais, 'You certainly are, Alice Catherine.'

'Na!'

'You remember what happened last time?'

'Dim bai fi oedd bod hi yn gwrthod canu.'

'You should not have interfered. I won't have old Jane Williams upset.'

'Hi'n drewi.'

Roedd Citi yn amlwg yn gwneud ati i siarad Cymraeg er mwyn cythruddo'i mam. Penderfynodd

Morfydd dorri ar yr anghydfod cyn i bethau waethygu.

Safai'r fam a'r ferch yn wynebu ei gilydd yn y neuadd a rhyngddynt, wedi eu cerfio i'r ddist dderw uwchben y lle tân, y geiriau 'Aelwyd a gymell'. Ond ni fyddai fawr o groeso i neb ar aelwyd Penucha'r munud hwnnw.

Syllodd Ruth Herbert ar Morfydd a'i llygaid yn gwreichioni.

'Did you hear that, Morfydd?'

'Do, ma arno i ofan. Wy'n cretu dylech chi ymddiheuro i'ch mam, Citi.'

'Hy! We'll see what Daddy has to say about this.'

'You are not to disturb your father.'

Ond un ofer oedd rhybudd Ruth Herbert. Diflannodd Citi i berfedd y tŷ i ddweud ei chŵyn a cheisio cysur Mr Lewis druan.

'I won't be spoken to like that. I have a good mind to send her back to London.'

'Dim ond plentyn yw hi.'

'That is no excuse, Morfydd. Ni yn cychwyn mewn chwarter yr awr.'

Gadawodd Ruth Herbert, wedi cael y llaw uchaf, fel arfer. Cofiodd Morfydd sut y bu i Citi wrthwynebu cynllun ei mam i ddod o hyd i wraig i'r gweinidog. Er nad oedd unrhyw sôn wedi bod am hynny wedyn, nid oedd Ruth Herbert yn un i ollwng gafael. Efallai mai hi oedd yn iawn, a'i bod wedi synhwyro'r unigrwydd y cawsai hithau gip arno y prynhawn hwnnw yn y Tate.

Ar y daith i Dreffynnon yn y cert bach, a Seren yn

trotian yn ufudd i orchmynion Ruth Herbert, teimlai Morfydd y dylai fod wedi achub cam Citi. Pwy allai ei beio am golli ei thymer a phwdu, a hithau wedi cael ei difetha'n rhemp?

Dyna fyddai pobl yn ei ddweud amdani hithau, mae'n siŵr – Miss Morfydd Owen, Wain House, yr oedd ei henw'n ymddangos mor aml yn y *Pontypridd Observer*, yr un oedd yn torheulo'n y sylw a'r clod, balchder ei mam a gofal ei brodyr. Ond cylch bychan oedd un Trefforest. Roedd Citi wedi rhannu bwrdd â rhai o ddynion blaenllaw Lloegr.

'Chi yn poeni am Citi, Morfydd?' holodd Ruth Herbert wrth ei gweld mor dawedog. Ni wnaeth Morfydd ond nodio. Gwyddai o brofiad nad oedd yn beth doeth cytuno bob amser.

'Minnau hefyd. Mae fi a hi yn rhy tebyg, yn cymeryd pethau at y calon.'

Roedd hynny'n berffaith wir. Gallai Morfydd gofio Ruth yn disgrifio ei chartref yn Rodney Street, Lerpwl, y dodrefn derw wedi eu gwneud yn unswydd o dan arolygiaeth ei thad, gŵr busnes llwyddiannus oedd nid yn unig â diddordeb ysol mewn celfyddyd a phethau cain, ond yn gallu fforddio'u cael o'i gwmpas. Hwythau'r plant yn cael rhyddid y fflat ar y llawr uchaf, a'r cyfle, wrth fynd yn hŷn a'u tad bellach yn Aelod Seneddol, i feddwl drostynt eu hunain wrth iddynt drafod gwleidyddiaeth a chrefydd wrth y bwrdd cinio gyda'r cyfeillion galluog a alwai heibio. Doedd ryfedd yn y byd fod Citi a hithau cyn sicred ohonynt eu hunain.

Ond fel yr oedden nhw'n nesáu at y wyrcws,

anghofiwyd popeth am yr anghydfod. Wedi iddi glymu'r awenau'n ddiogel wrth fachyn pwrpasol a gofalu bod gan Seren bopeth at ei hangen, dywedodd Ruth, yn dân i gyd,

'Deuwch, Morfydd.'

Aeth i'w dilyn. Fe câi'n anodd credu pam yr oedd Citi mor awyddus i ymweld â'r fath le. Roedd y cyfan mor oer a digalon yr olwg. Caeodd ei llygaid yn dynn, fel y gwnâi wrth fynd heibio i Wyrcws Pontypridd, rhwng Albert Road a'r stryd fawr, a baglodd dros un o'r stepiau.

'Do be careful.'

'Wy'n cretu bo fi 'di troi 'mhigwrn. 'Se'n well i fi fynd 'nôl i garco Seren.'

Ond anwybyddu hynny wnaeth Ruth Herbert, a throi i gyfarch y gŵr a safai wrth y drws. Gan gyflwyno Morfydd iddo fel 'my assistant', ychwanegodd:

'This gentleman is Mr Thomas, the Master. You may remember hearing him singing "Cadi Ha" on the phonograph. Such a pleasant voice.'

Gwingodd Morfydd wrth gofio'i hymateb i'r gân ddwl a'i 'hwp, ha' a'i 'dena fo'. Estynnodd meistr y wyrcws groeso cynnes iddynt. Go brin fod y trueiniaid a swatiai y tu mewn i'r muriau hyn wedi cael yr un derbyniad.

'We aim to please, Mrs Lewis. I'm afraid Jane Williams is being as stubborn as usual.'

'Leave everything to me, Mr Thomas.'

Teimlodd Morfydd ias o ofn pan glywodd y drws trwm yn cau ar eu sodlau. Cynyddodd yr arswyd a'r

128

anobaith pan welodd nifer o wragedd oedrannus yn eistedd o gwmpas stof fawr, ddu, ac eraill yn gorwedd ar eu gwlâu yn syllu i wagle. Ond roedd un ohonynt ar ei heistedd yn ei gwely, yn ei chap a'i ffedog wen. At honno yr anelodd Ruth Herbert.

'Good afternoon, Jane. How are you today?'

'Snyff?'

'Yes, here you are.'

'And ffisig?'

'Of course.'

Estynnodd Ruth Herbert becyn bach iddi. Cymerodd Jane ei hamser i sniffian a sipian gan edrych drwy gil un llygad ar Morfydd.

'Dyna beth ddyle hi ei gymryd os ydy hi am gystal llais a golwg â fi.'

'Chi'n eitha reit.'

'Cymraes ydech chi, ie?'

'O Drefforest, ger Pontypridd.'

'Chi ydy'r ferch fach lân yn y gân fydde Mam yn ei chanu?'

Torrodd Ruth ar ei thraws i ddweud,

'Shall we go through to the Master's office?'

Cododd Jane o'i gwely a cherdded fel brenhines i swyddfa'r meistr a'i gosgordd yn ei dilyn.

Er bod y llais ychydig yn grynedig, gallai Jane gofio pob gair o'r alawon gwerin a glywsai gan ei mam a'i nain, teithwyr a llongwyr a baledwyr mewn ffair a marchnad. Dyma berfformiad a fyddai'n haeddu cymeradwyaeth unrhyw gynulleidfa. Roedd y clod a roddodd Morfydd i'r cof gwyrthiol yn gwbl ddiffuant. Ac meddai'r hen wraig, ei llygaid yn pefrio,

'Y ddoe pell ydy 'nghartre i. Dyna pryd o'n i'n fyw i bopeth. Gnewch chi'n fawr o bob heddiw, y ferch fach lân o Bontypridd.'

Ffarweliodd â'r hen wraig, oedd yn digon ffodus i allu byw yn y gorffennol yn hytrach na'i phresennol gwag. Gadawsant y meistr yn sefyll wrth y drws fel petai'n hofran rhwng deufyd.

Wedi iddynt ddychwelyd at y gert a rhoi i Seren, fel i Jane Williams, lwgrwobr o damaid blasus, meddai Ruth Herbert,

'Chi balch chi dod, Morfydd?'

'O, otw. Ma hi'n fenyw arbennig.'

'Ond chi gwypod sut i handlo hi.'

Ac i ffwrdd â nhw, eu hwynebau tuag adref, a Ruth Herbert yn fodlon iawn ar ei chyfraniad hi i'r diwrnod. Wrth iddynt gyrraedd Penucha, cafodd Morfydd gip ar Citi a'i thad yn eistedd yn yr ardd, a manteisiodd ar y cyfle i wneud y gorau o weddill ei diwrnod hithau.

24

Ar Fehefin y deuddegfed, cynhaliodd Cymdeithas Alawon Gwerin Cymru noson o adloniant yn Notting Hill Gate. Rhannodd Morfydd y llwyfan â Dora Rowlands, merch o Langollen a ddaethai'n ysgrifenyddes i Herbert Lewis yn Nhŷ'r Cyffredin a'r ferch gyntaf, yn ôl pob sôn, i weithio yn y Senedd. Roedd dehongliad Dora o 'Mae 'nghariad i'n Fenws' wedi ei swyno'n lân, a bu'n canu ei chlodydd wrth Elizabeth, oedd wedi cytuno i ddychwelyd i Lundain nawr fod ei mam yn gallu ymdopi hebddi. Ond nid oedd clywed hynny'n syndod yn y byd i Elizabeth.

'O'dd hi'n aelod o bedwarawd a'th mas i ganu yn y Sorbonne ym Mharis.'

'A shwt y'ch chi'n gwpod 'ny?'

'O'n ni'n dwy yn y coleg yr un pryd.'

'Un arall o gywion Aber!'

Ond Morfydd dderbyniodd y clod i gyd fis yn ddiweddarach am ei chathl symffonig, 'Morfa Rhuddlan', a gafodd ei pherfformio am y tro cyntaf yng nghyngerdd pentymor yr Academi yn Neuadd y Frenhines. Yn y *Morning Post* fe'i disgrifiwyd fel 'this clever young lady', oedd wedi llwyddo'n rhyfeddol i gyfleu dwyster a thrueni'r gri ysgytiol:

> The cry is heard – the long, loud wail,
> O'er flood and plain, o'er hill and dale;
> It is the heart of Cymru bleeds
> For fallen sons and treacherous deeds.

Un bore Sul cynnar ym Medi, roedd Citi yn aros am Morfydd yng nghyntedd y capel, yn gyffro i gyd.

'Mae ef wedi dod, Morfydd.'

'Pwy?'

'Y llyfyr *Folk Songs*.'

'O.'

Heibio i gil y drws, gwelodd Citi fod y gynulleidfa'n paratoi i godi a brysiodd i sedd y teulu. Adnabu Morfydd gefn talsyth Annie Ellis a'r Dora Rowlands fyrrach a lithrodd i'r sedd agosaf. Roedd ei diffyg ymateb wedi tarfu ar Citi, ond ni allai yn ei byw ffugio diddordeb. Er nad oedd modd osgoi cri'r gwerthwyr ar strydoedd Llundain, anaml y byddai'n darllen y papurau, ac nid oedd y newydd fod rhyw Arch-ddug Ferdinand a'i wraig wedi eu llofruddio yn Sarajevo yn golygu dim iddi. Ni allai osgoi'r mwstásh corniog a'r bys cyhuddgar ar bosteri, na'r ciwiau o ddynion ifainc oedd yn tyrru i'r canolfannau recriwtio i ateb galwad Kitchener, ond nid oedd hynny wedi cael fawr o effaith arni nes iddi gael gwybod yn ystod ei hymweliad â Threfforest fod William ei brawd wedi listio, a Richard, ei efaill, yn debygol o ddilyn ei esiampl. Ni welsai erioed mo Sarah Jane Owen yn y fath stad. Pan geisiodd Morfydd godi ei chalon drwy fynnu y byddai'r rhyfel drosodd cyn pen dim, gofynnodd ei mam, yn eitha siarp,

'Pwy wetws 'ny?'

Dychwelodd Morfydd i Lundain gyda'r bwriad o fwrw ymlaen â'i gwaith a cheisio anghofio'r tristwch a welsai ar wyneb y fam oedd bob amser mor abl â Ruth Herbert i ddelio ag unrhyw broblem, ond roedd y posteri'n cyfarth o bob cyfeiriad – 'Your country needs YOU', 'Women of Britain say "Go"' a 'Young man, your duty is clear'.

Ni chlywodd brin air o'r bregeth, a gadawodd y capel ar y blaen i bawb. Cwmni gwael fyddai hi heddiw; er hynny, nid oedd ganddi ddewis ond ymuno â'r cylch yn Grosvenor Road. Bu'n hamddena am sbel wrth y llyn ym Mharc St James, yn cenfigennu wrth yr elyrch a'r pelicanod oedd yn ymddangos mor fodlon eu byd, a heb ddim i darfu arnynt. Cofiai Eliot a hithau'n eistedd yn yr union fan hon yn fuan wedi iddi ddod i Lundain, ac yntau'n dweud nad pelicanod yn unig oedd yma yn ystod teyrnasiad Iago'r cyntaf, ond crocodeils ac eliffant oedd yn yfed galwyn o win y diwrnod. Mor agos oedden nhw eu dau, ac mor hawdd oedd ei thwyllo'i hun mai ei heiddo hi oedd yr Eliot hwn y rhoesai ei chalon iddo.

Roedden nhw i gyd wrth y bwrdd pan gyrhaeddodd, a'r sgwrs yn llifo, fel nad oedd angen iddi ddweud gair. Dim ond un pwnc oedd i'w drafod wrth gwrs – y llyfr bach swllt a chwech yr oedd copi ohono wedi ei osod gyferbyn â phlât pawb. Gallai Morfydd weld bod ei henw hi wedi ei gynnwys ar y clawr, a bod Ruth Herbert wedi arddel yr M.A. o Brifysgol Dulyn, gan nad oedd Caergrawnt yn caniatáu i ferched raddio.

'Hyfryd, hyfryd,' oedd sylw Peter Hughes Griffiths wrth iddo fodio drwy'r llyfr.

'Oedd yn gwaith mawr, Parchedig.'

'Rydech chi wedi gwneud cymwynas arbennig â ni fel Cymry, Mrs Lewis.'

Parodd yr awyrgylch ddathlu drwy gydol y pryd bwyd, er bod Citi yn dawedog iawn. Gan gymaint y bwrlwm, ni sylwodd neb fod Morfydd wedi gadael yr ystafell. Wrth iddi groesi'r parlwr, cafodd ei themtio i suddo i un o'r cadeiriau esmwyth a swatio yno o olwg pawb. Ond yn ei blaen am y balconi yr aeth hi, ac oedi yno'n gwylio'r badau'n dilyn cwrs afon Tafwys, pob un ar ryw berwyl neu'i gilydd.

Clywsai rywun yn sôn yn y coleg fod tyrfaoedd yn heidio at Bont Westminster i weld un o'r llongau tanfor a gipiwyd oddi ar yr Almaen. A ddoe, yn y ciw hir y tu allan i ganolfan recriwtio, roedd y bechgyn ifainc yn llawn afiaith, yn chwerthin ac yn chwibanu, fel pe baen nhw'n wynebu ar antur fawr.

Clywodd leisiau'n dod o'r drws nesaf – yr Auntie Tom a'r Auntie Dora oedd yn meddwl y byd o Citi, ond yn ddigon doeth i beidio dandwn gormod arni.

'So pethe'n dishgwl yn dda, Dora.'

'Nac ydyn, mae arna i ofn. Glywsoch chi fel y bu i Albert Eistein ddweud fod Ewrop yn ei gwallgofrwydd wedi rhoi bod i rywbeth anghredadwy?'

'O, do. Y'ch chi'n credu y gall Mr Asquith ein harwain ni drwy hyn?'

'Braidd yn amheus yr ydw i, Annie, tase'n weddus dweud. Roedd o'n drwm ei lach ar ddulliau trais Mrs Pankhurst yn ôl yn y gwanwyn.'

'Falle'i bod hi damed yn rhy ewn.'

'Cydraddoldeb i ni'r merched, dyna'r cyfan roedd

hi'n ei ofyn. Ond y rhyfel sy'n cael eu sylw bellach. Teimlo mae rhai pobol fod Mr Asquith braidd yn aneffeithiol.'

'Falle y dylen ni roi cyfle iddo fe brofi'i hunan.'

'Does dim amser i laesu dwylo.'

Distawodd Dora yn sydyn.

'Ond dyna ddigon o ddarogan. Mae Ruth ar ei ffordd.'

''I diwrnod hi yw heddi, ontefe?'

'Rydech chithe'n haeddu peth o'r clod, Annie.'

Hwyliodd Ruth Herbert i mewn i'r ystafell a chipio'r frawddeg olaf.

'Y clod, y mawl a bri i ti, Annie Cwrt Mawr, i "Lovely Lady" Benjamin Davies a crusty old man William Jones.'

'A Jane Williams, Treffynnon, yntefe?'

Rhoddodd Ruth Herbert ysgytiad bach wrth i Morfydd gamu o'r balconi.

'Chi peidio cuddio fel yna. You gave me quite a turn.'

Aeth Morfydd at Ruth Herbert a gafael yn ei llaw.

'Llongyfarchiade i chi ar y llyfr, Mrs Lewis.'

'Y'ch chi 'di cwrdd â Jane, Morfydd?' holodd Annie Ellis.

'Do, mis dwetha. "Y ferch fach lân o Bontypridd", 'na beth galwodd hi fi.'

''Na un o'r alawon ganodd hi i Citi a finne.'

'Alice Catherine was not allowed to come with us, Annie. You remember how she managed to annoy old Jane by threatening to withhold her snuff if she didn't get out of bed?'

'Ble ma Citi nawr?' holodd Morfydd. Nid oedd am gael ei hatgoffa o'r ffrae a glywsai ym Mhenucha'r diwrnod hwnnw, a'i hanallu hi i wrthsefyll penderfyniad Ruth Herbert.

'Fyny y grisiau. Mae rhywun wedi sathru ar droed hi.'

'Fe a' i i gadw cwmni iddi os y'ch chi moyn.'

'As you please, Morfydd. I'm afraid she can be very strong willed at times.'

'Ac i bwy mae hi'n debyg, tybed?'

Dim ond Annie Ellis fyddai wedi meiddio dweud y fath beth. Ond nid oedd Ruth fymryn dicach. Ciliodd Morfydd o'r ystafell a thinical ei chwerthin yn cosi'i chlustiau.

Eisteddodd ar silff ffenestr y landin i gael golwg arall ar ei chopi hi o'r llyfr. Wedi eu hysgrifennu arno roedd y geiriau, 'To Morfydd, without whose help this book would not have seen the light of day'. Nid oedd yn meddwl fawr o'r lluniau cartŵn gan rywun oedd yn ei alw ei hun yn 'Pen Twadl', ond efallai eu bod yn cydweddu â'r tiwns bach simpil. Ei chyfeiliant i'r gerdd 'Angau' – 'Ym Mynwent Eglwys' – oedd yr unig un a gadwyd heb ddim ond y mymryn lleiaf o ymyrraeth.

Curodd ar ddrws ystafell Citi, a'i agor heb aros am ateb.

Gorweddai honno ar y gwely a'i hwyneb at y pared.

'Citi. Wy moyn ymddiheuro i chi am bore 'ma.'

''Sdim ots.'

'O, o's, ma ots. 'Shgwlwch beth ma'ch mam wedi'i sgwennu ar fy llyfyr i. Wy mor browd.'

Cododd Citi ei phen a chraffu ar y geiriau.

''Na neis, ontefe, Morfydd. Ydech chi'n hoffi lluniau Uncle William?'

A dyna pwy oedd Pen Twadl, felly – y William Caine parchus, brawd Ruth Herbert, awdur ac arlunydd. Gan groesi ei bysedd ac ymddiheuro'n dawel bach i Yncl William, meddai Morfydd,

'Ma'n nhw'n bert iawn. A ry'ch chithe'n bert 'fyd, Citi Cariadus.'

Lledodd gwên dros wyneb Citi. Mwythodd Morfydd y gwallt gwinau a theimlo gwres ar flaenau'i bysedd lle roedd yr haul yn nythu.

'Beth 'se 'di dod ohono i pan ddetho i yma i Lunden 'se'ch mam heb fy nghymryd i dan 'i hadain? O'n i gwmws fel cyw bach ofnus, er bo fi'n henach nag y'ch chi nawr. Wy'n cofio hala llythyr at Eliot yn gweud bo chi a'ch rhieni fel teulu i fi, a'r tŷ hwn fel ail gartre.'

Drwy lwc, roedd Citi'n rhy gyffrous i sylwi ar yr enw Eliot, neu byddai wedi ei holi'n dwll.

'Does gyda fi ond Morgan fy mrawd, ond wy byth yn ei weld gan bod ef bant yn Ysgol Gresham. A ta beth, dim ond bachgen yw e. Fydden i'n hoffi cael chwaer fawr.'

Roedd y sôn am Morgan wedi atgoffa Morfydd o'i brodyr. Ni chawsai fawr o gyfle i ddod i'w hadnabod, a nawr roedden nhw'n mynd i gael eu hanfon i Dduw a ŵyr ble, am fod ar Mr Kitchener a'u gwlad eu hangen.

Brwydrodd i gadw'r dagrau'n ôl rhag tarfu ar Citi.

'A fydden inne'n dwlu ca'l 'whar.'

Clywodd Morfydd sŵn traed yn y cyntedd, a'r llawenydd yn llais Ruth Herbert wrth iddi gyfarch ei gŵr. Gallai ei dychmygu yn sefyll ar flaenau ei thraed i estyn cusan iddo.

'Dewch, Citi. Y'ch chi am weud wrth 'ych tad bo fi nawr yn aelod o'r teulu?'

'Mae'n gwybod hynny. Glywes i ef yn dweud wrth Mami fod y Morfydd fach ene yn un ohonon ni.'

25

Fel sawl eglwys arall a swatiai yng nghilfachau Llundain, ni allai'r byd y tu allan darfu ar heddwch St Mary Abbots. Er mai ychydig gamau oedd rhyngddi a stryd fawr Kensington, nid oedd dim o sŵn y byd i'w glywed. Eisteddodd Morfydd ar gist garreg, gwres yr haul ar ei chluniau a'i olau'n ei dallu. Nid dyma'r lle mwyaf dymunol i oedi, mae'n debyg, a'r meirwon yn gwasgu'n gylch amdani. Roedd gosod y gân 'Angau' wedi bod yn dreth arni, rhwng ceisio ymdopi â hunllef y geiriau a sicrhau ei ffordd ei hun. Sut yn y byd y gallai fod wedi creu 'tiwn fach neis' allan o honno?

Rywle ym mhlygion y tawelwch, gallai glywed telyn yn chwarae nodau agoriadol 'Danse Macabre' Saint-Saëns. Dyna brofiad erchyll fyddai bod yma yn hunllef canol nos o aeaf, y gwynt yn cwynfan yn y coed a'r ysgerbydau'n llamu o'u beddau:

> The winter wind blows, and the night is dark;
> Moans are heard in the linden trees.
> White skeletons pass through the gloom,
> Running and leaping in their shrouds.

Yna'n ddirybudd, canodd clychau'r eglwys nes peri iddi neidio oddi ar y garreg. Brysiodd tuag at Church Walk, yn ysu am gael rhoi'r syniad a fu'n cyniwair yn ei meddwl ers rhai wythnosau ar waith.

Drwy ffenestr fach rhif deg, gwelodd bâr o lygaid mawr yn syllu i lawr arni oddi ar y grisiau. Agorwyd y drws led y pen.

'Aha, it's the little musician! I'm afraid I've forgotten your name.'

'Morfydd Owen.'

'And I am Hilda Doolittle. A very inappropriate surname, inviting puns and facetious remarks. You may call me H.D. Come.'

Dilynodd Morfydd hi i'r ystafell ar yr ail lawr. Roedd y dodrefn o waith llaw wedi diflannu, a phentyrrau o lyfrau'n gorchuddio'r llawr. Setlodd H.D. ar silff y ffenestr, oedd yn futrach fyth erbyn hyn, ac yn dwyn hynny o olau oedd ar gael.

'I was hoping to see Mr Lawrence.'

'Lawrence was only here on sufferance. And now he has nested in the ample bosom of the ex-Mrs Weekley somewhere in the back of beyond.'

'I would like to ask permission to set his poem to music.'

'And which poem is that?'

'The one of his mother playing the piano and singing in the dusk.'

'His long-suffering sister Ada was the pianist, and his drunken lout of a father the singer.'

'But he said . . .'

'That is what he wants to believe. How he adored his little mother!'

Siwrnai seithug fu hon, felly, ac nid oedd unrhyw bwrpas oedi yma.

'Will you be in touch with Mr Lawrence?'

'In touch . . . what a quaint way of putting it! No, I will not. He is now a very much married man.'

'When will he return to London?'

'When the leaves fall from the trees and this rotten war is at an end. Until then, Baron von Richthofen's daughter, Frieda Weekley, will not be tolerated.'

Wrth i H.D. godi oddi ar y silff, goleuodd yr ystafell ryw gymaint. Sylwodd Morfydd fod dau ddarlun y syrcas yn dal yno.

'Mr Pound has left his paintings behind.'

'In my care. But he will be back to claim them. His wife, the unbearable Dorothy Shakespear, will see to that. Pablo Picasso is making quite a name for himself. They could be worth a lot of money in time. And what do you think of his circus people?'

Cofiodd Morfydd fel y bu i Peter Hughes Griffiths ei chymell i ymateb i'r darluniau yn y Tate â'r galon a'r enaid, ond ni allai weld dim i'w edmygu yn yr wynebau difynegiant a'r cyrff di-siâp.

'They all look so sad.'

'That is because they are isolated, outsiders to society, but their skill gives them a certain dignity. The paintings will be wasted on Dorothy. She is so addicted to little mannerisms, and carries herself delicately with the air of a young Victorian lady.'

Estynnodd H.D. baced o sigarennau Camel o boced ei sgert a'i estyn i Morfydd. Ysgydwodd hithau ei phen.

'No, thank you. They make me cough.'

'Poor darling.'

Taniodd H.D. sigarét a thynnu'n ddwfn arni, gan chwythu'r mwg yn gymylau drwy'i ffroenau.

'I am free to do whatever I like with whoever I like. For now. But I am tempted to agree with that woman of Pound's who loathes children and won't have them near her. God knows what I'll do when this child I'm carrying will be born next year. I will probably smack its bum and send it back. Does that shock you?'

'Not at all. Children are parasites.'

'Exactly! You are such a wise girl.'

Camodd Morfydd yn ôl pan deimlodd fysedd H.D. yn mwytho'i braich.

'I must go. I'll see myself out.'

'Please do.'

Gadawodd H.D. yn sefyll ar ganol y llawr yn syllu i'r gwagle. Ai atgofion o'r ddoe oedd wedi ei rhwydo, fel Lawrence? Na, ni fyddai hon yn caniatáu i'r gorffennol, mwy na dim arall, ei dal yn gaeth. Byddai'n haws ganddi gredu mai cyffro'r creu oedd wedi ei meddiannu a'i bod, fel y byddai hithau ar adegau felly, yn fyddar i bawb a phopeth. Rhedodd cryndod drwy'i chorff wrth iddi orfod cyfaddef bod ganddi hi a Hilda Doolittle rywbeth yn gyffredin, wedi'r cyfan. Ond aeth ar ei llw na fyddai'n dychwelyd i Church Walk byth eto.

26

Yn ei chyffro, roedd Morfydd wedi rhwygo'r amlen
yn agored cyn cyrraedd ei hystafell. Ond siomedig
iawn oedd ei chynnwys. Dim ond un dudalen, ac ôl
brys ar honno. Ai dyna'r cyfan yr oedd hi'n ei olygu
i Eliot bellach? Penderfynodd y byddai'n oedi cyn
ei ateb.

Chwarter awr yn ddiweddarach, a hithau wedi
darllen y llythyr sawl tro a chael fod rhai gwreichion
o'r cynhesrwydd a fu yn llechu rhwng y llinellau,
estynnodd am yr ysgrifbin a'r botel inc a dechrau
ysgrifennu:

My dear Eliot,

What a relief it was to hear from you,
although ten lines can hardly be called
a letter (I have counted them). But I
suppose that I should at least thank you
for letting me know where you are.

I was thinking of you a couple of weeks
ago (which I do, from time to time!).
I was sitting on a bench by the lake
in St James's Park, the one we used
to sit on two summers ago when I
arrived in London, so sheepish and

143

timid. I remembered you telling me of King James and his menagerie and I must have laughed aloud, for an old lady who was passing stopped and asked me, in a worried tone, 'Are you alright, my dear?' I wanted to tell her, 'No. I'm not. I have no one now to tell me about the crocodiles and the wine-guzzling elephant', but instantly stopped laughing as I imagined her warning people to keep away from the mad woman in the park.

I think I must have been a little mad that day. Whichever way I turned, I could see that man Kitchener's accusing finger pointing towards me. I already hate this war, which I know nothing about, and have no wish to know. I would like to strip these posters from every lamp post and wall, and burn them. But I would probably end up in prison and bring everlasting shame on my God-fearing parents.

That is all I can manage today. Perhaps I will try again tomorrow; perhaps not.

Nid oedd ganddi unrhyw awydd ysgrifennu rhagor. Ni fyddai waeth iddi siarad â hi ei hun ddim. Efallai y dylai fod wedi dweud wrtho ei bod bellach yn aelod o staff yr Academi, gan ei bod wedi ei phenodi'n Is-athro mewn trawsgyweirio a chanu ar yr olwg gyntaf. Ni wnaeth ond ychwanegu 'with my love', a tharo'r llythyr yn yr amlen fel yr oedd.

Byddai'n rhaid iddi roi cerdd Lawrence o'r neilltu dros dro a chanolbwyntio ar baratoi tri phreliwd ar gyfer cyngerdd siambr yr Academi. Ni chafodd unrhyw drafferth â'r cyntaf ohonynt, 'Waiting for Eirlys', oedd yn darlunio'r glöyn byw o eneth, Eirlys Lloyd Williams o Lanberis, un o'i chyd-fyfyrwyr yn yr Academi. Ond bu'n myfyrio'n hir uwchben yr ail. Gartref yn Nhrefforest yr oedd hi fis Awst, yn ceisio cysuro'i mam, ond heb fawr o lwyddiant, pan glywodd am farwolaeth Syr Edward Anwyl. Er na chawsai hi'r fraint o'i gyfarfod, teimlai ei bod wedi dod i'w adnabod drwy Elizabeth. Anfonodd lythyr at ei ffrind yn mynegi ei gofid fod pobl ddi-ddim ac aneffeithiol nad oedden nhw o unrhyw werth i neb yn cael byw, tra bod un yr oedd ar y genedl gymaint o'i angen wedi cael ei gymryd oddi arnynt, ac yntau'n ddim ond wyth a deugain oed.

Ddechrau Medi, bu'r ddwy yn ymweld â'i fedd ym mynwent Glyn-taf. Yr ymweliad hwnnw a roddodd fod i'r ail breliwd. Peth cwbl naturiol oedd ei ddilyn â darlun o'r Beti Bwt dawel, urddasol oedd wedi rhoi cymaint iddi heb ofyn dim yn ôl. Onid i Syr Edward yr oedd y diolch am eu dwyn at ei gilydd y prynhawn hwnnw ar Hampstead Heath?

Clywodd eto'r ceiliog dandi bach oedd wedi tarfu ar ei chwsg yn cyflwyno'r ferch o Lanilar fel yr un gyntaf i ennill anrhydedd dosbarth cyntaf yn y Gymraeg yn Aberystwyth. Hithau heb unrhyw syniad lle roedd Llanilar ac yn ofni y byddai ceisio cynnal sgwrs ag un mor ddifrifol ei golwg yn boendod.

Y prynhawn hwnnw ar yr Heath oedd flaenaf ym meddwl Elizabeth hithau pan gyflwynodd Morfydd gopi o'r preliwd 'Beti Bwt' iddi. Cofiodd fel yr oedd braidd yn amheus o'r eneth hyderus, finiog ei thafod. Ond roedd hynny cyn iddi dystio i'r cyfnodau o ansicrwydd a fyddai'n ei llethu'n llwyr, a'r gwrthdynnu poenus rhwng diogelwch ei chartref a'r ysfa am gael torri'n rhydd. Er nad oedd eto wedi gallu dygymod â'r enw anwes, roedd cael ei chydnabod yn rhaglen y cyngerdd siambr ac ar lwyfan Neuadd y Dug, ochr yn ochr â'i harwr o athro, yn anrhydedd y byddai'n ei drysori am byth.

Cyn diflannu unwaith eto i gôl y teulu a'r aelwyd nad oedd o dan fygythiad fel un Wain House, ceisiodd gysuro'i ffrind drwy ddweud,

'Wy am i chi ddod 'da fi i Rydychen, Morfydd, siwrne bydd y gwylie drosto.'

❧

Hwnnw oedd eu Nadolig cyntaf heb William a Richard. Roedd Sarah Jane, os rhywbeth, yn is ei hysbryd nag yr oedd ym mis Awst. Fel un na fyddai byth yn anghofio'i statws fel gwraig fusnes lwyddiannus, gallai ymdopi'n eithaf yn ystod y dydd. Ond unwaith y byddai oriau gwaith drosodd, ni ddangosai fawr o ddiddordeb mewn dim. Treth ar Morfydd oedd gorfod eistedd gyferbyn â hi awr ar ôl awr heb gael unrhyw ymateb. Ni fyddai Tada byth ar gael. Âi'r paratoadau ar gyfer gwasanaethau a chyfarfodydd y Nadolig â'i fryd yn llwyr.

Pan ofynnodd Morfydd iddo a allai fforddio awr neu ddwy i aros yn gwmni i'w mam, gwrthododd yn bendant. Roedd hi wedi bwriadu mentro cyn belled â London Stores yn y gobaith o glywed rhywbeth o hanes Georgie bach.

Un min nos Sul, a hithau'n eistedd wrth y piano heb feiddio'i chwarae, clywodd Tada yn ceryddu ei mam,

'Ond dy'ch chi byth yn methu'r oedfa, Sarah.'

'Alla i ddim dod heno.'

'Shwt 'ny? Y'ch chi'n dost?'

'Yn dost fy nghalon, William.'

'Rhaid i chi ymwroli, fel pawb arall, a phlygu i'r drefn.'

'Trefen pwy, 'sgwn i?'

Brasgamodd ei thad drwodd i'r parlwr.

'Ewch i helpu'ch mam i baratoi, Morfydd.'

'Na. Dyw hi ddim moyn mynd.'

'Beth wetoch chi?'

'Ddwa i i'ch dilyn chi, William,' galwodd Sarah, yn awyddus i roi ffrwyn ar dymer ei gŵr.

Gadawodd yntau'r tŷ gan ddweud dros ei ysgwydd,

'Pidwch dwyn gwarth arnon ni fel teulu drwy fod yn ddiweddar.'

Roedd y ddwy yno mewn da bryd, a'r 'Na' haerllug yn atseinio yng nghlustiau Morfydd wrth iddi blygu'i phen i ofyn gras. Beio dylanwad y ddinas arni a wnâi Tada, wrth gwrs. A fyddai'n rhoi munud i ofidio am ei ddau fab, ynteu a oedd yn barod i ildio'i angen ef fel tad ar draul angen gwlad? Syllodd i gyfeiriad y sêt fawr a'i weld yn sefyll a'i ben yn uchel, y penteulu na fyddai byth yn gwyro oddi ar lwybr dyletswydd, yr un oedd yn ennyn ac yn disgwyl parch ac ufudd-dod. A dyna hi, ar funud gwan, wedi meiddio'i herio drwy gefnogi mam na fyddai'n diolch iddi am wneud.

Ni chafodd ddiolch chwaith am gynnig mynd gyda'i mam i fynwent Capel Saron fore Nadolig at fedd Maldwyn Hugh, y brawd a fu farw o lid yr ymennydd yn dair oed, un diwrnod ar bymtheg wedi ei geni hi. Aeth ias oer drwyddi wrth iddi ddarllen y geiriau ar y garreg – 'Suffer the little children to come unto me'. Tybed a oedd y William Owen ifanc wedi bodloni i dderbyn hynny fel rhan o'r 'drefn'? Roedd dagrau yn llygaid ei mam wrth iddi ddweud, 'O'dd e'n shwt fachgen bach annw'l.'

Er bod tair blynedd ar hugain ers ei golli, nid oedd y cof amdano wedi pylu dim. Teimlai Morfydd ei bod wedi taro'r hoelen ar ei phen pan ddywedodd wrth H.D. fod plant fel cedowrach, yn glynu fel y gelen, a byth yn gollwng eu gafael.

Wrth iddynt adael y fynwent, meddai ei mam, 'Ma'n nhw i gyd wedi'u dwgyd oddi arno i nawr.' Ni allai Morfydd feddwl am ddim i'w ddweud. Roedd ffynnon y geiriau cysur wedi mynd yn hesb.

Y noson honno yn ei gwely, gwnaeth ymdrech i anghofio'r dydd Nadolig mwyaf diflas a dreuliodd erioed, a cheisio cael rhyw weledigaeth ar gyfer y cyngerdd yn Neuadd y Frenhines fis Chwefror. Cyn iddi adael am Drefforest, aethai cyn belled â gofyn cyngor Harriet Cohen, cyd-fyfyrwraig a oedd eisoes wedi gwneud enw iddi ei hun fel pianydd. Gwewyr meddwl a'i phryder ynglŷn â'i mam oedd i gyfri am hynny. Rhoesai Harriet gyfrol ar fenthyg iddi o farddoniaeth rhyw Walt Whitman gan ddweud, o sylwi ar ei diffyg ymateb, 'He was one of the most influential American poets. Ezra Pound claims he *is* America. You'll probably find something there.'

Ni chymerodd Morfydd arni ei bod yn adnabod Pound. Cydnabod yn unig oedd Harriet Cohen, ac un na fyddai byth yn colli cyfle i frolio'i bod yn adnabod pobl yr oedd hi'n eu hystyried yn bwysig. Clywsai sibrydion yng nghoridorau'r Academi ei bod yn cael perthynas â'r cyfansoddwr Arnold Bax, gŵr priod a thad. Ond gan nad oedd Harriet yn un i'w chroesi, derbyniodd y cynnig mor rhadlon ag oedd modd, er nad oedd ganddi unrhyw fwriad gweithredu arno.

Roedd y gyfrol, *Leaves of Grass*, yn dal ar y cwpwrdd bach wrth erchwyn y gwely. Cyneuodd y lamp olew, ac agor y llyfr ar siawns. Syrthiodd ei llygaid ar y geiriau, 'Toward the Unknown Region', a dechreuodd ddarllen:

Darest thou now, O Soul,
Walk out with me toward the Unknown Region,
Where neither ground is for the feet, nor any path
   to follow,
No map there, nor guide,
Nor voice sounding, nor touch of human hand,
Nor face with blooming flesh, nor lips, nor eyes, are
   in that land.

Onid oedd William a Richard a miloedd o fechgyn eraill â'u hwynebau tua'r anwybod? Ymhell oddi cartref mewn mynwent o dir lle nad oedd ond ysgerbydau, heb iddynt na genau na llygaid, yn dathlu Dawns Angau:

Zig, zig, zig, each one is frisking.
You can hear the cracking of the bones of the dancers.

Erbyn i'r lamp gael ei diffodd, roedd y penderfyniad wedi ei wneud. Ond bu cwsg yn hir iawn cyn dod.

27

Ymateb siomedig a gafodd Morfydd i'r gosodiad o gerdd Walt Whitman ar gyfer tenor a cherddorfa. Sylwodd fod ambell un o'r gynulleidfa'n edrych yn gam arni, ac eraill yn gwneud ati i'w hosgoi.

Ond ni fu'n rhaid iddi aros yn hir cyn cael gwybod pam. Pan gyrhaeddodd y coleg drannoeth, roedd Harriet Cohen yn loetran yn y cyntedd, yn amlwg yn aros amdani.

'I'm so glad to see you, Morfydd. I hope you weren't too upset last night.'

'Rather disappointed, that's all.'

'Your choice was unfortunate, to say the least. But perhaps you are not aware of Ralph Vaughan Williams's setting of the poem, for chorus and orchestra, performed at the Leeds Festival in 1907.'

'I was still at school then.'

'So was I, my dear, but aware of what was happening in the music world. Mr Vaughan Williams is a friend of mine. Shall I apologise to him on your behalf? He's a very understanding man, and a brilliant composer.'

'Do whatever pleases you, Harriet.'

Bu'r dicter tuag at Harriet yn corddi ynddi am rai oriau. Nid oedd ryfedd yn y byd fod honno'n ennyn casineb pobl yn ogystal â'u hedmygedd. Nid âi ar ei gofyn byth eto. Ond erbyn i Elizabeth alw heibio yn gynnar fin nos, roedd Morfydd wedi gorfod cydnabod na fyddai Harriet wedi gallu achub ar y cyfle i'w dilorni oni bai am ei hesgeulustod hi.

'Beth sy'n bod nawr 'to?' holodd Elizabeth, ychydig yn ddiamynedd.

'Wy 'di neud cawlach o bethe.'

Adroddodd Morfydd hanes y cyfarfyddiad yng nghyntedd yr Academi. Pan na chafodd ymateb, meddai,

'Chi'n gweld bai arno i, on'd y'ch chi?'

'Nagw.'

'Ddylen i fod wedi gwpod.'

''Sneb ohonon ni'n anffaeledig, Morfydd.'

'Ma Harriet Cohen yn cretu 'i bod hi.'

'Sa i'n nabod y ferch. A ta beth, chi'n rhydd i roi'ch dehongliad eich hunan o'r gerdd.'

Gwyddai Elizabeth yn dda mai gwastraff ynni ac amser oedd ceisio atal Morfydd rhag ei chystwyo'i hun, a phenderfynodd drefnu'r ymweliad â Rhydychen gynted ag oedd modd.

Er na fynnai gyfaddef hynny, rhyddhad i Morfydd oedd cael troi ei chefn ar Lundain. Roedd yr ystafell lle'r arferai Elizabeth aros yn gynnes, yn gyfforddus ac yn ganolog, ac nid oedd cael ei gadael ar ei phen ei hun yn ystod y dydd yn poeni dim arni.

Aeth i ddanfon Elizabeth i Lyfrgell Bodley y bore cyntaf. Sut y byddai'r Ethel uchel ei chloch yn dygymod â'r fath le, tybed? Cofiodd fel yr aeth â hi allan y diwrnod olaf hwnnw yn Sutherland Avenue a pheri iddi wrando ar y tawelwch. Hithau'n ebychu, 'My God, is that what it is!', ac yn sgrialu'n ôl am y tŷ. Ond roedd y tawelwch hwn yn ormesol, ac fe'i câi'n anodd anadlu. Diolchodd nad oedd ganddi hawl i fynd ymhellach heb docyn darllenydd.

Trannoeth, mynnodd Elizabeth ei thywys o gwmpas er mwyn dangos rhyfeddodau'r ddinas iddi. Ceisiodd Morfydd ddangos diddordeb yn yr holl seintiau, ond ar ôl awr o edmygu un eglwys ar ôl y llall ni allai oddef rhagor.

''Na ddicon,' cwynodd. 'Chi'n swno'n gwmws fel Bili Museum.'

Tynnodd sylw Elizabeth at y gargoel ar y mur gyferbyn.

''Co fe, 'shgwlwch, yn sgowlan arnon ni. 'Na shwt o'dd e'n dishgwl arno i pan alwes i yn yr Amgueddfa.'

'Pryd o'dd 'ny?'

'Ache'n ôl. O'n i moyn dangos y ffotos dynnes i yn y Strand. Gyniges i un o'r llunie iddo fe, ond ballodd e 'i gymryd. Gweud 'se 'ny ddim ond yn "tywallt halen ar friw".'

'Treial 'i arbed ei hunan rhag cael rhagor o ddolur, sbo.'

'Ond o'dd dim ots 'dag e beri dolur i fi ac esgus nad o'dd e mewn cariad 'da fi.'

'O, Morfydd!'

'Pidwch chi meiddio gweud, "Druan â fe". Wy'n mynd 'nôl i'r llety. 'Se'n well 'sech chi'n dod â Citi 'da chi'r tro nesa. Ma hi'n dwlu ar seintie.'

'Ond wy wedi addo mynd â chi i gwrdd â Percy Mansell Jones yng Ngholeg Balliol. O'n ni'n dou yn Aber 'da'n gilydd.'

'Ble arall!'

Ildiodd Morfydd yn ddigon grwgnachlyd a gadael i Elizabeth ei harwain i gyfeiriad y coleg, ar yr amod na fyddai ragor o sôn am seintiau.

'Y'ch chi'n cofio gweld y gofeb i'r merthyron?' holodd Elizabeth.

'Latimer a Ridley a Cranmer. Shwt allen i anghofio?'

'Ma'n nhw'n gweud taw'r groes fechan 'ma ar lawr tu fas i Goleg Balliol sy'n nodi'r llecyn.'

'Gadewch y meirwon i fod am nawr, er mwyn popeth. Gobitho bo'r Mansell 'ma'n un gweddol olygus.'

Sylwodd Elizabeth ar y wên fach ddiriedus ar wyneb Morfydd a thaflodd olwg rhybuddiol arni. Ond ni chafodd y rhybudd unrhyw effaith.

Y wên honno, yn pefrio yn y llygaid tywyll, oedd y peth cyntaf a welodd Mansell Jones wrth iddo groesi'r cwadrangl o'i ystafell yn y coleg. Tybiodd ar y dechrau fod rhyw elfen arallfydol yn perthyn iddi, a châi'r teimlad y byddai'n diflannu petai'n syllu'n rhy galed arni. Gwelodd hithau ŵr tenau, gwelw a difrifol, nad oedd yn gyfarwydd â haul ac awyr iach. Ond fel yr oedd Elizabeth wedi ei rag-weld, ni allai ymatal rhag tynnu arno. Ac yno, wedi eu hamgylchynu gan seintiau a merthyron ac ysgolheigion rif y gwlith, ni fu fawr o dro cyn llwyddo i dynnu gwên i'w wyneb yntau.

28

Roedd y cyfan wedi ei drefnu, ar waethaf gwrthwynebiad Ruth Herbert, a Morfydd ac Elizabeth yn paratoi i symud i rif pedwar Heath Street, Hampstead. Profiad newydd a chynhyrfus oedd rhentu fflat wedi blynyddoedd o fod ar drugaredd gwragedd llety.

Mary Brown, gwraig fusnes wrth reddf, oedd piau'r tŷ, a chadwai siop ar y llawr isaf. Enw'r siop honno – The Reformed Dress Company – oedd wedi tarfu ar Ruth Herbert, gymaint felly nes iddi fynd draw i Hampstead i weld drosti ei hun a oedd y lle'n addas i ddwy ferch ifanc, barchus. Dychrynodd am ei bywyd pan welodd y cyflenwad o ddillad dwyreiniol, y sandalau a'r mwclis pren liwgar.

Gan nad oedd unrhyw bwrpas ceisio darbwyllo Morfydd, apeliodd ar Elizabeth, gan bwysleisio bod Morfydd wedi achosi digon o siarad 'because of her bohemian tendencies' heb ei rhoi ei hun yn agored i ddylanwadau estron. Sicrhaodd Elizabeth hi na allai Morfydd fforddio nwyddau Mrs Brown, a'i bod yn arfer ganddi brynu ei defnyddiau am ychydig geiniogau yn y farchnad. Byddai Ruth Herbert yn fwy poenus fyth petai wedi clywed Morfydd yn dweud cymaint yr oedd hi'n edrych ymlaen at gael bod yn rhydd i wneud fel y mynnai.

'O fewn rheswm, Morfydd,' siarsiodd Elizabeth. 'Cofiwch Mr Donne. A Mrs Lewis.'

Ond yr oedd gan Morfydd rywun amgenach ar ei meddwl. Nawr eu bod yn symud i Hampstead, ni fyddai gan Eliot unrhyw syniad ble i ddod o hyd iddi.

Ni fwriadai i'r llythyr fod yn ddim ond nodyn byr, ond roedd cael dweud ei dweud yn rhyddhad, fel bob amser:

My dear Eliot,

Here I am again!

I am sending you a copy of the silly little book you asked for. I suppose you were only trying to make amends for that ten line 'letter'. Mrs L was delighted with the book and I had to agree with Citi that it was 'gorgeous'. What a horrible word! The only accompaniment of any worth is 'Death', because I insisted on doing it my way.

Recently, being tired of London, I went with Elizabeth to Oxford. But how glad I was to escape all those bells and saints and return to this dear, dirty, noisy city. And now Elizabeth and I are away again, but only as far as Bay House, 4 Heath Street, Hampstead.

There will be no more empty grates, grumbling stomachs and sourfaced landladies, for we are to have our own flat above The Reformed Dress Company. Mrs L does not approve. She seems to believe 'that place', as she calls it, will set us on the wide road to destruction. For 'us' read 'me'. Elizabeth will never wander from the narrow path.

Do you remember me telling you how annoyed I was when my mother sent her little spy to Sutherland Avenue to check up on me? That was nothing compared to what I felt when I heard that Mrs L had been to Hampstead to inspect the flat and its owner. She has been trying to get Elizabeth to persuade me to stay where I am. No way will I agree to that.

But this time, thank goodness, Elizabeth is just as determined as I am, in her own polite way. She is so good, without having to make any effort, whilst I try so hard and fail miserably.

But I must be doing something right, for I have met a most wonderful man – yes, another one! He is one of the emigrés who have settled in Hampstead, and has been teaching me some Russian folk songs. But that is not all! This man I am madly in love with is a Prince!! His family own three palaces in St Petersburg. He now lives in London in a large flat painted black, with lavender carpeting, and enjoys a carefree life of parties and theatres. WHAT WOULD MR WILLIAM OWEN, HEAD DEACON AND CHOIR MASTER, HAVE TO SAY ABOUT THAT? I shudder to think.

I will probably tire of him as of all the others. An admirer of mine who works in the British Museum once told me – 'Y sawl a gâr lawer gaiff fod heb yr un'. I am not going to translate. Work it out for yourself. So be it. Wish me luck, if you believe in such a thing.

I do not know what to wish you. From reading your letter, I have the feeling that you are going to do your duty like

my poor brothers, although you call this
war 'a primary piece of human lunacy'.
I cannot pretend to understand. But of
course you always do what you have
to do.

Cyn iddi allu mynd ymhellach, cyrhaeddodd Elizabeth â'i gwynt yn ei dwrn.

'Dewch, Morfydd. Mae Mrs Lewis am i ni fynd draw 'na i ddewis celfi.'

'Pwy gelfi?'

'Ar gyfer y fflat. O ystafell Morgan. Fydd y crwt 'di danto siwrne daw e gatre o'r ysgol.'

'Wy moyn cwpla'r llythyr 'ma at Eliot i weud bo ni'n symud mas.'

'Sefa i 'ma nes bo chi 'di dod i ben.'

Eisteddodd Elizabeth ar erchwyn y gwely a'i chefn ati. Dychwelodd Morfydd at y llythyr, yn fwy na pharod i ddweud ei chŵyn:

(Five minutes later)
Elizabeth has just called to tell me
that we are summoned to Grosvenor Road.
It seems that Mrs Lewis has had a
change of heart and is now going to
furnish our flat. Oh dear! I can't abide
too much cardod.

*I will go with Elizabeth and be as
grateful as I possibly can.*

*Be happy, Eliot, as I will be in our
little nest in Hampstead.*

With my love to you, Morfydd

'Reit, 'na fi'n barod. Diolch i chi am fod mor
amyneddgar.'

'O'dd dewis 'da fi?'

'Well i fi wisgo'n syber, sbo.'

'Chi yw chi, Morfydd, ta beth y'ch chi'n 'i wisgo.'

Estynnodd Morfydd am ei het fwyaf blodeuog,
rhoi'r llythyr i'w gadw, a tharo cusan ar yr amlen.

'Bant â ni 'te. Ry'n ni ar ein ffordd i Hampstead
hibo i Grosvenor Road.'

29

Gan ei bod yn bygwth glaw, mynnodd Ruth Herbert alw am dacsi wedi'r oedfa, ond dewisodd Elizabeth a Citi gerdded adref drwy'r parc. Petai wedi cael cyfle, dyna fyddai dewis Morfydd hefyd, gan i Ruth ddweud yn gyhuddgar pan oedden nhw'n aros yng nghyntedd y capel,

'Fi meddwl chi wedi anghofio fi, Morfydd.'

Gynted ag yr oedden nhw wedi setlo yn y tacsi, meddai,

'Rwyf eisiau gofyn rhywpeth i chwi.'

A beth wy wedi'i wneud nawr 'to, meddyliodd Morfydd. Gwasgodd ei dyrnau a'i pharatoi ei hun ar gyfer y croesholi nad oedd modd dianc rhagddo mewn lle mor gyfyng.

'Chi'n gwypod Annie Ellis, Morfydd?'

'Wrth gwrs bo fi. On'd wy'n rhannu bwrdd â hi bob Sul, bron?'

'Dyna fe. Daro . . . byddaf raid dywedyd hyn yn Saesoneg.'

'Saesneg.'

'Whatever. A paham y mae hi yno?'

'Am ei bod hi'n ca'l shwt groeso, sbo, fel Elizabeth a Mr Griffiths a minne.'

'Yes, y Parchedig. Do I have to say more?'

''Sda fi ddim amcan beth chi'n dreial weud.'

'Are you trying to be awkward, Morfydd?'

'Cyfeirio at Mrs Ellis a Mr Griffiths y'ch chi, ife?'

'Wrs gwrth. An excellent match.'

'Ma'n nhw 'u dou'n ddicon hen i aller penderfynu drostyn nhw 'u hunen.'

'We all need a little encouragement every now and then. But you are not to breathe a word about this. Leave it to me. You'd better concentrate on those Russians of yours.'

Mae'n rhaid fod gan Ruth Herbert, fel Sarah Owen, ysbïwyr at ei galw. Sôn yr oedd hi, mae'n siŵr, am y Tywysog Felix, y cawsai Morfydd fwy na digon arno'n fuan iawn, a'r Alexis a oedd wedi cymryd ei le. Ond gyda lwc, siawns y byddai'n rhy brysur yn trefnu'r 'excellent match' i roi gormod o sylw iddi hi.

Y berthynas honno oedd flaenaf ym meddwl Morfydd yn ystod y pryd bwyd.

Beth fyddai gan Citi i'w ddweud am hyn, tybed? A oedd hi'n ystyried Annie Ellis yn ddigon sanctaidd i un oedd yn mwynhau cwmni'r saint i gyd? Byddai gofyn iddi gael gair â'r eneth a cheisio'i pherswadio i dderbyn yn raslon.

Bu'n rhaid iddi aros nes bod pawb wedi gadael y bwrdd cyn gallu cael Citi ar ei phen ei hun. Daeth o hyd iddi'n eistedd ar y grisiau a'i phen yn ei phlu.

'Beth y'ch chi'n neud man hyn, Citi?' holodd.

'Mae Elizabeth a Mami yn y parlwr a Mr Griffiths ac Auntie Tom yn yr ystafell eistedd, a does dim croeso i mi yn unman.'

'Awn ni am wâc fach, ife? Ma'r glaw 'di cilio.'

Ond roedd Citi wedi blino ar ôl cerdded adref o'r capel, meddai hi.

'Faint yw'ch oedran chi, mewn difri?'

'Wy'n ddigon hen i ddeall beth sy'n mynd ymlaen.'

Roedd hi'n rhy hwyr iddi geisio dwyn unrhyw berswâd arni, felly. Eisteddodd hithau ar y grisiau. Citi druan.

'Ma'ch mam 'di gweud 'tho chi abythdu Mr Griffiths a Mrs Ellis, 'te?'

'Nag yw, ond wy'n gwybod.'

'A chi'n grac, y'ch chi?'

'Does dim ots gyda fi.'

'Ond o'dd ots 'da chi. Wy'n eich cofio chi'n gweud nad o'dd Mr Griffiths angen neb gan fod 'da fe'r seintie i gyd.'

Trodd Citi i syllu arni'n ddifrifol.

'Ond dyw'r seintie ddim yn gallu ei fwydo na'i gadw'n gynnes yn y nos.'

'Nagw i'n gyfarwdd â seintie, ond fentra i nag y'n nhw.'

Roedd y Citi fach wedi tyfu lan yn ddiweddar, meddyliodd Morfydd. Ni fyddai wedi breuddwydio dweud y fath beth ychydig fisoedd yn ôl. Na gofyn chwaith,

'Ydych chi'n mynd i briodi Alexis, Morfydd?'

'Beth chi'n wpod abythdu Alexis? Chi sy wedi bod yn lapan wrth 'ych mam, ife?'

'Na. Alwodd e i'w gweld hi.'

'Fan hyn . . . i'r tŷ?'

'Ie. A'th e mla'n a mla'n yn sôn am ei holl drafferthion a dweud, "I won't be left dangling".'

'A ble o'ch chi . . . yn grondo tu fas i'r drws fel arfer?'

163

'O'dd e'n gweiddi fel tase fe'm chwarter call.'

'Dyw e ddim. Gafodd 'i holl deulu 'u llofruddio yn 1904 pan oedd Alexis yn bedair ar ddeg o'd.'

'O'dd Mami ofn dweud gormod, er bod gyda hi biti drosto.'

'Ma'ch mam yn fenyw ddoeth, Citi, fel fy mam inne. Trueni na 'sen i'n debycach i'r ddwy.'

'Fel hyn rydw i'n eich hoffi chi. Peidiwch newid, Morfydd.'

''Na beth wedodd Bili wrtho i.'

'Pwy yw Bili?'

'Cyn-gariad, ache'n ôl. A man a man i chi gael gwpod nawr, do's 'da fi'm bwriad priodi Alexis na neb arall.'

'Neb . . . byth?'

'Ddim am sbel go dda, ta beth. 'Se priodi'n mynd â gormod o'n sylw a'n amser i.'

Geiriau wedi eu benthyca oddi ar Eliot oedd y rheiny. Roedd hithau wedi addo, rhwng difrif a chwarae, y byddai'n gofyn ei farn a'i ganiatâd cyn cymryd y cam tyngedfennol.

Gafaelodd yn llaw Citi a'i chodi ar ei thraed.

'Wy'n cretu yr a' i ag Alexis Chodak i'r cwrdd yn Charing Cross un bore Sul.'

'Byddai hynny'n ddigon i'w ddychrynu am ei fywyd.'

'Yn gwmws.'

Ac yn ffordd o gael ei wared pan fyddai angen. Ond ddim nawr, gan ei fod wedi addo mynd â hi i'r Palladium nos Sadwrn. Fe gadwai Alexis yn crogi fel pyped ar linyn am ryw hyd eto.

30

Ynghlwm wrth y llythyr a dderbyniodd Morfydd o Drefforest roedd erthygl ar gyfer *The Welsh Outlook* wedi'i hysgrifennu gan Richard, ei brawd. Syniad Tada oedd ei chynnwys, mae'n siŵr, er bod ei mam wedi ychwanegu, mewn ôl-nodiad, ei bod yn rhyfeddu at ddawn Richard i drin geiriau a bod iddo ddyfodol disglair. Tybed a oedd y fam a ddywedodd yn ei dagrau wrth iddynt adael mynwent Capel Saron, 'Ma'n nhw i gyd wedi'u dwgyd oddi arno i nawr', wedi ymwroli a phlygu i'r drefn? Roedd yn anodd gan Morfydd gredu'r fath beth, er y byddai'n gwneud ymweld â'i chartref yn llai o boen.

Roedd wedi llwyddo i osgoi hynny yn ystod yr wythnosau diwethaf, gan anwybyddu cilwg Elizabeth. Nid oedd wedi creu unrhyw beth o werth yn ddiweddar, ond byddai'n rhaid iddi ganolbwyntio ar ddechrau paratoi'r cantata 'Pro Patria'. Ofnai Elizabeth fod sylwadau diraddiol Harriet Cohen wedi tarfu arni a cheisiodd ei hannog i fwrw iddi. Gadawodd Morfydd iddi feddwl hynny, yn hytrach na chyfaddef ei bod wedi colli diddordeb yn y gwaith ar ôl darllen cyfieithiad o gerdd Horas, oedd yn annog pobl Rhufain i feithrin eu gallu milwrol er mwyn codi arswyd ar eu gelynion.

Gwelodd eto â llygad ei chof y bys powld yn ymestyn o'r poster a'r criwiau bechgyn yn llawn brol y tu allan i'r canolfannau recriwtio; clywodd eto glecian esgyrn y dawnswyr mud ac atsain cras y Zeppelin uwchben Llundain fis Mai. Pan ddaeth at y geiriau, 'What joy, for fatherland to die', gallai weld cyrff ei brodyr yn gorwedd yn eu gwaed a'i mam yn plygu drostynt fel Mair wrth y Groes.

Yn ei erthygl, roedd Richard yn rhag-weld yr hyn a fyddai'n eu hwynebu yng ngwlad Belg – 'We shall see the fair fields of Flanders, once draped with the purple of the violet, and embroidered with the red of the poppy, now dripping with the crimson blood of countless innocents.'

Roedd y Ffiwsilwyr Cymreig, meddai, yn canu rhai o emynau Williams Pantycelyn wrth orymdeithio. A fyddai Tada, wrth arwain y gân yn Saron, yn ymhyfrydu yn y ffaith fod ei fab wedi cario geiriau'r Pêr Ganiedydd i'w ganlyn i barthau anwybod Glyn Cysgod Angau? Byddai, wrth gwrs, a'i falchder yn chwyddo wrth iddo dywys y gynulleidfa i'r 'Amen' gorfoleddus.

Parodd i Elizabeth ddarllen yr erthygl, a'i gorfodi ei hun i aros am ei hymateb.

'Wel? Beth y'ch chi'n feddwl?' holodd yn ddiamynedd.

'Ma 'da fe ddawn sgrifennu.'

'O, o's. Ond pwy gysur yw 'ny nawr bo'r pedwar mis ar ddeg o hyfforddiant drosto ac ynte'n cael ei hala i Ffrainc, fel oen i'r lladdfa? Ac i beth?'

'Mae'r ateb yn yr erthygl, on'd yw e?'

'Gwneud ei ddyletswydd . . . ei brofi ei hunan yn ddyn?'

''Na shwt ma fe'n gweld pethe, Morfydd.'

'A 'na beth y'ch chithe'n feddwl, ife?'

'O, nage.'

'Daro'r rhyfel. Ma fe'n strywo popeth. Allen i fod mas yn Rwsia nawr. Fe drioch chi'n rhybuddio i pan gytunodd y Brifysgol i roi grant Cymrodoriaeth i fi, on'd do fe?'

'O'n i ddim moyn i chi gael 'ych siomi.'

Roedd hi wedi edrych ymlaen cymaint, ers i'r Rwsiaid alltud roi cyfrol o'u halawon yn anrheg iddi, at y cyfle i deithio yno, ac i Norwy a'r Ffindir efallai, i astudio dylanwad canu gwerin ar y wlad a'r bobl. Ond chwalwyd y freuddwyd honno'n chwilfriw, fel popeth arall, oherwydd y rhyfel.

'Fe ddaw cyfle 'to, Morfydd. Ma raid i fi fynd i Rydychen am gwpwl o ddyddie. Y'ch chi am ddod 'da fi?'

'Well i fi bido, rhag ofan i fi ga'l 'y nhowlu mas o'r coleg.'

'A chithe'r gyfansoddwraig fwyaf dalentog ma Cymru wedi'i chynhyrchu?'

'Mr Peter Hughes Griffiths wetodd 'na yn *Y Gorlan*, yntefe?'

'A so fe'n un i afradu geirie.'

Cofiodd Morfydd fel y bu iddi sylwi ar y dagrau yn llygaid y gweinidog y prynhawn hwnnw o wanwyn yn Oriel y Tate wrth iddo gyfaddef ei hiraeth am y gwanwynau hyfryd na ddeuent byth yn ôl.

'Ma fe'n unig iawn, Beti Bwt.'

'Wedi bod . . . tan nawr.'

'Chi wedi sylwi, 'te?'

'Falle taw hen ferch odw i, Morfydd, ond wy'n nabod yr arwyddion.'

๕

Er ei bod wedi bwriadu bwrw i'r gwaith wedi i Elizabeth adael am Rydychen, ni allai Morfydd yn ei byw setlo i ddim. Bu ymweliad Alexis â Charing Cross yn llwyddiant o'i safbwynt hi, er i hynny dynnu gwg sawl un a chodi arswyd arno yntau, a gallodd hithau dorri'r llinyn heb deimlo gronyn o euogrwydd. Ond canlyniad hynny oedd ei bod, ar hyn o bryd, yn gymaint o hen ferch ag Elizabeth. Fe'i cafodd ei hun yn canu'r geiriau, 'Y sawl a gâr lawer gaiff fod heb yr un', wrth iddi gerdded yn ddiamcan o gwmpas y fflat. Gallai glywed Bili'n ei hatgoffa, yn llawn brol, fel y bu iddo dynnu ei sylw at y perygl. Roedd yn hen bryd iddi setlo'r ceiliog dandi bach oedd yn credu ei fod wedi cael y gorau arni.

Anfonodd nodyn at Mr William Jones (Elidir Sais), The British Museum, yn ei wahodd i ymuno â hi yn y caffi ar bwys yr Amgueddfa brynhawn trannoeth. Cyn nos, roedd hi'n difaru ei anfon, a threuliodd oriau anesmwyth yn dyfalu beth fyddai ymateb Bili. Gallai ddychmygu gweld y wên hunanfodlon ar ei wyneb wrth iddo'i longyfarch ei hun ar allu cadw'i hunan-barch drwy ei gorfodi hi i gymryd y cam cyntaf. Beth petai'n derbyn hyn fel arwydd ei bod yn awyddus i fod yn fwy na ffrindiau? Onid oedd wedi cyfaddef ar funud gwan ei bod yn hoff ohono?

Oni bai ei bod wedi cael ei magu i gredu bod torri addewid yn bechod yn erbyn yr Ysbryd Glân (er nad oedd ganddi syniad pa ffurf oedd i hwnnw) a bod ganddi bwrpas arall mewn golwg, byddai wedi cadw draw o Bloomsbury. Pan gyrhaeddodd y caffi a'i weld yn eistedd yno wrth yr un bwrdd ag arfer, cafodd ei themtio i droi ar ei sawdl ac wynebu canlyniadau'r pechod. Aeth ar ei llw mai dyna fyddai'n digwydd petai'n meiddio'i galw'n 'cariad bach'.

Ni wnaeth ond ei chyfarch yn ffurfiol, a dweud ei bod yn edrych yn dda. Nid oedd y sylw hwnnw'n dderbyniol gan un oedd yn ymhyfrydu mewn ymddangos yn welw a diddorol, ac meddai, mewn ymdrech i daro'n ôl,

'Chi'n dechre magu bola, William.'

'Fel un ag awdurdod ganddo,' broliodd yntau, gan batio'r egin bol. 'A beth ydy hanes Miss Lloyd erbyn hyn? Yr un mor weithgar ag erioed, debyg?'

'Ac yn byw a bod yn Rhydychen.'

'Dinas ryfeddol. Ro'n innau'n hoff iawn ohoni.'

''Sda fi gynnig i'r lle. Yr holl seintie 'na.'

'"Braint, braint yw cael cymdeithas gyda'r saint". Estynnwch am deisen, Morfydd.'

'Chi'n cretu bo fi'n haeddu un heddi 'te?'

'Dwy, os mynnwch chi. Ydy'r te yn iawn? Un llwyaid o siwgwr a dim llefrith, yntê?'

'Diolch, William.'

'Pe bawn i wedi cael mwy o rybudd, mi fyddwn i wedi gwahodd Beatrice i ymuno â ni.'

'Beatrice?'

'Fy young lady i. Geneth alluog iawn.'

'A dymunol, gobitho.'

'Dymunol dros ben.'

Ciledrychodd William arni. Roedd hi'r un mor hardd ag erioed. Er nad oedd y Beatrice alluog yn debygol o achosi iddo golli yr un awr o gwsg, roedd hi wedi ateb ei phwrpas. Nid oedd Morfydd yn un i fodloni ar fod yn ail orau, mwy nag yntau.

Teimlodd Morfydd ei hun yn ymlacio rhyw gymaint, er bod meddwl am y ferch 'ddymunol dros ben' yn stwmp ar ei stumog. Mentrodd ofyn, o'r diwedd.

'Chi'n gwpod rhwbeth o hanes Mr Lawrence, William?'

'A pha ddiddordeb ydy hynny i chi?'

'Addawes i fynd draw i Kensington i gwrdd â fe, on'd do fe?'

'Er i mi eich cynghori chi i beidio.'

'O'dd Mr Pound a'r fenyw Hilda Doolittle 'na, a'r ddou yn darllen eu barddoniaeth. 'Na beth o'n nhw'n 'i alw fe, ta beth . . . ond o'dd e tu hwnt o ddiflas.'

'Roeddech chi'n difaru anwybyddu fy nghyngor i, felly?'

'Na, wy'n falch i fi fynd. O'dd clywed Mr Lawrence yn adrodd ei gerdd i'r piano'n gwneud iawn am y cyfan. Y'ch chi'n gyfarwdd â hi?'

'Na. Fel y gwyddoch chi, dydw i ddim yn edmygydd ohono, fel dyn na llenor. Wn i ddim sut mae ganddo ef a'r Almaenes yna'r wyneb i ddychwelyd i Lundain.'

'Ma'n nhw nôl 'ma, 'te?'

'Yn y Vale of Health, Hampstead, ac yn barod i herio pawb. Ond mae o wedi mynd yn rhy bell y tro yma.'

'Beth ma fe wedi'i neud?'

'Dydech chi ddim heb wybod hynny, does bosib? Mae'r papurau newydd wedi rhoi sylw mawr i'r helynt.'

''Sda fi gynnig i'r papure. A pwy gelw'dd ma'n nhw 'di weud nawr 'to?'

'Mae ei nofel ddiweddaraf, *The Rainbow*, mor anllad nes bod ynadon Bow Street yn ystyried ei gwahardd a rhoi'r holl gopïau yn nwylo'r heddlu.'

'Y'ch chi wedi'i darllen hi, William?'

'Mae gennyf fy nghymeriad i'w gadw.'

'Shwt y'ch chi'n gwpod 'i bod hi'n anfoesol, 'te?'

'Am fod eraill, sydd â mwy o awdurdod na fi, yn tystio i hynny.'

'A ma rhai fel 'ny i ga'l, o's e?'

'Ambell un, efallai. Cymerwch baned arall, Morfydd.'

Mynnodd Morfydd fod yn rhaid iddi adael gan fod y cantata yr oedd yn gweithio arno'n erfyn am gael ei roi ar bapur. Bu hynny'n ddigon i beri i William draethu'n faith ar y cantata yr oedd ef a chyfaill iddo wedi'i lunio ar gyfer disgyblion ac athrawon ysgol Bethesda, gan orffen â'r geiriau,

'Llwyddiant ysgubol, os ca' i fod mor hy â dweud.'

'Wy'n gobitho bydd fy "Pro Patria" inne yr un mor llwyddiannus.'

Synhwyrodd William fod awgrym o amheuaeth yn ei llais.

'Os galla i wneud rhywbeth i helpu . . .'

'Diolch i chi am y cynnig, William.'

'Fe fyddai hynny'n bleser o'r mwyaf, cariad bach.'

Gadawodd Morfydd y caffi yn anesmwyth ei meddwl, a'r Beatrice 'ddymunol dros ben' yn dân ar ei chroen, er bod dyfodiad honno'n golygu y câi wared â'r pen bach heb orfod datod na thorri yr un llinyn. Roedd hi ar ei ffordd yn ôl i Hampstead cyn sylweddoli mai dyma'r tro cyntaf iddi dderbyn 'cariad bach' Bili heb brotest, a'i bod, oherwydd hynny, wedi ildio'r fuddugoliaeth iddo unwaith eto.

31

Bu'n rhaid iddi holi yma ac acw cyn cael ei chyfeirio, yn y diwedd, gan hen ŵr oedd wrthi'n ysgubo dail yn bentyrrau bach taclus, at dai digon hyll yr olwg wedi'u hadeiladu o frics coch – 'That's where 'em poets live.'

Curodd ar ddrws y cyntaf ohonynt, ond roedd y gŵr barfog atebodd yr alwad yn ddieithr iddi.

'Excuse me. I'm looking for Mr Lawrence.'

'And you have found him, Miss Owen.'

'I'm sorry. I didn't recognise you.'

'The beard, of course. I like it, and shall keep it. It's so warm and complete. Welcome to the Vale of Health, a rather unfortunate name, perhaps.'

Arweiniodd Morfydd i'r tŷ a gweiddi ar ucha'i lais, 'Get off that bloody bed, Frieda, and come here.'

Hwyliodd Frieda Lawrence i mewn i'r ystafell fel pe bai ar lanw uchel.

'This is Miss Owen, the young musician from Wales I told you about.'

'You did not tell me.'

'I did. You must have forgotten.'

'I never forget.'

Ni wyddai Morfydd beth i'w wneud o'r Mrs Lawrence hon oedd yn rhythu'n fygythiol ar ei gŵr. Roedd hi mor fawr ac mor uchel ei chloch, ei llais gyddfol, cras yn brifo'i chlustiau. Nid oedd arni lai na'i hofn. Ond y munud nesaf, roedd yn troi ati hi â gwên lydan ar ei hwyneb ac yn dweud yn dawel,

'You are very charming, my dear.'

Clwydodd Lawrence ar gadair, tynnu Frieda ar ei lin, a mwytho'i gwallt.

'And where did you disappear to last night, my love? Was it to tell Jones the analyst that your husband had threatened to kill you?'

'Of course. He said he was surprised that you had not done so long ago.'

Chwarddodd Frieda a phlannu cusan ar ei wefusau. Gafaelodd Lawrence mewn cudyn o'i gwallt a rhoi plwc egar iddo cyn neidio ar ei draed a'i gwthio bellter oddi wrtho.

'Mr Jones is a psychoanalyst and one of your countrymen, Miss Owen. An astute man, unlike that cunning little Welsh rat, Lloyd George.'

Ni allai Morfydd ymatal rhag amddiffyn y gŵr yr oedd gan Eliot feddwl uchel ohono.

'We in Wales think very highly of him.'

'Even rats have their followers. Or perhaps I should say *especially* rats.'

Dechreuodd Frieda gerdded o gwmpas yr ystafell gan daro yn erbyn yr amrywiaeth o gadeiriau oedd wedi eu gosod ar siawns yma ac acw.

'Nationality is just an accident, Lawrence.'

'There speaks the Hunwife. Why don't you take a chair, Baroness, so that we can all breathe? As you can see, Miss Owen, the Infinite has taken second place to furniture, bought at the Caledonian Market. We have become two castaways from society, scrounging for cast-off furniture and delighting in our bits and pieces.'

'The blue Persian rug was a present from dear Eddie Marsh, Mr Churchill's private secretary, who hates all Germans, but finds me sweet.'

'It was not a present, Frieda. We are expected to pay back the loan.'

'There is no reason why money should not be transferred from a well-filled to an empty pocket.'

'Frieda has no sense of money, having never been without it, and cannot understand that one's kite will only rise on the wind as far as ever one has string to let it go. She is so disgustingly healthy, with such a lust for life, that she wearies me.'

Teimlodd Morfydd ei hun yn gwrido. Gartref yn Nhrefforest, pethau i gadw caead arnynt oedd teimladau, ac er ei bod bellach yn gyfarwydd â rhai fel Alexis, a oedd braidd yn rhy barod i agor llifddor ei galon, roedd y siarad plaen yn gwneud iddi deimlo'n anesmwyth ac yn ei hatgoffa o awyrgylch gormesol Church Walk. Mewn ymgais i newid y trywydd a'i harbed ei hun rhag cael ei gorfodi i dystio i ragor o gyffesion, mentrodd dorri ar draws y sgwrs i holi am Pound, er nad oedd ganddi'r mymryn lleiaf o ddiddordeb ynddo. Syllodd Frieda arni'n syn, fel pe na bai ganddi unrhyw syniad y munud hwnnw pwy oedd y ferch ddieithr hon a eisteddai rhyngddynt.

'You are acquainted with Mr Pound?'

'I met him when Mr Lawrence invited me to Church Walk.'

'I did tell you, Frieda.'

'You did not.'

'H.D. was there at the time. Poor girl. To give birth to a stillborn child must be a devastating experience.'

O gofio sylwadau difrïol H.D. a'i pharodrwydd hithau i gytuno, nid oedd fawr o argyhoeddiad y tu cefn i 'I'm sorry' Morfydd.

Ond roedd Frieda ar ei thraed unwaith eto ac yn sythu uwchben Lawrence.

'You call *her* a "poor girl"! Yet you can feel no pity for me, whose children have been taught to hate their *momamo*. Was it not here on Hampstead Heath that I said goodbye to my three little ones, for ever?'

'You were allowed to see them last month.'

'Half an hour in a dusty lawyer's office! Their little faces looked at me as if I were an evil ghost.'

'Children should be left to live their own lives. Curse the lot of the maggoty Weekley household.'

'Have you no compassion? You are always so angry with me. We are like the two lions that ate each other. One day, there will be nothing but the tails left.'

Estynnodd Lawrence am ei llaw, fel dyn ar foddi'n cythru am welltyn.

'What will become of us, Frieda? How I hate this foul country of the damned. How I detest this monstrous disaster, the collapse of all human decency. I cannot bear the ugliness of war. Our world is gone and we are like dust in the air.'

Drwy gil ei llygad, gwelodd Frieda Morfydd yn

176

swatio yn ei chadair, ei llygaid tywyll yn llawn ofn, ac meddai â balchder yn ei llais,

'Rest assured that my husband will survive, Miss Owen. He has been jeered at, belittled, turned into nothing. What a lot of my-eye he is up against. But one day the wretches will realise that such a genius cannot be ignored.'

Plygodd ymlaen a phlethu'i brechiau amdano. Swatiodd yntau rhwng ei bronnau, fel cyw aderyn mewn nyth.

Manteisiodd Morfydd ar y cadoediad dros dro i'w hesgusodi ei hun.

Roedd y pentyrrau dail yn llosgi'n araf a'r mwg yn ymdoddi i'r awyr las, glir. Cododd yr hen ŵr ei ben a'i chyfarch yn siriol.

'Did yer find 'em poets, Missy?'

'Yes. Oh, yes. Thank you.'

Oedodd am eiliad cyn cario ymlaen â'i waith, yn gymaint rhan o'i amgylchfyd â'r coed o'i gwmpas. Mor wahanol i Lawrence, na welai ond gwae a dinistr ym mhob man, ac nad oedd ond cysgod o'r dyn a gofiai. Ond nid siwrnai seithug mo'r un i'r Vale of Health. Daethai wyneb yn wyneb heddiw â merch nad oedd erioed wedi gweld ei thebyg, un na adawai i neb na dim sefyll yn ei ffordd ac a allai ddweud, yn llawn hyder a gobaith, ar waethaf popeth,

'We will come through, Lorenzo.'

Yn dân am gael dweud, aeth Morfydd ati gynted y cyrhaeddodd y fflat i rannu'r profiad â'r unig un a fyddai'n ei werthfawrogi:

Today I met a woman who is not afraid of life, who hates and loves in equal measures, a woman who will fight until death for what she believes in. And she has chosen a man who is terrified of living and thinks himself to be no more than dust in the air. He is the writer D. H. Lawrence. You may have read his books. I certainly haven't and have no intention of doing so, not because they are regarded as being obscene, but because I would find them to be as boring as the man himself. He is unworthy of her.

How I wish I had but an ounce of her daring and her capacity for living and loving. I shudder to think how little I have known and will probably never know.

32

Un prynhawn, dychwelodd Elizabeth i Heath Street, Hampstead, yn cario bwndel o bapurau wedi eu parselu'n ddestlus.

'Anrheg i chi, Morfydd, wrth Mr Jones.'

'Pwy Mr Jones?'

''Ych Bili Museum chi.'

'Wy ddim moyn e na'i anrheg.'

'Ddylech chi ddim fod wedi gofyn am 'i help e, 'te.'

'Netho i ddim shwt beth.'

'So'r gwaith ar y cantata wedi bod yn rhwydd, ody e? Pam na chymrwch chi bip ar beth sy 'da fe i'w gynnig, ac ynte wedi mynd i'r fath ffwdan?'

''I ddewis e o'dd 'ny. Chi'n gwpod beth ma fe 'di neud, nawr bo fe 'di ffaelu'n ennill i'n deg? Esgus bo 'da fe beth ma fe'n alw'n "young lady".'

'Ma Beatrice *yn* bod, Morfydd. Gwrddes i hi yn yr Amgueddfa heddi.'

'Do fe nawr? A ma croeso iddi hi alw 'na, o's e? Wy'n cymryd taw Saesnes yw hi.'

'O Swydd Sussex. Merch ddymunol iawn.'

'Dymunol "dros ben", mynte fe.'

'So chi'n genfigennus, do's bosib? O'ch chi ddim moyn e. Teimlo'n falch dros Mr Hughes Jones ddylech chi.'

Roedd y 'ddylech chi' fel cadach coch i darw. Gallai Morfydd deimlo'r nerth yn llifo drwy'i gwythiennau. Nid y frwynen o ferch a fyddai'n cydnabod awdurdod Tada ac yn ufuddhau i orchmynion Ruth Lewis oedd hon, ond y Frieda Lawrence drom ei chorff, uchel ei chloch, yn ddewr ac yn bowld ac yn byw bywyd i'w eithaf.

'Os taw 'na beth y'ch chi'n feddwl ohono i, man a man i chi symud mas.'

Llwyddodd Elizabeth i'w rheoli ei hun, er y gallai fod wedi atgoffa Morfydd y byddai'r ddwy ohonynt wedi cael eu taflu allan o'r fflat oni bai iddi hi glirio'r ddyled a chael perswâd ar Mary Brown i ganiatáu iddynt aros yno. Dyna'n sicr fyddai'n digwydd petai hi'n gadael, gan nad oedd Morfydd wedi etifeddu dawn ei chyfrifydd o dad na synnwyr busnes ei mam. Nid oedd ganddi chwaith mo'r diddordeb i ymorol am fwyd, na'r gallu i'w baratoi. Byddai'r esgeulustod yn golygu na allai wrthsefyll yr afiechydon oedd wedi ei llorio'n llwyr yn ystod gaeafau Sutherland Avenue a Blomfield Road.

'Gawn ni drafod hyn rywdro 'to, ife?'

Gwasgodd Morfydd ei gwefusau'n dynn. Roedd cyfnod yr ymddiheuro, y gwnaethai hi fwy na'i siâr ohono, drosodd. Ni fyddai aderyn a ollyngwyd yn rhydd o'i gawell byth yn dychwelyd o ddewis. Caethiwed oedd bod yn atebol i eraill a chael eich gorfodi i syrthio ar eich bai. Oni fyddai'n ddewisach ganddi chwarae â thân a mentro llosgi'i bysedd na threulio gweddill ei bywyd yn difaru oherwydd y pethau na wnaed?

Er i'r ffrwydrad darfu ar Elizabeth, roedd hi wedi sylwi, pan ddychwelodd o Rydychen ddiwedd Hydref, ar y newid yn Morfydd. Daethai i ddygymod â'r cyfnodau o iselder a gallai ymdopi â'r tymer afrywiog, ond roedd gorfod gwrando arni'n cwyno ar ei byd yn dreth ar ei hamynedd hi hyd yn oed. Byddai'n cyfeirio o dro i dro at ryw 'hi' yr oedd ganddi, mae'n amlwg, feddwl mawr ohoni, ond gwrthododd ddatgelu ei henw gan fod Elizabeth, meddai, yn rhy gibddall i allu gweld ymhellach na ffiniau ei byd bach cyfyng ei hun. Aeth Elizabeth cyn belled â holi Ruth Herbert a wyddai hi rywbeth o hanes y ferch a gawsai'r fath argraff ar ei ffrind, ond yr unig beth a wnaeth honno oedd dweud, yn ddigon difater, 'She must be a friend of one of Morfydd's poets.'

Pwy bynnag oedd hi, ac o ble bynnag y deuai, roedd y ferch ddienw'n bygwth y cyfeillgarwch yr oedd Elizabeth wedi ymdrechu i'w gadw ynghynn, ac nid oedd yn fodlon gadael iddo ddiffodd.

❦

Un nos Sadwrn, a'r ddwy'n swatio o boptu'r tân, y naill mor benisel â'r llall, meddai,

'Dewch 'da fi i'r cwrdd bore fory, Morfydd. So chi 'di bod ers ache.'

'A cha'l Mrs Lewis yn holi 'ngharped bag i, ife?'

'Wy 'di gweud wrthi bo chi'n dost.'

''Sdim yn bod arno i.'

'Chi'n ffit i ddod i'r capel, 'te.'

'Ma'n well 'da fi sefyll 'ma.'

'A bodoli ar fara a dŵr tra bo Mr Griffiths a'i ddarpar wraig a finne'n gwledda ar gino rhost?'

'Beth wetoch chi nawr abythdu darpar wraig?'

'Mae Mrs Ellis ac ynte'n priodi ddechre'r flwyddyn.'

'A beth sy'n mynd i ddod o'r holl seintie 'na?'

'Dim ond gobitho bo'r gwely'n ddigon o faint iddyn nhw i gyd aller cwato ynddo fe.'

Gwelodd Elizabeth fflach o'r hen ddireidi'n goleuo'r wyneb bach cuchiog.

'Wel, wel, dy'ch chi ddim mor bropor â'ch golwg, Beti Bwt! Gweud celw'dd 'tho Mrs Lewis a difrïo'r seintie. Wy'n cretu dylen i ddod 'da chi bore fory fel bo fi'n gallu catw llygad arnoch chi.'

A'r enw anwes yn ei chynhesu drwyddi, gallodd Elizabeth fodloni ar hynny, dros dro.

❦

Cafodd Morfydd groeso mawr yn Charing Cross fore Sul. Cyfarchodd Ruth Herbert hi mor wresog â phetai wedi codi o farw'n fyw, lapiodd Citi ei breichiau amdani, yno yng ngŵydd pawb, a diolchodd y gweinidog yn ei weddi i'r Meddyg Da am ei ofal tyner dros ei blant. Derbyniodd y gwahoddiad i Grosvenor Road ac anogaeth gwraig y tŷ i 'fwyta llawn eich bola'. Gynted roedd y pryd drosodd, gafaelodd Ruth Herbert yn ei braich a'i thywys i gyfeiriad y grisiau.

'Deuwch gyda fi, Morfydd, i cyfarfod fy dressmaker. Beth yw hynny yn Cymraeg?'

'Gwniadreg.'

'Oh, dear! My mother tongue will have to suffice for now, as Madame's domain is up on the third floor. I have asked her to prepare a gown for you to wear at the concert in Pontyprith next month, i codi calon chi.'

''Sdim angen 'ny.'

'It may be only a small town hall, but you will be introducing London fashion to the provinces, courtesy of Madame Napoleon. Come.'

'Ond Ffrances yw hi, yntefe? 'Sda fi'm gobeth deall gair ma hi'n weud.'

'Her grandmother came from France to sing in the music halls, but she herself is a little Cockney sparrow, born and bred within the sound of Bow Bells. You must humour her, as I do, for she's an excellent dressmaker.'

Nid oedd gan Morfydd ddewis ond ceisio ufuddhau, er yn groes i'r graen, i'r Madame fach a siaradai'n ddi-dor drwy lond ceg o binnau, mewn cymysgedd o Ffrangeg a Chocni, oedd yr un mor annealladwy â'i gilydd. Byddai'n well ganddi fod wedi mynd ar lwyfan yn gwisgo sach na gorfod dioddef y fath artaith. O leiaf gallai fod wedi lliwio'r sach yn goch neu'n wyrdd a'i haddurno â blodau a ffrwythau, am ddim ond ychydig geiniogau.

Bu'n ddigon annoeth i ddweud hynny wrth Elizabeth, a chael ei chyhuddo o fod yn anniolchgar. Erbyn nos Sul, roedd y cynhesrwydd a deimlodd Elizabeth yn sgil yr enw anwes wedi diflannu'n llwyr a Morfydd yr un mor ddi-hwyl o fod wedi ildio, unwaith eto, i gymryd ei thrafod fel plentyn nad oedd ganddi unrhyw reolaeth dros ei bywyd ei hun.

33

Aros am dacsi i fynd â nhw i Bontypridd yr oedden nhw, nos Iau, yr ail o Ragfyr, pan ddywedodd Sarah Owen,

'On'd yw Morfydd yn dishgwl yn fonheddig, William?'

'Ac wedi gorffod talu'n brid am 'ny, sbo.'

'Anrheg o'dd y wisg, Tada.'

''Da pwy?' holodd yntau'n amheus.

'Mrs Herbert Lewis.'

Ond nid oedd hynny, chwaith, yn ddigon i'w dawelu.

'Dyw'r teulu Owen ddim yn derbyn cardod, Morfydd. Gwedwch 'tho Mrs Lewis am hala'r bil ato i.'

Roedd Morfydd ar fin protestio pan gyrhaeddodd y tacsi, er mawr ryddhad i'w mam. Trueni na allai William a Richard fod yma, ond noson i ymfalchïo yn llwyddiant ei merch oedd heno, ac nid oedd am i ddim darfu ar hynny.

Fel un oedd yn gerddor da ei hun, gallai Sarah werthfawrogi datganiadau'r London Trio – Louis Pégskai ar y feiolin, W. E. Whitehouse ar y sielo a Madame Amina Goodwin, un o ddisgyblion Liszt, ar y piano – ac fe'i swynwyd yn llwyr, fel gweddill y gynulleidfa, gan ddehongliad Morfydd o emyn hyfryd Katharine Tynan, 'All in the April Evening'. Ond uchafbwynt y noson iddi hi oedd clywed ei gŵr yn sibrwd yn ei chlust, 'Wy mor browd ohoni.'

Pan ddaeth y cyngerdd i ben, tyrrodd aelodau'r gynulleidfa o gwmpas Morfydd, yn awyddus i'w llongyfarch, yn eu mysg Kenny, London Stores. Safodd yn ôl nes bod y gweddill wedi gadael cyn camu ati a gafael yn dynn yn ei dwy law.

'Diolch, Miss Owen. O'dd 'na out of this world, fel 'se Georgie'n weud.'

'Chi 'di clywed wrtho fe?'

'Do . . . da'th y llythyr dwetha o New York. Ma Mother wedi cael modd i fyw.'

'A shwt ma'r brawd hena?'

'Yn falch bo'r brawd bach wedi'i arbed rhag gorffod byw ar gibau moch.'

'Ma Georgie 'di llwyddo, 'te?'

'Ddim 'to. O'dd e'n holi abythdu chi yn 'i lythyr.'

'Morfydd!'

Roedd Tada'n ei llygadu'n ddiamynedd. Ffarweliodd â Kenny ac aeth i ymuno â'i rhieni yn y cyntedd.

'A phwy oedd y bachgen 'na o'ch chi geg yn geg 'da fe?' holodd ei thad.

'Mab London Stores.'

'Fe o'dd yr un fydde'n arfer llercan tu fas i Wain House, ife?'

'Nage, 'i frawd. Ma Georgie yn Efrog Newydd.'

'Hy! Ac yn credu bo'r palmentydd yn aur fel rhai Llundain, ife?'

Torrodd Sarah ar ei draws i ddweud,

'Ry'n ni wedi cael noson i'w chofio, Morfydd. Mae Tada a finne'n browd ohonoch chi, on'd y'n ni, William?'

'Odyn, yn browd iawn.'

Nid y llwyddiant na chlod ei rhieni oedd flaenaf ym meddwl Morfydd wrth iddi noswylio'r noson honno. Roedd hi 'nôl ar Princess Street, yn ysu am gael cyflawni'r addewid o gusan a wnaeth i Georgie bach yn y Cecil Cinema bedair blynedd ynghynt. Ond go brin y câi'r 'tro nesa' ei wireddu. Roedd Georgie wedi mynnu'r rhyddid i ddilyn ei lwybr ei hun, heb falio gronyn am y fam a'r brawd a adawodd i gario'r beichiau yn Nhrefforest. A oedd modd ennill rhyddid heb achosi poen i eraill? Ai Beti Bwt a'i John Donne oedd yn iawn wedi'r cyfan?

⚜

Dychwelodd Morfydd i Lundain a *première* 'Pro Patria' yn Neuadd y Frenhines yn gwmwl ar y gorwel.

O dan bwysau, cytunodd i adael i Elizabeth, ar un o'i hymweliadau â'r Amgueddfa Brydeinig, ddanfon nodyn ar ei rhan i ddiolch i Mr Hughes Jones am ei waith. Ei hofn mwyaf oedd y byddai Bili yn mynnu bod yn y cyngerdd er mwyn rhannu peth o'r clod, ac ychwanegodd, gan na allai ddibynnu ar Elizabeth i gael y ffeithiau'n gywir, fod trefn pethau wedi newid ac mai'r unawd bariton yn unig fyddai'n cael ei chynnwys. Llwyddodd i daflu llwch i lygaid y ddau, heb orfod cyfaddef mai ei hesgeulustod hi oedd i gyfri am hynny. Roedd y comisiwn a dderbyniodd gan Haydn Jones, yr Aelod Seneddol dros Feirionnydd, yn apelio llawer mwy na'r 'Pro Patria' dreisgar. Aethai ati rhag blaen i gyfansoddi emyn-donau ar gyfer ei gasgliad, *Cân a Moliant*, gan anwybyddu popeth arall.

Gadawodd Elizabeth am Lanilar ar y cyfle cyntaf, gan obeithio y byddai treulio'r Nadolig ar aelwyd lle na fu erioed na chwyno na checru yn rhoi iddi'r nerth i wynebu blwyddyn newydd.

Rhyddhad i Morfydd oedd cael y cyngerdd drosodd. Ni allai lai na chymharu'r awyrgylch dinesig, sidêt â'r derbyniad gwresog a gawsai ym Mhontypridd. Ymhen y pythefnos roedd hi'n ôl yn ei chynefin ac yn cymryd ei lle wrth gownter Wain House, er nad oedd Sarah Owen yn hapus o gael ei merch yn gweini ochr yn ochr â'i phrentis. Câi Morfydd y gwaith yn ddiflas tu hwnt, ond ni allai oddef bod ar ei phen ei hun yn y tŷ drwy'r dydd.

Yna, un prynhawn, pan alwodd Maud Pugh a'i mam yn y siop, gwelodd ei chyfle i dorri ar yr undonedd.

Cyfarchodd y ddwy yn siriol, yn rhy siriol ym marn ei mam, a gredai mewn cadw'i chwsmeriaid hyd braich.

'Shwt y'ch chi, Maud fach? Wy ddim wedi diolch i chi am ddod i 'ngweld i yn Llunden, odw i?'

'Pwy adeg o'dd 'ny?' holodd Mrs Pugh yn siarp.

'Pan etho i i sefyll 'da Jane.'

'O, Maud! 'Se gwpod bo chi'n crwydro'r ddinas ar 'ych pen 'ych hunan wedi bod yn ddicon amdano i.'

'Yn gwmws, Mrs Pugh. Nace Trefforest yw Llunden. Ond dyw Maud ddim yn un i adel i 'ny 'i stopo hi rhag neud 'i dyletswydd. Ma hi wastad 'di bod yn fawr 'i gofal dros 'i ffrindie.'

187

'O, oty. Os o's rhywun yn byw 'i chrefydd, Maud yw honno.'

Penderfynodd Sarah Owen ei bod yn bryd iddi roi taw ar Morfydd cyn iddi gael ei themtio i ddatgelu rhagor.

'A beth alla i neud i chi'ch dwy heddi?'

Estynnodd Mrs Pugh het wellt ddu oedd wedi gweld ei dyddiau gorau o'i bag.

'Y'ch chi'n meddwl allwch chi dwtio hon i Maud? Er, wy'n ffaelu gweld bod angen 'ny 'yn hunan.'

'Chi ddim moyn i fi godi cywilydd ar Modryb Elsie, y'ch chi, Mami?'

'Ma arno i ofan fod byw ym Manceinion wedi rhoi syniade mowr ym mhen 'yn 'whar.'

Er nad oedd ganddi unrhyw ddiddordeb yn hynt a helynt Maud, a bod yr holl siarad gwag yn dreth arni, meddai Sarah Owen, o ran cwrteisi'n fwy na dim,

'Dy'n ni ddim wedi'ch gweld chi yn Saron ers cetyn, Maud.'

'Wy 'di symud i Bontypridd fel "lady's companion" i Modryb Elsie ac yn aelod o Eglwys Saesneg Gelliwastad.'

'Ry'ch chi wedi troi'ch cefen ar iaith y nefoedd, 'te?'

Hyn oddi wrth Morfydd, a oedd yn ysu am gael rhoi ei phig i mewn. Ond dewisodd Maud ei hanwybyddu'n llwyr, ac roedd Mrs Pugh yn rhy awyddus i fynd ymlaen â'i stori i ymateb.

''Na drueni bod y Parchedig Emrys James wedi gadel Gelliwastad, yntefe? Dreiws yr aelode bopeth i'w gadw fe 'na, hyd yn o'd cynnig cliro'i ddyledion, ac o'dd dicon o'r rheini i ga'l. O'dd pawb mor hoff ohono fe. Ond 'sda neb air da i weud am Cissie James. Hi â'i airs and graces.'

Gan nad oedd Mrs Pugh yn oedi i gymryd ei hanadl, bu'n rhaid i Sarah Owen dorri ar ei thraws i ddweud,

'Gadewch yr het 'da fi, Mrs Pugh. Fe wnaf i'n siwr 'i bod hi'n barod cyn y Sul.'

Ond ni lwyddodd hynny i atal y llifeiriant.

''I syniad hi o'dd ymuno â'r crachach, sbo. A ma'n nhw'n gweud bo hi 'di mynd â'i dwy 'whar a dwy forw'n gyda hi. Shwt ma dishgwl i'r Parchedig James, pŵr dab, aller 'u cynnal nhw? Naid o'r ffrimpan i'r tân o'dd symud i Lunden, reit i wala. Chi'm 'di digwydd 'i weld e, Morfydd?'

'Ma Llunden yn lle mowr, Mrs Pugh. O'ch chi'n ddewr iawn yn mentro cyn belled, Maud. 'Na beth o'dd ysbryd Cristnogol.'

Ond nid oedd arwydd o'r ysbryd hwnnw ar wyneb yr ysbïwraig fach wrth iddi afael ym mraich ei mam a'i harwain i gyfeiriad y drws.

Arhosodd Sarah Owen nes eu bod allan o glyw cyn gollwng ochenaid o ryddhad. Syllodd Morfydd yn ddirmygus ar yr het.

'Ma hon abythdu'r un oedran â Maud.'

'Gadewch i bethe i fod am nawr, da chi.'

Cipiodd Morfydd dros ei hysgwydd ar Margaret Mary, ond ni wnaeth honno ond mentro gwên fach plesio-pawb nad oedd, mewn gwirionedd, yn ddigon i blesio neb.

34

Daeth y flwyddyn newydd â pheth heddwch i Bay House ar waetha'r terfysg y tu allan. Wedi'r misoedd o laesu dwylo, roedd Morfydd yn ei helfen unwaith eto ac yn ymateb yn frwd i gais Haydn Jones. Bedyddiwyd y tonau ag enwau aelodau'r teulu – 'William', 'Richard' a 'Sarah' – ac â'r Llwyn-Owen a roesai'r fath bleser i'w thad pan gafodd ei hurddo'n aelod o'r Orsedd. Âi'r gwaith â hi'n ôl i'w chynefin, a'r dyddiau dibryder pan nad oedd yn dymuno mwy na chael bod yn un o blant bach Iesu Grist.

Elizabeth, a fyddai bob amser yn mesur ei geiriau'n ofalus, fu'n gyfrifol am dorri ar yr heddwch hwnnw. Newydd ddychwelyd yr oedd hi o rannu bwrdd a sgwrs â William a Beatrice yn y caffi ar bwys yr Amgueddfa, er na feiddiai ddweud hynny wrth Morfydd.

'O'ch chi'n gwbod fod Mr Lawrence wedi gadel Llunden?' holodd, yn ddigon diniwed.

'A phwy ddiddordeb yw 'ny i fi?'

'Wedoch chi bo 'da chi feddwl ohono fe fel bardd, a'ch bod yn awyddus i ofyn ei ganiatâd i osod un o'i gerddi.'

Sylweddolodd Elizabeth yn sydyn mai William Hughes Jones oedd wedi sôn am yr ymweliad â Hampstead, er ei fod, meddai, wedi rhybuddio Morfydd i gadw draw. Ond cyn iddi allu meddwl am ffordd o'i harbed ei hun, meddai Morfydd,

''Sda fi gynnig i'r dyn. Ma Frieda'n werth deg ohono fe.'

'Yr Almaenes, Mrs Weekley, sydd wedi gwneud cymaint o sôn amdani ei hun, ife? Wydden i ddim eich bod chi'n gyfarwdd â hi.'

'Etho i draw i'r Vale of Health hydre dwetha. 'Na ble o'n nhw'n sefyll dros dro.'

'O'ch chi 'na cyn bo'r ffrwgwd fawr pan losgwyd pob copi o'dd i ga'l o'i nofel *The Rainbow*, 'te? O'dd 'ny siŵr o fod wedi'i fwrw.'

'Ma fe'n casáu pawb a phopeth, ac yn trafod Frieda yn ffiaidd. 'Se fe'n ddim hebddi hi.'

A dyna pwy oedd yr 'hi' yr oedd gan Morfydd y fath feddwl ohoni. Gan na wyddai Elizabeth fawr ddim am Frieda Lawrence, ac na allai roi gormod o goel ar y papurau newydd mwy nag ar Elidir Sais, teimlai nad oedd ganddi hawl i fynegi barn. Ond roedd hi'n adnabod Morfydd yn ddigon da i wybod y byddai unrhyw un a fentrai herio confensiwn yn ennyn ei hedmygedd.

''Sdim dishgwl i chi gytuno, o's e?'

'Sa i 'di cwrdd â hi, Morfydd.'

'Dy'n ni'n dwy byth yn mynd i allu deall ein gilydd, y'n ni?'

'Ond ry'n ni'n dala'n ffrindie drwy'r cyfan.'

'I chi ma'r diolch am 'ny. Wy'n ddicon i'ch hala chi'n benwan ar adege, on'd odw i, yn ymddwyn fel croten fach sy moyn 'i ffordd 'i hunan? Ond 'sech chi'n gofyn i fi beth yn gwmws *odw* i moyn, y cyfan allen i weud yw – rhwbeth gwahanol i'r hyn sy 'da fi.'

'So'r borfa wastad yn frasach fan draw.'

'Nag yw hi? A shwt ma rhywun i wpod heb brofi 'ny?'

Gallodd Elizabeth wrthsefyll yr angen i dystio na chawsai hi erioed ei themtio i'w brofi. Sawl gwaith yr oedd Morfydd wedi ei chyhuddo o fod yn rhy bropor, yn rhy berffaith i gael cam gwag? Ar waethaf y newyddion erchyll oedd yn britho'r papurau, glaw di-baid Ionawr a Chwefror a'r tamprwydd a dreiddiai hyd at yr esgyrn, ni allai neb na dim siglo ffydd na thorri ysbryd y ferch o Lanilar, er ei bod hithau'n hiraethu weithiau am weld blewyn glas yng nghanol y diffeithwch llwyd.

Ond gallodd gyfri'i bendithion, fel arfer, a diolch amdanynt ar ei gliniau cyn noswylio. Gwnaeth yr hyn a allai i ofalu bod Morfydd mor glyd a chynnes ag oedd modd, gan geisio osgoi'r 'ddylech chi' oedd yn dân ar ei chroen.

Roedd Elizabeth yno yn y *grand matinée* yn y Theatre Royal, Haymarket, ddiwrnod olaf Chwefror 1916, mewn cyngerdd a drefnwyd gan The London Welsh Stage Society er budd Cronfa Genedlaethol y Milwyr. Gwyddai hi yn well na neb mai hwn oedd y perfformiad anoddaf i Morfydd orfod ei wynebu erioed. Er bod y rhyfel yr un mor wrthun yn ei golwg, onid oedd yn ddyletswydd arni gefnogi Richard a William a'r holl fechgyn ifainc a welsai'n tyrru i'r canolfannau recriwtio o'u dewis eu hunain, heb wybod yn well? Er pan ddaeth y ddeddf newydd i rym fis ynghynt, nid oedd gan wŷr sengl rhwng deunaw a deugain, ar wahân i rai eithriadau, unrhyw ddewis bellach. Gorfodaeth filwrol yn unig a allai ddod â llwyddiant, ym marn awdurdodau a roddai fwy o werth ar glwt o dir diffaith na bywyd dynol.

Y prynhawn hwnnw, bu'n rhaid i Morfydd frwydro â'i holl nerth i geisio dileu'r darluniau a'r synau oedd yn ei bygwth – nodau agoriadol y 'Danse Macabre' a chnul clychau St Mary Abbots, wynebau cyhuddgar aelodau'r gynulleidfa yn Neuadd y Frenhines yn madru'n benglogau heb iddynt na genau na llygaid, yr ysgerbydau'n llamu o'u beddau i ddathlu Dawns Angau, hunllef cerdd dreisgar Horas, a'r darlun erchyll o gyrff ei brodyr yn gorwedd yn eu gwaed.

Ond enillydd Medal Aur Charles Lucas ac Ysgoloriaeth Goring Thomas oedd y Morfydd a lwyddodd i dynnu dagrau i lygaid y gwrandawyr y prynhawn hwnnw, yr un mor broffesiynol ag arfer. Ni fu Elizabeth erioed cyn falched ohoni. Mor bitw oedd ymdrechion ei mam a hithau i gynnig cysur a chymorth i rai oedd mewn galar yn Llanilar o'u cymharu â dewrder Morfydd.

Roedd yn gyndyn iawn o'i gadael pan ddaeth yn bryd iddi ymweld â Rhydychen, ond gwyddai'n well na'i siarsio i beidio mentro allan heb gôt ac i gadw'r tân ynghynn. Go brin y byddai'n sylwi ar na grât na bwrdd gwag a hithau, unwaith eto, wedi ymgolli yn ei gwaith. Meddai Elizabeth, wrth adael,

'Gwedwch wrth Mrs Lewis bo'n flin 'da fi orffod gwrthod y gwahoddiad i gino Sul.'

Cysurai ei hun y byddai'r cinio hwnnw, o leiaf, yn cadw'i ffrind rhag llwgu yn ystod y tridiau nesaf.

Nodiodd Morfydd a dweud, dros ei hysgwydd,

'Bant â chi, Beti Bwt. Cofiwch fi'n garedig at Mr Mansell Jones a'r holl seintie.'

꒰

Er bod Morfydd wedi bwriadu bod yno i rannu sedd y teulu Lewis yng nghapel Charing Cross fore Sul, bu sylweddoli bod y tywydd garw wedi cilio heb iddi sylwi yn ormod o demtasiwn. Roedd hi'n eistedd ar ei mainc hi ac Eliot yn y parc a phentwr o ddalennau ar ei glin pan ddaeth y Parchedig Peter Hughes Griffiths heibio ar ei ffordd i Grosvenor Road.

'A fan hyn y'ch chi'n cwato, ife?' holodd â thinc chwareus yn ei lais.

Cododd Morfydd ei phen a dweud, yr un mor chwareus, gan bwyntio at y dalennau,

'Hon yw 'mhregeth i am heddi, Mr Griffiths. Tôn ar gyfer *Cân a Moliant* Mr Haydn Jones. Wy am roi'r enw "Penucha" arni 'ddi.'

'Fydd Herbert a Ruth Lewis wrth 'u bodd. Ond pidwch gadel i fi darfu arnoch chi.'

'Allen i neud â chwmni os nag y'ch chi ar ormod o hast.'

Eisteddodd y gweinidog wrth ei hochr a theimlo'r haul nad oedd eto wedi magu gwres yn mwytho'i war.

'Ma hwn yn siŵr o fod yn un o'r manne hyfryta yn y brifddinas.'

'Hales i orie 'ma pan ddetho i i Lunden gynta, a'r hiraeth yn fy mwrw i.'

'Ond fe lwyddoch chi i'w oresgyn e?'

'Diolch i ffrind i fi.'

'Ma 'da finne achos i ddiolch i chi, Miss Owen.'

Roedd wedi bwriadu sôn am y Sul hwnnw pan glywodd y llais hyfryd yn treiddio drwy'r gynulleidfa i'w arwain i'r 'paradwysaidd dir'. Ond mynnai darluniau eraill ymyrryd â gwefr y cofio – yr ymweliad truenus â Paddington, dringo llafurus un nad oedd ganddo hawl bod yno i bulpud Charing Cross, y bregeth ryfygus a'r llythyr o ymddiswyddiad oedd yn cyfaddef methiant – a bu meddwl am orfod wynebu hynny eto'n ormod iddo.

Ac yntau'n ymwybodol fod yr un a roesai'r wefr honno iddo'n aros yn eiddgar am eglurhad, meddai,

'Y'ch chi'n cofio'n hymweliad ag Oriel y Tate?'

'O, otw. Pan lwyddes i i ddod o hyd i'r seren. Ond i chi o'dd y diolch am 'ny.'

Cofiodd Morfydd sut yr oedd hi wedi ysu am allu rhoi gwên ar yr wyneb caredig.

'Fe roioch chi ysbryd newydd ynddo i'r prynhawn hwnnw, a'r hyder i ddala mla'n.'

Roedd y wên honno i'w chlywed yn ei lais, ac yn goleuo'i wyneb.

'Oty e'n wir bod Mrs Ellis a chithe'n mynd i briodi?' holodd Morfydd yn swil.

Nodiodd yntau, yr un mor swil.

'Wy'n falch y byddwch chi'n cael cyfle i brofi'r gwanwynau hyfryd unweth 'to.'

'Hafau hyfryd, falle. 'Na'r cyfan alla i obeitho yn f'oedran i.'

Teimlodd Morfydd ias o gryndod wrth iddi sylweddoli na ddeuai hafau Eliot a hithau byth yn ôl.

'Y'n ni am gael eich cwmni chi yn Grosvenor Road heddi, Miss Owen?'

'Feiddien i ddim, a finne wedi colli'r oedfa.'

'Wy'n siwr y bydd y dôn "Penucha" yn gwneud iawn am 'ny.'

Ond methiant fu ymdrech y gweinidog i geisio cael perswâd arni.

Gadawodd Morfydd y parc yn fuan wedyn. Roedd cymylau wedi llyncu'r haul, ac yn wahanol i'r Seren Hwyrol, nid oedd dim yn aros ohono.

35

Nos Lun y Pasg, a'r hyn oedd yn weddill o'r teulu Owen wedi cilio i'r parlwr, ceisiodd Morfydd osgoi edrych ar y ddwy gadair wag. Er bod ei brodyr wedi gadael cartref ers rhai blynyddoedd, yma ar yr aelwyd ac yng Nghapel Saron y byddent yn treulio'r Pasg a'r Nadolig. Oherwydd y straen o orfod mesur ei geiriau'n ofalus rhag dweud dim i darfu ar ei mam, roedd hi'n ysu am gael dianc i ddiogelwch ei hystafell wely, ond ni fyddai hynny ond yn tynnu gwg Tada, oedd wedi bwydo'r tân fel petai'n bwriadu oedi yno am rai oriau.

'Wel, y'ch chi am weud 'tho ni beth o'dd Mr Haydn Jones yn 'i feddwl o'r tonau?' holodd.

'Dicon i ofyn am ragor, ta beth.'

'O'dd 'i dad, Joseph David Jones, yn gyfansoddwr medrus. 'I eiddo fe yw'r dôn "Capel y Ddôl", sy'n priodi'n hyfryd â geirie Islwyn – "Gwêl uwchlaw cymylau amser". A phwy enwe y'ch chi wedi'u dewis?'

'Llwyn-Owen yn un.'

'Yr hen gartre! Wel, wir, 'na'r eildro iddo ga'l 'i anrhydeddu.'

'Y'ch chi'n cofio'r emyn-dôn gynta i Morfydd 'i chyfansoddi, William, pan o'dd hi yn y coleg yng Nghaerdydd?'

'Wrth gwrs 'ny. Yn cofio'r cyfan.'

'Shwt allen i fod mor ewn â rhoi'n enw'n hunan arni?'

'Pwy enw gwell, yntefe, Sarah? A beth abythdu gweddill y tonau?'

'"William", "Sarah" a "Richard".'

''Na'r teulu'n gyfan nawr, 'te. Ry'n ni a'r bechgyn yn fawr ein braint. Fe dderbynioch chi gopi o erthygl Richard ar gyfer *The Welsh Outlook*, on'd do fe? Wy'n siwr 'ych bod chi, fel ninne, yn rhyfeddu at ei ddawn.'

'Otw, Tada, er nad yw'r rhyfel gwallgo 'ma'n neud unrhyw synnwyr i fi.'

'Nace'n lle ni yw holi pam.'

'Dim ond derbyn geirie Horas yn "Pro Patria", "What joy, for fatherland to die", ife?'

''Na ddicon, Morfydd.'

Cododd ei thad o'i gadair wrth y tân. Aeth at Sarah, a rhoi ei law i orffwys ar ei hysgwydd. Daeth gweld y cyfuniad o dynerwch a thosturi ar ei wyneb â dagrau i lygaid Morfydd.

'Ma'n flin 'da fi, Mama. Gytunes i i gymryd rhan mewn cyngerdd yn yr Haymarket mis dwetha o'dd yn ca'l 'i gynnal er budd Cronfa'r Milwyr. 'Na'r peth caleta i fi offod 'i wynebu erio'd, a fwrodd e fi. Ond pidwch becso, Tada, ma sawl cyngerdd arall i fod, a fydda i 'na ar 'yn rhan ni fel teulu.'

Gwenodd ei mam, a rhoi ei llaw ar law ei gŵr.

'Ry'n ni'n browd iawn, on'd y'n ni, William?'

'Odyn, o'r tri ohonoch chi.'

Gan nad oedd ond diwrnod o'r gwyliau'n weddill, mentrodd Morfydd cyn belled â London Stores. Er mai prin y byddai'n meddwl am Georgie pan oedd hi yn Llundain, yma yn Nhrefforest roedd cyffro'r caru cyntaf diniwed hwnnw yn fyw yn ei chof.

Roedd Kenny wrthi'n trefnu'r nwyddau ar y rhimyn palmant. Trodd yn sydyn, a'i dal yn loetran yno.

'Chi am ddod mewn, Miss Owen? Dyw Mother ddim 'ma.'

Arweiniodd hi i'r siop, sychu stôl â'i ffedog a'i hestyn iddi.

'Ody Georgie 'di dod gatre?' holodd Morfydd yn eiddgar.

'Wy ddim yn cretu bo fe ar hast i ddod 'nôl. Ond o'dd e'n grac o glywed abythdu'r concert yn yr Hall.'

'Yn grac?'

'Na fydde fe 'di gallu bod 'na.'

''I ddewis e o'dd troi cefen ar 'i gartre ac osgoi cyfrifoldeb.'

Roedd yn syllu'n galed arni, a golwg surbwch un a orfodwyd i ysgwyddo'r cyfrifoldeb hwnnw ar ei wyneb.

'Wy'n cofio nawr. Chi yw'r ferch fach bert fydde'n pallu gadel iddo'i hebrwng hi gatre am bod ofan 'i thad arni, yntefe?'

'Parch o'dd i gyfri am 'ny, nace ofan. "Anrhydedda dy dad a'th fam". Ond falle nag y'ch chi, mwy na'ch brawd, yn gyfarwdd â'r Deg Gorchymyn.'

'Otw, Miss Owen, wy *yn* gyfarwdd â'r Deg Gorchymyn. Ag â'r bregeth abythdu cariad, sy'n gweud popeth ond pwy mor ddinistriol all e fod. 'Se Mother byth wedi gollwng ei gafel ar Georgie.

199

O'dd 'dag e ddim dewis ond mynd bant. Esgus o'dd whilo'i ffortiwn.'

'Beth y'ch chi'n feddwl . . . esgus?'

'Pwy mor folon fyddech chi i adel Llunden a dod 'nôl i Drefforest?'

'Allen i ddim. 'Na ble ma 'ngwaith i.'

'Y cyfle i wella'ch hunan, i ddod mla'n yn y byd?'

'Ie, sbo.'

'Ma'n flin 'da fi. Ddylen i ddim gweld bai arnoch chi.'

'Y'ch chi am adel i Georgie wpod bo fi 'di galw hibo?'

'Wrth gwrs 'ny. Ma'n nhw'n honni fod cenfigen yn wrtaith da. O'dd e am i fi weud 'tho chi bydd e 'nôl ryw ddydd i hawlio'r gusan addawoch chi iddo fe.'

Wrth iddi lithro oddi ar y stôl, baglodd Morfydd, a chythrodd yntau am ei braich i'w harbed. Gan daflu golwg frysiog i gyfeiriad y drws, safodd ar flaenau ei thraed.

'I chi ar 'i ran e fel ernes o'r addewid,' sibrydodd, gan blannu cusan ar foch Kenny.

A'r wên a gafodd yn dâl am hynny wedi codi gwrid i'w gruddiau, camodd allan o London Stores yn syth i lwybr Maud Pugh, a'i gorfodi i oedi.

'Shwt o'dd yr het yn pleso, Maud?' holodd.

'Ma 'ddi'n dishgwl yn iawn.'

'Chi ddim yn debygol o godi cywilydd ar 'ych modryb ac aelode capel Gelliwastad 'te, diolch i Mama? A shwt ma'ch mam fach chi'n ymdopi ar 'i phen 'i hunan?'

'O'dd dim gofyn i chi weud 'thi abythdu Llunden.'

''Smo chi'n un i gelu pethe rhag 'ych mam, o's bosib?'

Gwthiodd Maud ei ffordd heibio iddi, a hynny'n hynod anfoesgar o ystyried ei bod yn 'lady's maid' i un o aelodau bonheddig Gelliwastad. A dyna hi wedi colli'r cyfle i gael gwybod rhagor am y Parchedig James yr oedd cymaint o golled ar ei ôl ym Mhontypridd. Ond ta waeth am hynny, byddai Mr Griffiths, Charing Cross, yn gwybod am ei hynt a'i helynt. Onid oedd gweinidogion yn casglu at ei gilydd fel adar o'r unlliw? Ond roedd hi'n amau, o ddarllen rhwng y llinellau, fod hwn yn aderyn mwy brith na'r rhelyw.

Er iddi fod yn ddigon doeth i beidio crybwyll hynny wrth ei mam, dychwelodd Morfydd i Lundain drannoeth yn benderfynol o gael barnu drosti ei hun sut un oedd y 'pŵr dab' a roesai naid o'r ffrimpan i'r tân.

Ond ei dyletswydd gyntaf oedd galw yn Grosvenor Road. Nos Lun y Pasg, a Tada'n ei holi ynglŷn â'r tonau, byddai wedi gwneud cawlach o bethau oni bai iddi gofio'r wefr a deimlodd pan ymwelodd â Llanbryn-mair un haf, ac oedi ar garreg aelwyd murddun Penucha, lle magwyd ei thad. Petai wedi crybwyll yr enw Penucha, byddai Tada wedi hawlio hwnnw hefyd, i ganlyn y 'Llwyn-Owen' a'r 'William', y 'Sarah' a'r 'Richard'.

Roedd Ruth Herbert ar ei ffordd allan pan gyrhaeddodd Morfydd, ac yn llawer rhy brysur i geisio ymgodymu ag iaith y nefoedd.

'This is very unfortunate timing, Morfydd,' cwynodd, wrthi'n gwthio pob math o drugareddau i fag carped mawr. 'I'm on my way to the soldiers' canteen in Victoria.'

'Wy 'di dod â hon i chi a Mr Lewis.'

Estynnodd y copi iddi. Craffodd hithau ar y traed brain o nodau na allai wneud na phen na chynffon ohonynt.

'Tôn newydd, i ddiolch i chi am bopeth ry'ch chi wedi'i neud i fi. "Penucha", 'na beth wy wedi'i galw hi.'

'My dear, dear child, how kind of you. You must write a note with the little tune and leave them on the hall table for Mr Lewis. And now I must go and see to our brave boys. Gwelwn chwi yn y capel boreu Sul.'

Aeth Morfydd ati i ufuddhau i'r gorchymyn, er bod y cyfeiriad at y 'little tune' wedi tarfu arni. Yn union uwchben y bwrdd derw soled yn y cyntedd, roedd torlun pren o hen gartref Herbert Lewis. Un Penucha yn ddim ond cragen wag, a hwn, a fyddai'n ennill lle anrhydeddus yn y gyfrol *Cân a Moliant*, yn sefyll yr un mor gadarn ers pedair canrif, ac yn dal i gynnig lloches ac adferiad ysbryd.

Gosododd y dôn yn ofalus ar yr hambwrdd arian fel bod 'Penucha' yn amlwg ar y brig. Er cymaint o feddwl oedd ganddi o Ruth Herbert, eiddo'r Herbert Lewis caredig a ddywedodd fod y 'Morfydd fach ene'n un ohonon ni' oedd hon.

36

Bu Elizabeth yn gyndyn iawn o dderbyn gwahoddiad Morfydd i fynd yn gwmni iddi i'r Mission Hall yn Finsbury Park i wrando ar y Parchedig Emrys James.

'Ody hynny'n beth doeth?' gofynnodd yn betrus.

'Pam chi'n gweud 'ny? Ma rhywun 'di bod yn lapan, on'd o's e?'

'O'dd cyfnither i Nhad yn aelod yng nghapel Mr James yn Nowlais. Ma hi'n cofio clywed cymdoges yn gweud pan o'dd e'n paratoi i briodi, "Gobeithio i'r nefoedd ei bod hi'n ferch fydd yn ddigon cryf i'w arwain".'

'Dyw clecan ddim yn 'ych siwto chi, Beti Bwt.'

Tawodd Elizabeth. Gwyddai na châi eiliad o lonydd nes iddi gytuno i fynd draw i Finsbury Park. I Morfydd, roedd enw Emrys James eisoes wedi'i ychwanegu at y rhestr o'r rhai a fynnai ddilyn eu llwybrau eu hunain gan anwybyddu cyfraith a threfn – Eliot Crawshay-Williams, Felix ac Alexis, Lawrence, a'r 'hi' yn fwy na neb.

Rhag cael ei galw'n gul ac yn gibddall a rhagfarnllyd, ildiodd Elizabeth, a'i cheryddu ei hun yn dawel bach am adael i Morfydd gael y gorau arni. Taith ddigon diflas fu honno drwy'r caddug, ac erbyn iddynt ddod o hyd i'r Mission Hall, wedi holi di-baid, roedd y lle'n llawn a'r cyfarfod ar ddechrau. Gan anwybyddu'r ciledrych a'r sibrwd, anelodd

Morfydd at yr unig le gwag a oedd, drwy drugaredd, yng nghefn y neuadd.

Cafodd ei hudo o'r munud cyntaf gan y ddau lygad treiddgar a'r trwyn Rhufeinig. Eryr, dyna oedd hwn o'i gymharu â'r adar unlliw.

Roedd yn amlwg i Elizabeth fod aelodau'r gynulleidfa yr un mor frwd â Morfydd. Ond perfformiad o'r hyn a alwai ei thad yn 'chwarae i'r galeri' a welai hi: gallu actor i wneud yn fawr o'i ddawn a'i adnoddau. Ni allai un oedd yn edmygu gonestrwydd a diffuantrwydd ddygymod â'r fi fawr, ac roedd yn dda ganddi pan ddaeth y cyfarfod i ben.

Gafaelodd Morfydd yn ei llaw, yn gyffro i gyd.

''Na beth o'dd pregeth! Dewch i ni gael diolch iddo fe.'

Cyn i Elizabeth allu codi oddi ar y fainc, roedd Morfydd yn croesi'r neuadd ac yn gwthio'i ffordd heibio i'r llif aelodau oedd ar eu ffordd allan.

'Mr James.'

Trodd y gweinidog ati a'i chyfarch yn Saesneg. Roedd yr amrannau trymion wedi syrthio fel llen dros y llygaid treiddgar oedd wedi hoelio'i sylw yn ystod yr awr ddiwethaf, ac ymateb digon llugoer a gafodd wrth iddi ei chyflwyno ei hun fel 'Morfydd Owen, o Drefforest'.

'Ma'n nhw'n gweud fod colled fowr ar 'ych ôl chi yng nghapel Gelliwastad.'

'Y'n nhw nawr? A wedon nhw wrthoch chi 'bytu'r deufis dreulies i 'da phobol y byd a'r betws, pan na wydde neb ble ro'n i, mwy na wyddwn inne?'

'Naddo, ond 'na fe, pobol barchus iawn yw byddigions Gelliwastad, yntefe?'

'Rhai sy'n gweld Duw fel diacon mewn het silc.'

''Sdim hetie silc i'w cael yn Saron, Trefforest, er bod 'na sawl un sy'n 'i ystyried 'i hunan yn dduw.'

Roedd y llen wedi codi'n araf ac yntau'n cewcian yn ddireidus arni.

'Shwt yn y byd ffaeles i weld rhoces mor bert â chi ar hewlydd Pontypridd?'

'Wy 'di bod yn Llunden ers pedair blynedd, yn astudio cerddoriaeth.'

'Wy inne'n gerddor ac yn fardd. Ond fy nymuniad i yw ar i Gymru fy nghofio i'n bennaf fel pregethwr.'

Ceisiodd Elizabeth anwybyddu'r sgwrs a chanolbwyntio ar y copi o ddyddiadur yr eglwys a adawyd ar y fainc. Wrth i'r dyrfa adael, clywodd sawl un yn cyfeirio at y 'wonderful pastor'. Er mor barod oedd y gweindog hwnnw i ganu ei glodydd ei hun, roedd y rhestr faith o weithgareddau'n profi nad oedd yn un i laesu dwylo. Yn ogystal â'r gwasanaethau yn y capel a'r neuadd, roedd pob min nos yn fwrlwm o gyfarfodydd – y Band of Hope, y Women's Pleasant Evenings, cyfarfod gweddi ac ymarfer côr. Ond yr hyn a dynnodd ei sylw fwyaf oedd y Temperance Guild a'r Total Abstinence Society bob nos Sadwrn. Cofiodd eiriau'r gymdoges a'r pryder yn llais ei modryb, a rhoddodd ochenaid fach.

Nawr bod y tân yn ôl yn llygaid yr eryr, mentrodd Morfydd ofyn,

'Beth barodd i chi adel Cymru?'

'Gofalon . . . yr angen i gynnal gwraig a dou grwt.

Sa i'n deall dim 'bytu arian ac aur, llygredig bethe'r byd. Ond pwy all weld bai ar fugail am ymhyfrydu yn y ffaith fod ambell un o'i braidd yn werth miliyne? I ba ddiadell y'ch chi'n perthyn?'

'Charing Cross. Mr Griffths, y gweinidog, wetodd wrtho i ble i ddod o hyd i chi.'

'Y gŵr caredig o Lanyfferi sydd wedi tynnu gwg Annibynia drwy fwrw'i lach ar Sodom y Sais yn ei gyfrol, *Llais o Lundain*.'

'Glywes i fe'n traddodi'r bregeth honno un bore Sul. Gafodd un o'r hen fenywod shwt fraw nes o'dd hi ar fin llewygu.'

'Cyfansoddiad gwan sy 'da'r Phariseaid.'

Gwelodd Morfydd, o'r diwedd, fod Elizabeth wedi codi ac yn ceisio dal ei sylw.

'Rhaid i fi fynd, ma arno i ofan.'

Ni cheisiodd ei dal yn ôl, dim ond dweud,

'Dere eto, bach, â serenâd yn lle salm, i ddwyn y bardd o fyd Mair i fyd Morfydd.'

❧

Wrth iddynt geisio ymbalfalu am eu ffordd adre drwy'r mwrllwch, meddai Morfydd,

'Beth o'dd e'n dreial weud abythdu fi jest nawr? A pidwch esgus nag o'ch chi'n grondo.'

'Nage chi, Morfydd, ond un o gariadon Dafydd ap Gwilym. Sgwennodd e gywydd iddi, "Morfudd fel yr haul".'

'Hi o'dd 'i ffefryn e, ife?'

'Ie, falle. Ond o'dd hi'n eiddo i un arall.'

'Pŵr dab â fe.'

Er mawr ryddhad i Elizabeth, roedd yn amhosibl symud a siarad, ac nid oedd modd cynnal sgwrs yn ystod y siwrnai herciog, ddiddiwedd ar drol o dram yn ôl i Hampstead. Gyda lwc, byddai Morfydd yn rhy flinedig i holi rhagor heno, ond go brin y câi gyfle yn ystod y dyddiau nesaf i anghofio'r 'wonderful pastor' na fynnai gymryd ei arwain gan neb.

37

Ni fu angen fawr o berswâd ar Elizabeth i gadw draw o'r Bodley y prynhawn hwnnw o haf cynnar gan ei bod yn rhy boenus ei meddwl i allu canolbwyntio ar ei gwaith. Er nad oedd yn un i afradu geiriau ar y gorau, bu'n fwy tawedog nag arfer yn ddiweddar. Roedd Morfydd yn amlwg yn credu mai'r sgwrs a gawsant yn dilyn yr ymweliad â Finsbury Park oedd yn gyfrifol am hynny, pan ddywedodd hi ei bod am wahodd Mr James i un o'r nosweithiau *at home* a fyddai'n cael eu cynnal yn Grosvenor Road. Mynnodd Elizabeth nad oedd ganddi hawl i wneud y fath beth heb ymgynghori â Mrs Lewis. Ond efallai iddi fynd gam yn rhy bell drwy ddweud,

'Ta beth, sa i'n credu 'se'r cwmni wrth fodd Mr James, nag ynte wrth fodd y cwmni.'

Roedd ei hymateb wedi tarfu ar Morfydd. A'i siomi hithau, hefyd, o ran hynny. Ymysg y stôr o adnodau a olygai gymaint iddi, 'Na fernwch, fel na'ch barner' oedd un o'r rhai agosaf at ei chalon. Gartref yn Llanilar, roedd ei mam a hithau yn fawr eu gofal am bawb, yn ddiwahân. Byddai gwybod ei bod hi wedi rhoi clust i'r fodryb nad oedd ganddi air da i'w ddweud am neb, ac wedi barnu gŵr a honnai fod yn gerddor ac yn fardd, ac am i Gymru ei gofio fel pregethwr, yn peri loes iddi. Efallai mai Morfydd oedd yn iawn, a'i bod yn rhy gul a chibddall i allu gweld ymhellach na ffiniau ei byd cyfyng ei hun.

Ond nid dyna'i gofid mwyaf wrth i'r ddwy gymryd hoe ar y wal isel a redai gydag ymyl y llwybr wrth yr afon. Syllodd Morfydd ar y dŵr clir, glân, ei llygaid tywyll yn llawn edmygedd.

''Ma shwt dyle afon fod, yntefe? Nace'n fochaidd fel ein hafon ni.'

'Yr un enw sy 'da nhw, er taw'r Isis yw hon i rai. Tamesis yw'r enw Lladin ar afon Tafwys.'

'Chi'n gwpod 'ny 'fyd!'

Brathodd Elizabeth ei thafod. Dyna hi wedi gwneud yr hyn fyddai Morfydd yn ei alw'n fragaldian unwaith eto. Onid arwydd o falchder oedd hynny? Un pechod arall i'w ychwanegu at y culni a'r rhagfarn. A'r llwfdra, yn fwy na dim. Roedd wedi rhoi cynnig ar dorri'r newydd i Morfydd sawl tro yn ystod y pythefnos diwethaf. Un noson, aethai cyn belled â'i hatgoffa,

'Fydd raid i fi chwilio am swydd nawr bo fi 'bytu cwpla'r gwaith ymchwil.' Ond rhoddodd ymateb Morfydd, 'Fydd 'ny ddim yn broblem i rywun â'ch gallu chi,' atalnod ar y sgwrs honno.

Trodd Morfydd i'w hwynebu â'r un edmygedd yn ei llygaid.

'Ry'ch chi wedi dysgu shwt gyment i fi, Beti Bwt.'

Yr eiliad nesaf, roedd hi ar ei thraed ac yn chwifio'i llaw.

''Shgwlwch pwy sy ar 'i ffordd. Y sgolor o Gaerfyrddin, sy'n fishtir ar sawl iaith ond yn ffaelu siarad ei iaith ei hunan.'

'So chi'n mynd i ddannod 'ny iddo fe 'to, y'ch chi?'

'Wrth gwrs bo fi.'

Er bod y llwybr yn un gweddol wastad, roedd Percy Mansell Jones yn fyr ei anadl erbyn iddo gyrraedd atynt, ac yn ysu am gael seibiant bach.

'And how are you, ladies?' holodd yn gwrtais.

'Gwedwch 'na yn Gwmrâg, P.M.'

'Sut ydych chwi?'

Teimlodd Mansell ei goesau'n gwegian ac eisteddodd ar y wal, gan adael lle i Morfydd rhyngddo ef ac Elizabeth.

'Why don't you sit down, Morfydd?'

'Beth?'

'Eistedd.'

'Na. Fydd dicon o amser i 'ny pan fydda i mor hen â Beti Bwt.'

'Dim ond dwy flynedd sy 'da chi i fynd.'

'Gall rhywun neud llawer iawn mewn dwy flynedd. A ta beth, wy byth yn mynd i ddala lan â chi, odw i?'

'I ble y'ch chi'n cychwyn nawr, Morfydd?'

'Ma 'whant arno i fynd i ddilyn y Tamesis. Ta-ra, P.M.'

Ar ôl iddi fynd ychydig bellter, meddai Mansell,

'She seems to be in a strange mood. I take it that you've told her.'

Ysgydwodd Elizabeth ei phen.

'But the closing date . . .'

'Wythnos nesa. Wy 'di penderfynu peidio ymgeisio am y swydd.'

'Why, Elizabeth? This is an excellent opportunity.'

'Alle Morfydd ddim ymdopi hebddo i.'

'"Ymdopi"? Manage?' Syllodd Mansell arni mewn syndod. 'Come, now. That, if I may so, is nonsense.'

'A pha hawl sy 'da chi i farnu?'

Rhoddodd y cryndod yn ei llais ysgytwad iddo. Hon oedd y ferch dawel, bwyllog yr oedd ganddo'r fath feddwl ohoni, bob amser yn ddoeth ac yn deg ac yn un y gallai ddibynnu arni. Roedden nhw wedi para'n gyfeillion ers iddynt gyfarfod yn Aber, y ddau ar yr un donfedd a'r naill yn parchu barn y llall. Ni allai gredu iddo fod mor annoeth â'i chyhuddo o siarad dwli.

'I'm sorry, Elizabeth.'

''Sdim dishgwl i chi ddeall. Mae Morfydd wastad wedi dibynnu ar rywun arall, a 'sda hi ddim amcan shwt i ofalu ar ôl 'i hunan. Siwrne ma hi'n ymgolli yn ei cherddoriaeth, dyw bwyd a chynhesrwydd yn golygu dim iddi.'

'Hasn't she got other friends?'

'Mae Mr Herbert Lewis a Mrs Lewis wedi bod yn dda iawn wrthi ac yn ei hystyried yn un o'r teulu, medde hi. Ac mae ganddi ei chariadon, wrth gwrs, pob un mor ddi-ddal â hi.'

'And the family in Treforest?'

'Mae hi moyn cael ei gollwng yn rhydd i ddilyn ei llwybr ei hun.'

'And that is what you must do. She is not a child, although that was the impression I got when I first saw her in the Garden Quadrangle.'

'Ond 'na'n gwmws beth yw hi. A 'na pam alla i byth â'i gadel hi.'

Gafaelodd Mansell yn ei llaw. Rhedodd ei fysedd main, meddal dros y cnawd llyfn a dweud,

'My dear Elizabeth, may I make a suggestion?'

38

'Nace 'na'r hat y'ch chi'n wisgo i'r Eisteddfod?'

Cipiodd Morfydd yr het wellt blaen o law Elizabeth a dechrau chwalu drwy'r hyn a alwai'n 'focs hud', a'i gynnwys rhyfeddol o rubanau, blodau, ffrwythau a llysiau ffug.

'Nawr 'te, beth y'ch chi moyn?'

'Sa i moyn dim, Morfydd.'

Wythnos yr Eisteddfod Genedlaethol oedd un o uchafbwyntiau'r flwyddyn i Elizabeth. Ond eleni, byddai wedi bod yn dda ganddi allu osgoi'r cyfan a dianc adref i Lanilar. Ni chawsai eiliad o dawelwch meddwl ers iddi gymryd ei pherswadio gan Mansell i ymgeisio am y swydd ym Mangor. Teimlai'n ddig tuag ato am roi pwysau arni, ond gwyddai yn ei chalon y byddai wedi difaru ei henaid petai wedi gwrthod. Ni allai hi, yn ferch sengl saith ar hugain oed, fforddio troi'r fath gyfle heibio a siomi rhieni oedd wedi ei chynnal a'i chefnogi.

❧

Aeth yr wythnosau heibio, a hithau'n ceisio'i chyfiawnhau ei hun ag un esgus ar ôl y llall. Petai'r cais yn fethiant, byddai dadlennu ei bwriad i Morfydd nid yn unig wedi achosi gofid iddi ond wedi bygwth eu perthynas, a hynny'n gwbl ddiangen. A hi fyddai'n gyfrifol am hynny. Ond roedd y peidio dweud yn ei llethu, a chusan Jiwdas oedd pob gair ac ystum caredig. Roedd Morfydd, drwy drugaredd, wedi bod yn rhy brysur i sylwi ar ei diffyg archwaeth a'r troi a throsi yn ystod y nos. Yn ogystal â theithio i Gaerfaddon a Rhydychen i gymryd rhan mewn cyngherddau, cawsai wahoddiad i ganu'r unawd *mezzo-soprano* mewn perfformiad o 'Requiem' Verdi yn Rhosllannerchrugog. Roedd y papurau yr un mor frwd eu clod ag arfer, ac yn rhag-weld dyfodol disglair iddi mewn gyrfa a fyddai'n cyfuno perfformio a chyfansoddi.

Erbyn hyn, ar drothwy'r Eisteddfod, y daith i Aberystwyth, cyfarfod Cymdeithas Alawon Gwerin Cymru, y Gymanfa a drefnwyd ar gais Lloyd George, a'i araith ar y dydd Iau, ei ddiwrnod ef, oedd yn mynd â'i bryd, ac nid oedd diffyg diddordeb Elizabeth yn mennu dim arni. Ond ni fyddai modd dianc nac osgoi unwaith y byddai'r Eisteddfod drosodd. Y bore hwnnw, roedd Elizabeth wedi derbyn llythyr o Fangor yn ei gwahodd i'r Coleg Normal am gyfweliad yr wythnos ganlynol.

'Beth y'ch chi'n feddwl ohoni nawr?'

Daliodd Morfydd yr het i fyny i'r golau.

'Ma hi'n bert iawn, ond so'r holl flode 'na'n gweddu i fi.'

'Reit 'te, os o's well 'da chi ddishgwl fel 'sech chi'n mynd i angladd . . .'

Teimlodd Elizabeth gryndod yn rhedeg drwy'i chorff. Ymhen ychydig ddyddiau byddai'r cyfeill-garwch yr oedd hi wedi ei gadw ynghynn wedi ei ddiffodd am byth. Casglodd Morfydd y blodau fesul un a'u rhoi 'nôl yn y bocs, heb fod mymryn dicach.

''Sdim o'u heisie nhw arnoch chi ta beth, Beti Bwt. Ry'ch chi'n berffeth fel y'ch chi.'

⚜

Gwyddai Mansell o'r munud y gwelodd Elizabeth a Morfydd yn gadael y trên yng ngorsaf Caerfyrddin nad oedd pethau wedi newid dim. Roedd wyneb gwelw Elizabeth a'r cysgodion duon o dan ei llygaid yn dweud y cyfan. Er iddo fod mor annoeth â'i chyhuddo o siarad dwli, roedd yn dal i'w chael yn anodd derbyn ei rhesymau dros beidio cynnig am y swydd. Credai ef fod yn y Morfydd fach y tybiodd unwaith y gallai un pwff o wynt ei chwythu ymaith ddigon o ddur i allu sefyll ar ei thraed ei hun.

Roedd hi'n llawn asbri'r bore hwnnw, a chyfeillion Mansell, Rowland Childe ac Eric Dickinson, yn amlwg wedi dotio arni. Er ei fod wedi edrych ymlaen at gael eu croesawu i gartref y teulu, ni chafodd Mansell flas ar y sewin a'r cig ffowlyn yr oedd ei chwaer Nan wedi eu paratoi ar eu cyfer. Bu'n rhaid i Morfydd ac Elizabeth adael am eu llety yn Aberystwyth cyn iddo gael cyfle i sgwrsio ag Elizabeth, ac nid oedd ganddo fawr o amynedd gwrando ar Rowland ac Eric yn canu clodydd Morfydd, fel dau lanc claf o gariad yn hytrach na myfyrwyr parchus yn y Clasuron.

Gwnaeth Morfydd ei gwaith yr un mor broffesiynol ag arfer yng nghyfarfod y Gymdeithas ac yn y Gymanfa. Sawl gwaith yr oedd Elizabeth wedi chwyddo gan falchder wrth ei chlywed yn swyno cynulleidfa, gan wybod mai ati hi y byddai ei ffrind yn troi am glod a chysur pan fyddai pawb arall wedi cilio? Ond ni ddigwyddai hynny byth eto. Beth bynnag oedd gan y dyfodol i'w gynnig, roedd hi wedi colli'r hawl i'w chyfri ei hun yn ffrind.

Ar y prynhawn Iau yn Aberystwyth, wrth iddynt wthio drwy'r dorf oedd yn aros i groesawu'r Gweinidog Rhyfel, gwyddai Mansell fod ei ddiffyg dealltwriaeth wedi siomi Elizabeth. Plethodd ei fraich am ei braich hi, i'w gwarchod. Clywodd chwerthiniad bach o'r tu cefn iddynt a llais Morfydd yn dweud yn chwareus,

'Daliwch 'ych gafel ynddi, P.M. Ma hi'n werth y byd.'

Roedd Morfydd ar ei thraed ac yn curo'i dwylo'n frwd pan ddringodd Lloyd George i'r llwyfan. Hwn oedd y gŵr yr oedd pobl gul a rhagfarnllyd mor barod i'w feirniadu, yr un y bu i'r Lawrence yna, na allai fodoli heb Frieda, ei ddifrïo a'i alw yn 'little Welsh rat'.

Gallai ei gofio'n esgyn i'r llwyfan yn Eisteddfod Wrecsam i gyfeiliant y seindorf yn chwarae 'See the Conquering Hero Comes'. Hwn oedd yr areithiwr dewr na adawodd i ymyrraeth y wraig haerllug a'i cyhuddodd o fod yn dwyllwr darfu arno. Ni thalodd Morfydd fawr o sylw i honno ar y pryd, na theimlo owns o gydymdeimlad â'r *suffragettes* nad oedd ganddynt, yn ôl pob golwg, ddim byd gwell i'w wneud na chreu helynt. Ond aethai'r babell yn ferw drwyddi cyn pen dim, a llusgwyd y merched allan gerfydd eu gwalltiau gan yr heddgeidwaid. Gwelodd un ferch fonheddig yr olwg yn troi at y Canghellor ac yn poeri i'w wyneb.

Roedd hynny cyn iddi fod yn dyst i'r orymdaith drwy Piccadilly a'r balchder ar wyneb Jack wrth iddo frolio fod 'me ol' Dutch' yn un ohonynt. Cofiodd fel y bu iddi ddweud wrth Eliot iddi gael ei themtio i ymuno â nhw ac iddo haeru ei fod ef, fel Mr Lloyd George, yn gefnogol iddynt. Ac onid oedd yntau wedi bod yr un mor gefnogol i Eliot adeg yr helynt fawr drwy gyhoeddi ei fod yn ystyried 'an irregular love affair as a very trifling matter – even in a married woman'? Gallai gofio hefyd y fflach o ddireidi yn llygaid Eliot wrth iddo ychwanegu, 'and he should know, the randy old devil!'

Hwn oedd y gwleidydd a gâi ei alw'n ddewin ac yn anwylyn cenedl, yr un a fyddai, yn ôl Ruth Herbert, yn camu i esgidiau Mr Asquith, y Cymro cyntaf erioed i fod yn Brif Weinidog Prydain. Er bod gwleidyddiaeth, i Morfydd, yn un o'r pethau mwyaf diflas ar wyneb daear, roedd hi'n fwy na pharod i gredu mai ef fyddai'n dod â'r rhyfel i'w derfyn ac yn arwain Prydain i fuddugoliaeth.

Hyd yn oed petai'n esmwyth ei meddwl a'i chydwybod, byddai Elizabeth wedi ei chael yn anodd rhannu brwdfrydedd Morfydd. Cyn galw ar Lloyd George i annerch, roedd Llew Tegid, yr arweinydd, wedi gofyn i'r eisteddfodwyr groesawu'r datganiad fod yr Eisteddfod yn cofnodi ei phenderfyniad diwyro i gefnogi'r rhyfel hyd at y diwedd buddugoliaethus er mwyn gwarchod y delfrydau hynny roedd y milwyr yn ymladd drostyn nhw, sef rhyddid a chyfiawnder. Roedd Elizabeth, fel sawl un arall, yn amau a ddylid bod wedi cynnal Cymanfa ac Eisteddfod o gwbl o dan gysgod brwydr y Somme. Er nad oedd yn credu popeth a ddarllenai yn y papurau, a'i bod yn amau eu bod yn celu sawl peth, gwyddai pa mor ddieflig oedd y frwydr honno a ddechreuodd ar Orffennaf y cyntaf, a bod miloedd o'r bechgyn y bu'r Lloyd George hwn yn eu hannog i listio wedi mynd yn aberth iddi. Onid oedd Morfydd, a roesai ei chas ar Kitchener, yn sylweddoli mai'r un anogaeth oedd yn yr araith hon? Onid oedd y dwrn a godai'r Gweinidog Rhyfel yr un mor fygythiol â'r bys cyhuddgar? Ond ni allai'r bys hwnnw, o leiaf, achosi rhagor o ddrwg, gan fod y llong y teithiai Kitchener arni i Rwsia wedi cael ei suddo gan yr Almaenwyr ddeufis ynghynt.

Defnyddiodd y llwyfan i'w gyfiawnhau ei hun, fel y Parchedig James yn y Mission Hall yn Finsbury Park, a'i ddawn fel actor a thân y traddodi yn hudo'r gwrandawyr fel gwybed diniwed i'w we. Holodd pam na ddylai pobl ganu yn ystod y rhyfel. Nid oedd gelynion Prydain wedi llwyddo i ddryllio'i delfrydau. Roedd ei rheolaeth yn lletach, ei dylanwad yn ddyfnach, ei nod yn fwy aruchel nag erioed. Pam na ddylai ei phlant ganu?

Gallai Elizabeth feddwl am sawl rheswm, ond

cwestiwn rhethregol oedd hwn gan un na fynnai i neb ateb ar ei ran. Er gwaethaf popeth, ni allai hithau wrthsefyll pŵer y llais a'r llygaid. Teimlai mor ddiymadferth â deilen yn cael ei chario gyda'r lli wrth i'r areithiwr ei chymell i adael yr eos, y mwyaf swynol o'r adar, y tu hwnt i Glawdd Offa a chroesi afon Hafren i Gymru, lle roedd, ym mhob pentref, aderyn o'r enw 'Y Cymro' a allai ganu'n bereiddiach na'r un eos. Canai hwn mewn llawenydd a galar, mewn ffyniant ac adfyd, wrth chwarae ac wrth weithio, yn yr haul a'r storm, ddydd a nos. Gan ei fod hefyd yn canu mewn heddwch, pam na ddylai ganu mewn rhyfel? Er bod cannoedd o ryfeloedd wedi ysgubo dros hen fynyddoedd Cymru, ni lwyddodd yr un ohonynt i roi taw ar ei thelyn. Apeliodd arnynt i ganu am arwriaeth y bechgyn a syrthiodd ar faes y gad a chanu hefyd am y wlad a fagodd y dewrion hyn.

Anadlodd y dyrfa enfawr fel un wrth i'r areithiwr fynegi ei falchder o fod wedi cadw cywair y delyn yn gywir yn ystod y rhyfel drwy eu hannog i gynnal y Gymanfa a'r Eisteddfod eleni, cyn ffrwydro'n storm o guro dwylo a bloeddio. Roedd Morfydd ar ei thraed unwaith eto ac yn tynnu Elizabeth i'w chanlyn. Ymunodd y tri arall â hwy, er bod Mansell yn amau nad llywydd y dydd yn unig oedd yn gyfrifol am edmygedd ei ddau gyfaill.

Ofnai ei fod wedi tarfu ar Elizabeth drwy drefnu iddynt ymweld â stiwdio ffotograffiaeth yn y dref ddiwedd y prynhawn, yn arbennig pan ofynnodd Morfydd,

'A beth y'n ni'n ddathlu, 'te?'

Prysurodd yntau i ddweud fod diwrnod fel hwn yn haeddu cael ei roi ar gof a chadw, a chytunodd pawb ond Elizabeth.

Ar ôl trefnu ac aildrefnu, gosod ac ailosod, barnodd y ffotograffydd fod popeth wrth ei fodd. Rhoddodd y ddwy ferch i eistedd o boptu'r bechgyn, y naill yn ei het flodeuog a'r llall yn ei het wellt blaen, Eric yn sefyll a'i law'n gorffwys ar gefn cadair Morfydd, Wilfred Rowland, oedd yn fwy cartrefol rhwng muriau Coleg Magdalen, yn tyrru uwch eu pennau a golwg 'be dwi'n ei wneud yn fama?' ar ei wyneb, a Mansell yn cwmanu yn ei gadair rhwng y merched, fel petai'n dymuno bod yn anweledig.

※

Mynnodd Morfydd fynd i lawr i'r traeth, a manteisiodd Rowland ac Eric ar yr esgus i ymestyn yr amser yn ei chwmni. Eisteddodd Elizabeth a Mansell ar fainc yn wynebu'r môr, y naill fel y llall ar goll yn ei feddyliau ei hun. O'r diwedd, torrodd Elizabeth ar y tawelwch i ofyn,

'Dathliad o'dd yr ymweliad â'r stiwdio i fod, ife?'

'I thought it would be something to remember, that's all. I shouldn't have dragged you there against your will.'

'O'n i 'na er mwyn Morfydd. Ry'ch chi'n sylweddoli, wrth gwrs, nad wy wedi dweud wrthi.'

'Yes, but I can't pretend to understand.'

220

'Do's 'da hynny ddim i wneud â chi.'

Er bod ei llais yr un mor fwyn ag arfer, roedd brath yn y geiriau. Petrusodd Mansell cyn dweud, yn oeraidd,

'I take it that you have also disregarded my suggestion?'

'Gwadu cyfrifoldeb a'i fwrw ar rywun arall. Ai dyna'ch ateb chi?'

'Morfydd will survive, Elizabeth.'

'Falle, ond faddeua i byth i fi'n hunan.'

Clywyd sŵn chwerthin o'r traeth. Roedd Morfydd yn ymlid Eric gan chwifio stribed hir o wymon uwch ei phen, ac yntau'n ceisio ddianc rhagddi. Diolchodd Mansell, wrth iddo wylio'r traed mawr yn chwalu drwy'r tywod, nad oedd neb o'i gydnabod yno i fod yn dyst i'r fath ffwlbri.

'Have they no shame?' holodd yn ddig.

'Pam ddyle fod c'wilydd arnyn nhw?'

Am nawr, roedd y ddau'n ddiogel o fewn eu tŵr ifori, fel P.M. ei hun, nad oedd, oherwydd ei wendid corfforol, o unrhyw werth i'r awdurdodau.

'"Ba enaid ŵyr ben y daith? Boed ei anwybod i'r byd yn obaith". Y'ch chi moyn i fi gyfieithu?'

'Na. Rwyf yn deall.'

'Ac yn rhannu deisyfiad Bardd yr Haf . . . un sydd ben ac ysgwydd yn *uwch* na'ch beirdd Ffrengig chi?'

'You ask too much of me, Elizabeth. I will tell the studio to send you all copies of the photograph.'

'Fel hyn wy moyn cofio Morfydd.'

'Even your little Morfydd cannot remain a child for ever.'

'Trueni. "Oddieithr eich troi chwi, a'ch gwneuthur fel plant bychain . . ."'

Gadawodd Elizabeth yr adnod heb ei gorffen. Sylwodd Mansell fod ei llygaid yn loyw gan ddagrau ac estynnodd ei hances boced iddi. Wedi blynyddoedd o gyfeillgarwch, o gredu eu bod yn eneidiau cytûn, siom oedd gorfod sylweddoli mai dyna'r cyfan oedd ganddo i'w gynnig.

39

Er bod Elizabeth wedi gobeithio cael torri'r newydd yn ei hamser ei hun ac wedi ymarfer yr hyn y bwriadai ei ddweud yn ofalus, drosodd a throsodd, enillodd Mary Brown y blaen arni. Roedd honno'n aros am Morfydd y tu allan i'r siop pan gyrhaeddodd adref o'r farchnad, yn llwythog o baciau.

'A word, please, Miss Owen.'

'Not just now, if you don't mind.'

Anelodd Morfydd am y drws a arweiniai i'r fflat, ond safai Mrs Brown, nad oedd yn wraig i neb, yn ei llwybr.

'May I remind you that the rent was due last week?'

'Miss Lloyd will see to that.'

'And what will happen now that she is leaving?'

Syllodd Morfydd arni a'i llygaid tywyll yn fflachio tân. Ai cynllwyn oedd hyn, rhyw esgus ar ran y perchennog i gael gwared ohonynt o'r fflat?

'Miss Lloyd will certainly not be going anywhere. Excuse me, *Mrs* Brown, I have work to do.'

'So have I, Miss Owen. This is a business establishment, not a charity.'

Dringodd Morfydd y grisiau, ei gwaed yn berwi, ac ni wnaeth gweld Elizabeth yn eistedd yno, mor llonydd â delw, ond ychwanegu at ei chyffro. Gollyngodd y paciau ar lawr, ac meddai'n chwyrn,

''Sda fi gynnig i'r fenyw Brown 'na. O'dd 'da hi'r wyneb i'n atgoffa i bo'r rhent yn ddyledus, a

223

ninne'n 'i dalu e'n rheolaidd bob mis. Wy'n cretu bo hi'n whilo esgus i'n troi ni mas.'

'Beth yn gwmws wedodd hi?' holodd Elizabeth, yn grynedig.

''Ych bod chi'n gadel, ond wedes i wrthi nag y'ch chi'n bwriadu mynd i unman.'

'Wy'n mynd lan i'r gogledd fory, Morfydd.'

'A nawr chi'n gweud wrtho i?'

Nid oedd Elizabeth wedi bwriadu sôn wrth Mrs Brown, ond roedd honno wedi ei holi'n dwll un diwrnod, a hithau wedi ildio a dweud y cyfan, er ei bod yn sylweddoli mai cymhelliad personol oedd i gyfri am hynny yn hytrach nag unrhyw ddiddordeb yn ei dyfodol hi. Gwyddai'n dda nad oedd gan y wraig fusnes fawr o amynedd ag un fel hi, oedd yn treulio'i dyddiau mewn llyfrgell ac amgueddfa, heb erioed wneud diwrnod gonest o waith.

'Beth y'ch chi moyn yn y North?'

'Ma 'da fi gyfweliad yn y Coleg Normal ym Mangor. Wy wedi ymgeisio am swydd darlithydd yno.'

'Cyfweliad, ife? Chi ddim 'di ca'l 'i chynnig hi, 'te?'

'Ddim 'to.'

'Gwedwch wrthyn nhw fory bo chi ffaelu derbyn.'

'Na, Morfydd. Wy moyn y swydd. Mae hwn yn gyfle rhy dda i'w golli. Ma'n flin 'da fi na 'sen i wedi gweud cyn hyn, ond . . .'

'O'ch chi'n rhy llwfwr. Hunanol 'fyd. 'Smo chi'n becso dim abythdu fi.'

'O, odw, wy'n becso'n enaid. Rhowch gyfle i fi dreial egluro, wy'n erfyn arnoch chi.'

'I beth? Ry'ch chi'n mynd a 'ngadel i, a 'na ben arni. 'Sdim rhagor i weud.'

❧

Ond roedd gan Morfydd fwy na digon i'w ddweud pan alwodd yn Grosvenor Road drannoeth, gymaint, yn wir, nes i Ruth Herbert orfod torri ar ei thraws i ddweud,

'Mae hyn yn amser drwc. I must see to my poor boys.'

Gwgodd Morfydd arni.

'Chi wastad yn fishi.'

'And that is the thanks I get for listening to all your woes and tending to those cast-off men of yours?'

'Siarada i 'da Citi, 'te.'

'Certainly not. Alice Catherine was supposed to come with me to the canteen, but she'd rather spend time with her Auntie Tom and her new husband.'

'Ma hi a Mr Griffiths wedi priodi?'

'Dechrau yr haf. Dyna Annie a Dora wedi myned i priodi! Yr wyf yn unigryw iawn.'

Ond ni allai Morfydd fforddio gronyn o gydymdeimlad. Wedi mynd yno i ofyn cysur yr oedd hi, nid i'w gynnig.

'Shwt y'ch chi'n meddwl wy'n timlo o ga'l 'y 'ngadel?'

'Pwy ydyw tro hyn? Is he another of your poets?'

'Nace fe . . . hi.'

'Dyna beth dywedais.'

'"Hi" . . . her.'

'Oh, dear!'

Cofiodd Ruth Herbert i Elizabeth ei holi ynglŷn â rhyw 'hi' yr oedd Morfydd wedi cymryd ati'n arw. Byddai'n rhaid iddynt geisio ymdopi hebddi yn y cantîn am ryw hyd eto.

'Yn awr,' meddai yn y llais awdurdodol oedd yn mynnu sylw, 'gwynt mawr a dechrau o y dechrau.'

Chwarter awr yn ddiweddarach, ni allai oddef rhagor.

'Mae gennyf pen tost, Morfydd,' cwynodd.

'A beth abythdu fi? Fy ffrind gore wedi troi 'i chefen arno i, a'r fenyw Brown yna'n bygwth 'y nhowlu i mas am bo fi'n ffaelu ffordo'r rhent?'

Canodd Ruth y gloch i alw'r forwyn, a gorchymyn iddi ddod â phaned o de, 'eli y calon' i Miss Owen, ar unwaith.

'Gadael ef i fi, Morfydd,' meddai. A chyda'r geiriau cyfarwydd a fu'n fodd i oresgyn sawl argyfwng, camodd allan yn ddiolchgar i hynny o awyr iach oedd gan Lundain i'w gynnig, mor barod ag arfer i wynebu unrhyw broblem.

❧

Cyn i Elizabeth ddod i ffarwelio â'r teulu Lewis, roedd problem Morfydd wedi ei datrys, er na wyddai hi mo hynny. Er bod y pythefnos diwethaf wedi bod yn fwy o dreth nag arfer, a hithau'n ysu am gael ymuno â Herbert yn y stydi, roedd croeso Ruth

Herbert yr un mor gynnes ag arfer wrth iddi geisio rhoi tafod i iaith ei gŵr.

'Llon-gyfar-chi-adau, Elizabeth. Dyna beth ydyw llond y ceg o gair!'

'Ry'ch chi wedi cael gwybod am y swydd, 'te?'

'Dywedodd Morfydd i Mr Hughes Griffiths a dywedodd ef i Mr Lewis.'

'Sa i'n gwybod beth y'ch chi'n feddwl ohono i.'

'Ni oll yn balch iawn.'

'Pawb ond Morfydd. Dries i egluro iddi cyn i fi fynd lan i Fangor, ond o'dd hi'n pallu gwrando.'

'She has many virtues, but listening isn't one of them. Mewn un clust, allan trwy clust arall.'

'Wy wedi'i siomi hi. So hi byth yn mynd i aller ymdopi ar ei phen ei hunan.'

Crwydrodd meddwl Ruth Herbert at y bechgyn dewr a fyddai'n tyrru i'r cantîn, eu cyrff ifainc hardd wedi eu darnio, a'u dyfodol yn deilchion, ac eto'n llawn ffydd a gobaith.

'She will have to learn to cope. Go north, Elizabeth, i dyscu students i siarad proper Welsh.'

'Ond beth ddigwyddith i Morfydd?'

'Bydd hi yn dod yma i byw gyda ni.'

'Ody Mr Lewis wedi cytuno i 'ny?'

'Wrs gwrth. Mae ef yn ffond iawn o'r peth bach. We will arrange to clear the flat.'

'A dychwelyd y dodrefn i Morgan, ife?'

'Morgan has no need of second-hand furniture. They will be shared between the deserving poor. Now I must see to Mr Lewis, who's had a very trying day.'

'Mae cyfeillgarwch Citi ac yntau wedi golygu llawer i mi yn ystod y tair blynedd ddwetha.'

'Tri blwyddyn, dyna'r cyfan ydyw?'

Ie, dim ond tair blynedd, ond rhai nad anghofiai fyth mohonynt. Nid oedd gwybod na fyddai Morfydd yn dioddef o'i herwydd hi'n lleddfu dim ar yr euogrwydd. Nid oedd geiriau olaf Ruth Herbert wrth iddi adael Grosvenor Road, 'We will miss you, dear Elizabeth', o unrhyw gysur chwaith i un a wyddai wir ystyr colled.

40

Ni fu Ruth Herbert fawr o dro'n rhoi trefn ar bethau. Hi gafodd y pleser o ddweud wrth Mary Brown, yn gwrtais ond yn bendant, y câi wneud beth a fynnai â'r fflat. Hi roddodd y forwyn fach o'r Bermo ar waith i baratoi'r ystafell ar gyfer Morfydd, a hi hefyd gafodd y boddhad o wybod bod Herbert yn cymeradwyo'r holl drefniadau.

Cyn i Elizabeth allu dechrau dygymod â'r newid yn ei bywyd, roedd Morfydd wedi gwneud ei nyth yn 23 Grosvenor Road, yn glyd ac yn gynnes, a heb orfod ymorol am ddim. Câi ryddid i fynd a dod fel y mynnai, er bod Ruth Herbert yn ymwybodol o'i chyfrifoldeb ac yn cadw llygad mamol arni. Drwy drugaredd, gallodd roi sêl ei bendith ar Hugo Mortimer-Brown, y cariad newydd, un o deulu da ac yn dal swydd gyfrifol yn y ddinas, ac nad oedd ganddo, diolch i'r drefn, unrhyw ddiddordeb mewn barddoniaeth.

'Hwn ydyw yr Un, Morfydd?' holodd, yn llawn gobaith. Er bod Elizabeth a hithau'n dal i gadw cysylltiad, ni fyddai byth yn yngan ei henw yng nghlyw Morfydd. Roedd yn gysur gwybod bod ganddi bellach ffrind arall, geneth neis iawn oedd yn astudio'r piano yn yr Academi, a'i bod wedi cael gwahoddiad i aros yn ei chartref yn Llandudoch.

Ymweliad siomedig fu hwnnw ar waetha'r croeso ar aelwyd The Briars. Aeth Eluned Alys â hi i weld yr abaty a adeiladwyd, meddai hi, gan Dudoc, cefnder Dewi Sant. Ond nid oedd gan Morfydd fawr o ddiddordeb mewn adfeilion, mwy nag oedd ganddi yn y garreg Sagranus o'r bumed ganrif. Roedd Eluned flynyddoedd yn iau na hi ac yn ei hatgoffa o Citi. Yr un rhyfeddu cegagored, a'r un brwdfrydedd, a allai fod yn syrffedus ar adegau. Fel y min nos hwnnw yn y parlwr, pan roddodd ei chlywed yn canu detholiad o alawon Cymreig y fath fwynhad i'r tad, Thomas Williams. Byddai hynny wedi bod yn bleser iddi hithau oni bai iddi weld Eluned yn serennu'n addolgar arni, fel y byddai Citi wrth sôn am 'beautiful sermons' gweinidog Charing Cross.

Pan ddychwelodd i Grosvenor Road, roedd Mr Lewis yn brysur gyda'i waith fel Ysgrifennydd Seneddol y Bwrdd Addysg, Ruth Herbert yn treulio oriau yn y cantîn a Citi ar ei thymor cyntaf yn Aberystwyth. Er bod Eluned yn hofran yn y cefndir, yr un mor barod ag arfer i amenio popeth a ddywedai, y cariad newydd ar y cyrion, a'r teulu Lewis yn ei chyfarch yn siriol wrth fynd heibio, ni chofiai deimlo'r fath unigrwydd ers y diwrnod hwnnw yn Sgwâr Piccadilly wrth iddi wylio Elizabeth yn pellhau oddi wrthi. Ond petai ei ffrind – ei chyn-ffrind – yn cerdded i mewn i'r ystafell yr eiliad honno, ni fyddai ganddi ddim i'w ddweud wrthi. Roedd tân y cyfeillgarwch wedi llosgi'n llwch erbyn hyn, a Beti Bwt yn gymaint rhan o'r gorffennol â meini mudion Abaty Llandudoch.

Yno, yn yr ystafell foethus yn Grosvenor Road, gwyddai nad oedd ond un peth a allai leddfu rhyw gymaint ar yr unigrwydd. Aeth at y ddesg nad oedd wedi cael fawr o ddefnydd ers misoedd, estyn ohoni dudalennau oedd cyn laned ag eira cynta'r bore, a dechrau ysgrifennu:

My dear Eliot,

I won't be able to send this letter as I don't know where you are. Mr Eliot Crawshay-Williams, Sinai Peninsula, would hardly suffice. As you know, my geography is almost non-existent, but at one time Egypt was as familiar to me as Pontypridd. How I believed every word of those wonderful Bible stories. I fell in love with the tall, handsome Joseph way before Georgie bach put his arms around me in the sweaty darkness of the Cecil Cinema and tried to steal a kiss. That kiss is still owing, and Georgie bach, unlike Joseph, has yet to make his fortune.

Moses was my hero from the moment I found him lying in his cradle amongst the reeds. I watched him leading his people across the Red Sea and shared Miriam's triumph when the waters closed, swallowing Pharaoh's men, his horses and chariots. It was retribution, and I felt no guilt then. We live and learn, I suppose.

I remember how excited I was when I heard God speaking to Moses from the burning bush and how I pitied him when he descended from what we called Mynydd Horeb, lugging those huge stone tablets. But the most wonderful scene of all was the one of the land flowing with milk and honey. 'Adenydd colomen pe cawn/ Ehedwn a chrwydrwn ymhell/ I gopa Bryn Nebo mi awn/ I dwg ardaloedd sydd well.' What do you make of that – the perfect combination of a beautiful language and poetry? Don't you rue the time spent on your silly politics? You would love to write Welsh poetry. The words seem to mean and express so much more.

I am now a resident of 23 Grosvenor Road, with my own room and piano and my own front door key. There is no scarcity of food and warmth. Why, then, am I so bored and restless and consumed with the need to talk to someone – which can only be you? Doesn't that sound utterly pathetic?

How different this is from my little nest in Hampstead, where I was often cold and hungry and would have perished were it not for Elizabeth. Ah! Elizabeth Lloyd, Llanilar, the snake in the grass, who has not only left to go to North Wales, but was too much of a coward to confess that she was abandoning me. I should probably forgive all and turn the other cheek. Mr Herbert Lewis, your friend and mine, gave me a talkingto the other day, in the nicest possible way. He wanted me to realise how important this lectureship was to Elizabeth, a spinster, and two years older than yours truly. I refrained from asking 'does loyalty and friendship count for nothing?' and said that it was all water under the bridge by now. And so it is.

There is a new love in my life, fat

and pompous and as dry as sawdust.
If – no, when – I give him the push,
into the Thames hopefully, he will make
an <u>almighty</u> splash.

I'm sorry if I sound rather bitchy.
I can also be very pleasant and nice,
as you well know. Take care of yourself,
Eliot.

From one who has given you her
affection and confidence,

> *Yours, Morfydd*

Roedd tudalennau glân eira'r bore bellach yn stomp o ysgrifen flêr ac un ohonynt wedi'i haddurno â chwilen o flotyn du. Ond pa ots? Rhwygodd y llythyr yn ddarnau a'u taflu i'r fasged ysbwriel. Roedd hwnnw wedi ateb ei bwrpas, dros dro o leiaf.

Clywodd sŵn drws yn agor ac yn cau rywle ym mherfeddion y tŷ. Y forwyn fach o'r Bermo, mae'n siŵr, a fyddai'n cerdded o gwmpas ar flaenau'i thraed fel petai'n ymddiheuro am fod yno. Rheidrwydd oedd wedi dod â hi i Lundain, i ganlyn cannoedd o rai tebyg iddi. A fyddai'n hiraethu weithiau am y dref ar lan y môr ac yn ysu am gael dychwelyd i'w chynefin? Ond pa ddewis oedd ganddi? Aros yma a wnâi hithau, hefyd, er bod ganddi'r rhyddid i ddewis. Er mor 'siomedig oedd cyfeillion', nid âi hi byth yn ôl i Drefforest, beth bynnag oedd gan y dyfodol i'w gynnig iddi. Cofiai ganu cyfieithiad Pedr Fardd o emyn Marianne Nunn sawl nos Sul yn Saron. Ni châi'r ferch fach, a wyddai bryd hynny fod Duw yn llond pob lle, yn bresennol ym mhob man, unrhyw drafferth i gredu ac ategu'r geiriau. Ond heddiw, yn ei hystafell gysurus, wag, ni allai'r Efe, er yn para'n gyfaill ffyddlon, lenwi'r gwacter hwnnw.

41

Er na ddaeth y gaeaf â'r afiechydon arferol yn
ei sgil, teimlai Morfydd yn fwy anniddig fyth.
Nid oedd Tada'n hapus o gwbl pan ddeallodd nad
oedd yn talu'r un geiniog am ei llety yn Grosvenor
Road.

'Cardod yw hynny,' meddai'n gyhuddgar.

'Ond rwy'n un o'r teulu.'

'Yma mae'ch cartref a'ch teulu chi, Morfydd. Fe
fydd yn rhaid setlo'r mater ar unwaith.'

Rhoddodd ei lythyr ffurfiol gymaint o ysgytwad i
Ruth Herbert nes iddi ei gamddeall yn llwyr. Pan
gyrhaeddodd ei gŵr adref y prynhawn hwnnw,
roedd yn aros amdano yn y cyntedd, ac yn gwthio'r
llythyr i'w law cyn iddo gael cyfle i dynnu ei gôt.

'Beth sy'n bod, 'nghariad i?' holodd yn bryderus.

'Darllen ef. I will not be insulted in this way.'

Darllenodd yntau'r llythyr yn araf ofalus, yn
boenus o araf ym marn Ruth.

'Rydw i'n credu bod Mr Owen wedi bod yn
egwyddorol iawn.'

'Eg. . . beth? Saesoneg, os gwelwch bod yn dda,
Herbert.'

'Mr Owen is a proud man. He doesn't want to be
indebted to anyone.'

'And you are willing to accept his offer?'

'No, of course not. Morfydd is one of the family.'

'Her father doesn't approve of her living here.

He believes that we are too busy to give her the attention she needs.'

'Teimlo'n euog am roi mwy o gyfrifoldeb arnon ni mae Mr Owen, dyna i gyd.'

'You must let him know that this is quite unacceptable.'

'Of course. He means well, Ruth. I will write and thank him for his concern.'

'Na! Gadael ef i fi.'

'Fel y mynnwch chi.'

Arhosodd Herbert yno am rai munudau, yn syllu ar y llun o Benucha. Roedd yr aelwyd yn cymell, fel erioed. Byddai wedi rhoi'r byd am gael bod yno a theimlo hyfrydwch ei gynefin yn falm ar gorff a meddwl blinedig.

Ben bore trannoeth, roedd llythyr byr ac i bwrpas wedi'i roi ar yr hambwrdd arian yn y cyntedd, yn barod i'w bostio. Pwysleisiodd Ruth mai o ddewis y cynigiodd Mr Lewis a hithau gartref oddi cartref i Morfydd, ac na fyddent yn ystyried derbyn unrhyw dâl.

'I can assure you,' ychwanegodd, 'that the pressure of work does not deter us from giving Morfydd the love and attention she needs, and will be obliged if you refrain from mentioning this matter in future.'

Gan fod Herbert wedi cytuno i adael y cyfan iddi hi, cafodd y pleser o ddweud, wrth y bwrdd brecwast,

'Mae ef wedi ei gwneud, Herbert.'

Ond roedd cynnwys llythyr William Owen wedi

ei gorfodi i fod yn fwy ymwybodol fyth o'i chyfrifoldeb. Hyfdra ar ei ran oedd awgrymu eu bod yn esgeuluso Morfydd, ac fe wnâi'n siŵr na châi gyfle i wneud hynny byth eto. Er nad oedd yn adnabod y dyn, nac yn dymuno'i adnabod, gwyddai, o ddarllen rhwng y llinellau, ei fod yn dipyn o deyrn. Mor wahanol i'w Herbert hi a oedd, er yn gadarn ei farn, yn parchu barn eraill. Pa ryfedd fod gan Morfydd y fath feddwl ohono?

Gallai'r eneth fod yn ddigon anodd ei thrin ar adegau, a'i dewis o gariadon yn anffodus, a dweud y lleiaf. Fel yr Alexis hwnnw a'i 'I won't be left dangling'. Roedd hi wedi ofni'r gwaethaf pan welodd Morfydd yn ei arwain i mewn i gapel Charing Cross un Sul. Ond dyna'r tro cyntaf, a'r olaf, drwy drugaredd. Cawsai achos i ddiolch, sawl tro, fod Elizabeth ar gael i ysgwyddo peth o'r gofal, a theimlai'n eitha dig tuag ati pan dderbyniodd y swydd ym Mangor – swydd a oedd, yn ôl Herbert, yn rhy werthfawr i'w throi heibio. Ta waeth am hynny bellach. Roedd hi eisoes wedi delio â'r unben o Drefforest ac yn fwy nag abl i ddelio â'i ferch.

Cafodd Morfydd brawf o hynny pan dderbyniodd wahoddiad i salon yn 35 Gray's Inn Road, Camden. Mynnodd Ruth Herbert, gan fod y gwahoddiad yn cynnwys 'a gwestai', y byddai Mr Mortimer-Brown yn gwneud gwarchodwr heb ei ail. A hithau wedi gofidio fwy nag unwaith yn ddiweddar nad oedd ganddi'r nerth i wneud yr hyn yr oedd wedi ei fygwth yn y llythyr at Eliot, protestiodd Morfydd yn chwyrn,

'Wy ddim angen neb i 'ngwarchod i.'

'You certainly do. And have you decided on your repertoire?'

'"To our lady of sorrows", falle, ac emyn neu ddou.'

'Nid ydyw yn dewis da.'

'Shwt 'ny? A beth y'ch chi wedi llwyddo i ffindo mas abythdu'r Mr Hiller 'ma? Meddyg yw e, yntefe?'

'Of a sort. He is a member of the Psychoanalytical Society.'

''Sda nhw ddim diddordeb mewn crefydd, 'te?'

'All I know is that people are wary of them. They have very strange ideas.'

Nid oedd unrhyw bwrpas holi rhagor. Go brin y gallai Ruth Herbert ddweud beth oedd y syniadau hynny. Er ei bod yn ei hystyried ei hun yn feddwl-agored, nid oedd ganddi, mwy na'r Elizabeth bropor, y gallu i weld ymhellach na ffiniau ei byd cyfyng. Tawelodd Morfydd ei hofnau drwy ei sicrhau y byddai'n berffaith ddiogel yng nghwmni Hugo, er bod meddwl am orfod ymdopi â hwnnw yn achosi mwy o bryder iddi na gorfod wynebu llond ystafell o ryw fath o feddygon.

Disgwyl am y cab a âi â hwy i Camden yr oedden nhw pan glywodd Ruth Herbert yn dweud,

'You must take good care of Morfydd, Mr Mortimer-Brown.'

'Of course, dear Mrs Lewis. I will not let her out of my sight for a second.'

Gewn ni weld abythdu 'ny, sibrydodd Morfydd wrthi ei hun.

Ni fu'n rhaid iddi ddyfeisio ffordd o ddianc rhag Hugo. O'r eiliad y cyrhaeddodd Gray's Inn, roedd yn ei elfen, sigâr yn un llaw a gwydryn gwin yn y llall. Manteisiodd Morfydd ar y cyfle i gael golwg o gwmpas, gan fod tymor y Bwda bach yn prysur ddirwyn i ben. Roedd hi wrthi'n pwyso a mesur y posibiliadau pan sylwodd fod rhywun yn ei hastudio hithau: dyn byr, pryd tywyll ac iddo osgo hunanbwysig, welwch-chi-fi. Ond nid y Morfydd a ddaeth i Lundain yn haf 1912 oedd hon, yn rhy swil i godi ei phen, ac yn gwrido am y peth lleiaf. Syllodd yn ôl arno, yr un mor hyderus. Ac o'r munud hudolus, hunllefus hwnnw, pan gafodd ei dal yn ngwe lesmeiriol ei lygaid, aeth pawb a phopeth yn angof ac nid oedd ond yr heddiw hwn yn bod.

42

Gan fod Ruth wedi ofni y byddai Herbert yn awyddus i dreulio'r Nadolig ym Mhenucha, rhyddhad iddi oedd ei glywed yn awgrymu gohirio hynny nes bod pwysau gwaith y Bwrdd Addysg yn ysgafnu ryw gymaint. Cytunodd hithau na allai ystyried gadael Llundain a throi ei chefn ar ei 'poor boys'. Ond esgus, yn hytrach na rheswm, oedd hwnnw. Gwyddai'n dda fod yn y cantîn rai y gallai ddibynnu arnynt i gadw trefn ar bethau.

Yma, yn Grosvenor Road, nid oedd neb i rannu'r cyfrifoldeb o gadw llygad ar Morfydd, baich oedd wedi dyblu yn dilyn yr ymweliad â Gray's Inn. Pan geisiodd holi, mor ochelgar ag oedd modd, beth ddaethai o Mortimer-Brown druan, nad oedd wedi ei weld ers y noson honno, meddai Morfydd,

'Daflodd e 'i hunan i'r afon wrth ddod sha thre.'

'Peidiwch siarad yn sili, Morfydd. If you carry on like this, you'll find yourself a hen ferchetan heb un cariad.'

'Na, wy ddim yn cretu.'

Er nad oedd am ddatgelu rhagor, gwnaeth y wên fach gyfrwys i Ruth deimlo'n anesmwyth. Cynyddodd ei hamheuon pan ddywedodd Morfydd gynted ag y deallodd fod yr ymweliad â Phenucha wedi'i ohirio,

'Ond 'sdim angen 'ny. Wy'n folon sefyll 'ma i garco'r lle.'

Mygodd Ruth y demtasiwn i ddweud bod hyd yn

oed gofalu amdani ei hun y tu hwnt i allu Morfydd, ac meddai'n chwyrn,

'Byddwch chi yn myned cartref i Trefforest.'

'Ond . . .'

'Dim "ond". Dyna fy gair olaf.'

Ac adref yr aeth hi, wrth gwrs. Er ei bod yn ysu am gael rhannu'i chyfrinach â'i mam, peth annheg fyddai bwrw'r cyfrifoldeb ar un nad oedd erioed wedi celu'r gwir. Roedd 'Anrhydedda dy ŵr' yn un o ddeg gorchymyn Sarah Jane Owen ac ni fyddai byth yn cytuno i ddim heb fynnu, 'Gewn ni weld beth fydd gyda'ch tad i weud'. Byddai gan ei thad ddigon i'w ddweud, fel arfer, ac nid oedd am fentro gadael iddo sarnu rhywbeth mor werthfawr â hyn. Ceisiodd ddwyn i gof y llinellau a ddyfynnodd Bili Museum y prynhawn hwnnw ar yr Heath, a'u herfyniad ar i rywun – cariad y bardd, mae'n siŵr – gamu'n ofalus rhag sathru ar ei freuddwydion.

Nid oedd Tada wedi cyfeirio unwaith at na manteisio na chardod, ac ni feiddiai Morfydd sôn gair am y teulu Lewis. Gan fod hwnnw'n bwnc llosg, fel y rhyfel a sawl peth arall a fyddai'n debygol o greu gwrthdaro, y canu ar yr aelwyd bellach wedi tewi a'r sgwrsio'n dameidiog, gallodd ganiatáu i'w meddwl grwydro heb deimlo'n euog. Gadawodd Wain House â'i chyfrinach yn ddiogel, gan deimlo'i bod, o'r diwedd, wedi llwyddo i lacio'r hualau a'i clymai wrth gartref a theulu, a'i bod bellach yn rhydd i ddilyn ei llwybr ei hun.

❧

Roedd y ffaith fod Morfydd yn gwneud ei gorau i'w hosgoi yn ddraenen yn ystlys Ruth Herbert. Byddai'n loetran yn ei hystafell nes ei bod hi wedi gadael am y cantîn ac yn diflannu fin nosau heb air o eglurhad. Gan fod dyletswyddau Annie fel gwraig gweinidog yn hawlio'i holl sylw, a Dora wedi mynd draw i Ffrainc at ei Herbert hi, oedd wedi ei glwyfo'n ddifrifol, nid oedd ganddi ddewis ond llyncu'i balchder a mynd ar ofyn ei merch.

Pan ofynnodd a wyddai hi beth oedd yn bod ar Morfydd, meddai Citi,

'Mae hi yn glaf o gariad.'

'Nid yw hynny yn dim newydd. Is it another of her poets?'

'Na, meddyg ... psychoanalyst. Gwrddon nhw mewn parti yn Camden.'

Teimlodd Ruth ias oer yn rhedeg i lawr ei meingefn.

'Mae ef yn siarad Cymraeg, Mami.'

'That is no concern of mine. I only hope Morfydd will soon tire of him, as of all the others.'

Ond diffoddodd y llygedyn gobaith pan haerodd Citi, a'i llygaid yn disgleirio, fod Morfydd, o'r diwedd, wedi darganfod ei gwir gariad. Er iddi geisio'i hargyhoeddi ei hun nad oedd Citi yn ddim ond geneth ifanc ddibrofiad, yn fwy na pharod i roi rhyddid i'w dychymyg a'i natur ramantus, ni allai Ruth oddef rhagor heb gael cadarnhad i'w hamheuon, a hynny o lygad y ffynnon.

Ni fu ei brawd yng nghyfraith, Walter Colman, meddyg yn Harley Street, fawr o dro'n llenwi'r bylchau. Clywsai sibrydion fod y seicdreiddiwr, Ernest Jones, Cymro o Dre-gŵyr, ac un garw am y merched, wedi cael gafael ar gariad newydd yn ddiweddar, a'i bod yn ymwelydd cyson â'i fflat yn Portland Court. Ond yr hyn roddodd fraw i Ruth oedd ei glywed yn dweud bod y Jones hwn yn ddisgybl i Freud, gŵr yr oedd meddygon proffesiynol yn amheus iawn o'i ddulliau, yn arbennig y defnydd o hypnotiaeth, ac yn eu hystyried yn beryglus tu hwnt.

Byddai'n arferiad ganddi fynd i'w gwely cyn i Morfydd ddod adref, er na allai ymlacio nes ei chlywed yn cyrraedd. Ond roedd yn aros amdani'r noson honno, ac wedi gadael drws yr ystafell eistedd yn agored fel na allai sleifio heibio heb iddi ei gweld.

'A word, please, Morfydd,' galwodd.

A hithau'n rhy flinedig i geisio ymgodymu â'r Gymraeg, a'i phryder yn drech na'i doethineb arferol, pan welodd Morfydd yn llercian yn y drws, ychwanegodd yn chwyrn,

'Come in and sit down, for goodness' sake.'

'Gewn ni air bore fory, ife? Wy'n rhy flinedig nawr.'

'And so am I.'

'O'dd dim angen i chi aros lan. 'Na pam roioch chi allwedd i fi, yntefe? A gweud y gallen i fynd a dod fel wy moyn.'

'And you have taken advantage of my generosity. All this skulking around must stop.'

''Sda fi ddim amcan am beth y'ch chi'n sôn.'

'Oh, yes, you have. Are you going to tell me

244

where you've been tonight, and every other night for the past weeks?'

'Mas, 'na i gyd.'

Pa hawl oedd ganddi i'w thrin fel petai'n groten fach, meddyliodd Morfydd. Nid oedd ble roedd hi'n dewis mynd na gyda phwy yn ddim o'i busnes.

'Was it Portland Court, the home of a certain man who has the impudence to call himself a doctor?'

'Ry'ch chi 'di neud eich gwaith catre, on'd y'ch chi?'

'It was your duty to tell me.'

'Pam ddylen i? Ond fel bo chi'n cael eich ffeithie'n gywir, ma 'da Ernest radd anrhydedd dosbarth cyntaf mewn meddygaeth. Ma fe wedi gofyn i fi 'i briodi fe, a wy inne wedi derbyn. 'Na chi'n gwpod y cyfan nawr. Nos da, cysgwch yn dawel.'

Ni chofiai Ruth deimlo mor ddiymadferth erioed. Diolchodd fod Herbert wedi noswylio'n gynharach nag arfer. Byddai bod yn dyst o'i methiant yn siom iddo. Sawl gwaith yr oedd wedi dweud bod ganddo bob ffydd ynddi pan fyddai hi'n haeru, yn llawn hyder, 'Gadael ef i fi'? Ond roedd hi wedi gwneud cawlach llwyr o bethau'r tro yma.

Efallai y dylai fod wedi gadael i'r wybodaeth a gawsai yn Harley Street fwydo dros nos. Na, ddim o gwbl. Roedd hi wedi petruso'n rhy hir, ac wedi gadael i'r eneth feddwl y câi wneud fel y mynnai er ei bod yn gwybod o brofiad pa mor ystyfnig y gallai honno fod. Roedd y drafferth a roesai iddi gyda'r *Folk Songs* yn enghraifft berffaith o hynny. A pham y dylai hi boeni ynglŷn â geneth benchwiban a allai syrthio mewn cariad, ac allan ohono, mor rhwydd? Onid yr un fyddai tynged hwn â'r llu cariadon oedd, yn ôl Morfydd, wedi erfyn arni eu priodi?

Cyn iddi adael yr ystafell, roedd Ruth Herbert, a oedd yn ymfalchïo yn ei gallu i ddatrys pob problem, yn dawel ei meddwl ei bod wedi cyflawni ei dyletswydd hyd eithaf ei gallu ac yn barod i weithredu ar ei phenderfyniad.

43

Drannoeth, galwodd Ernest Jones yn Gower Street i dorri'r newydd da i'w gyfaill Wilfred Barren Lewis Trotter.

'You seem very pleased with yourself, Ernest,' sylwodd hwnnw. 'And what is it this time? An increase in your private patients?'

'That as well. But I want you, as my friend and brother-in-law, to be the first to know that I am getting married.'

'You have asked Lina to marry you?' holodd Wilfred yn syn.

'No, of course not. Lina is history, as is Louise Khan, the morphine addict who has married Jones the Second. I told Lina, by letter, that she had to go. She believes that it is because of my father's displeasure at seeing his son openly cohabitating with a mistress.'

'And is that true?'

'Hardly, as my father disapproves of everything I say and do. Well, are you going to congratulate me?'

'I suppose so. Am I acquainted with this lady?'

'A girl, rather than a lady – young, Welsh, very pretty, and a brilliant musician, having already been appointed Associate Professor at the Royal Academy.'

'Excuse me for saying this, Ernest, but it seems to me that the only thing you have in common is your Celtic blood.'

'May I remind you that I was once a member of Dr Joseph Parry's choir?'

'You are no more a singer than I am.'

'That is quite true, unfortunately, although your mother was a Lewis and my father a lapsed Welshman to whom speaking Welsh was something to grow out of, like thumb-sucking.'

'Does your intended speak Welsh?'

'Speaks it, sings it, makes love in it.'

'You must admit that this is rather sudden.'

'The Plat, my delightful little home in Elsted, needs a mistress and I was in the mood to find one. We met at a party in Gray's Inn and within a few days I had proposed to her. I had no wish to marry an Englishwoman. It seemed so commonplace.'

'Your father would not approve.'

'I have never sought approval. We will get married at the Registry Office in Marylebone next month, and I would like your dear wife, my sister Elizabeth, and my co-founder, David Eder, to be witnesses.'

'Will your father and stepmother be there?'

'Certainly not.'

'And her family?'

'Not if I have my way.'

'And you usually do.'

'You know me well, Wilfred.'

Gwenodd Ernest ar ei gyfaill. Roedd ganddo feddwl uchel ohono, fel meddyg ac fel dyn. Gallai ymlacio yn ei gwmni ac ymddiried ynddo. Pan oedd y ddau yn rhannu stydi yn Harley Street ddeng mlynedd ynghynt, cafodd achos i ddiolch i Wilfred sawl tro am ei helpu i ymdopi â'r gelynion oedd yn bygwth ei ddyfodol.

'We have had some good times together, you and I. And how are things at the University College Hospital? Still rife with gossip, I suppose?'

'I have more than enough to occupy my time, there and at my private clinic. And you should learn to ignore such tittle-tattle.'

'Those small-minded, intellectually inferior people have done their best to destroy me. Apart from deep apprehension about the new, there is a great deal of jealousy and prejudice. But I will not be thwarted.'

'You certainly won't.'

'Farewell, good friend.'

'Good luck, Ernest.'

'We make our own luck, Wilfred, and I have made mine by capturing the sweetest girl on earth.'

❧

Tra oedd Ernest Jones yn ei longyfarch ei hun ac yn cyfri'r bendithion a ddaethai yn sgil ei allu i swyno ac i rwydo Morfydd, eisteddai Ruth Herbert wrth ei desg yn Grosvenor Road yn barod i weithredu ar ei phenderfyniad. Gorau po gyntaf i Citi roi heibio'i syniadau rhamantus, fel y gallai wynebu beth bynnag oedd gan y dyfodol i'w gynnig iddi'n ddewr ac yn ddiwyro. Ond, a hithau'n sylweddoli y gallai ei merch fod yr un mor bengaled â Morfydd, byddai'n rhaid iddi ddewis ei geiriau'n ofalus rhag ei chythruddo:

It pains me to say that Morfydd has been giving me a very worrying time. I have tried reasoning with her, but to no avail. She is a little monkey and has got herself into a terrible mess. I'm convinced that her relationship with this man will lead to disaster, and I am too fond of her to let that happen. I am sending her home so that her parents can look after her. Let mr William Owen, who strikes me as having a domineering personality, settle her affairs.

Ydwyf eich mam cariadus, Ruth Herbert

Y tro hwn, nid oedd gan Morfydd ddewis ond dadlennu'r gyfrinach y bu'n ysu am gael ei rhannu â'i mam. Nid breuddwyd mo hon bellach, ond ffaith, ac ni allai'r un droed, waeth pa mor drom ac anystyriol, dresmasu arni.

Eglurodd mai meddyg y meddwl yn hytrach na'r corff oedd Ernest, ond nid oedd hynny'n golygu fawr ddim i'w rhieni, er i'w thad ddweud,

'Meddwl iach, corff iach, yntefe?'

'Bydde fe wedi dod i'ch gweld chi, ond ma'r clinic preifat sy 'dag e mor fishi ac ynte mor ofalus o'i gleifion.'

'Ma'n amlwg fod 'ych darpar ŵr yn ddyn cydwybodol iawn.'

'Ac yn uchel ei barch, Mama, er bod rhai, fel Mrs Lewis, yn amheus ohono fe.'

'A beth sy 'da hi i wneud â hyn?' holodd ei thad yn chwyrn.

'Dyw hi ddim moyn fy ngholli i, sbo.'

'Ein merch ni y'ch chi, Morfydd, nace 'i merch hi.'

Roedd popeth yn argoeli'n dda nes iddi ddweud fod Ernest a hithau yn priodi ym mis Chwefror.

Syllodd ei mam yn ofidus arni.

'Ond shwt y'n ni'n mynd i allu trefnu pethe mewn cyn lleied o amser? Fe fydd gofyn i chi neud ymholiade yn Saron, William.'

'Ma popeth wedi'i drefnu. Ry'n ni'n priodi yn y Swyddfa Gofrestru yn Marylebone. Wy'n gwpod licech chi ga'l cyfle i wisgo lan, ond . . .'

'Nace esgus i wisgo lan yw priodas.'

'Ond beth fydd 'da aelodau Saron i weud, William?'

'Dewis Morfydd a'i darpar ŵr yw e, Sarah.'

Edrychodd Sarah yn syn arno. Ni allai gredu bod ei gŵr, oedd â'r fath feddwl o'i gapel, wedi cytuno i Morfydd briodi mewn adeilad nad oedd a wnelo dim â chrefydd. Byddai hyn yn corddi amheuon ac yn rhoi gwaith siarad i bobl. Roedd ar fin awgrymu y gellid gohirio nes cael priodas a fyddai'n gweddu i'w safle hwy fel teulu pan ofynnodd William,

'Y'ch chi wedi pennu'r dyddiad?'

'Y seithfed. Licen i i chi'ch dou fod 'na. Fe allwch chi aros mewn gwesty dros nos. Wy ddim yn cretu bydd croeso i chi yn Grosvenor Road. Ma Mrs Lewis yn grac 'da fi.'

'Pidwch becso, Morfydd, do's 'da ni ddim bwriad mynd ar 'i gofyn hi. Ond 'sneb na dim yn mynd i'n stopo ni rhag bod yno'n dystion i briodas 'yn hunig ferch, nag o's e, Sarah?'

'Wy'n dymuno pob bendith i Mr Ernest Jones

ac i chithe. Ond byddwn ni'n gweld 'ych colli chi, Morfydd.'

Er gwaethaf siom Sarah Owen a'r bylchau lle bu'r bechgyn, roedd i'r min nos hwnnw ar yr aelwyd yr hen agosatrwydd a'r cynhesrwydd. I fyny yn ei hystafell ei hun, tynnodd Morfydd gerdyn Eliot o'i guddfan o dan y gobennydd.

Syrthiodd i gysgu a'i llawenydd ar ei benllanw wrth iddi sylweddoli na fyddai'n rhaid iddi byth eto ddifaru peidio gwneud.

44

Morfydd atebodd y ffôn yn 69 Portland Court nos Lun, Chwefror y pumed, gan fod Ernest wrthi'n paratoi papur ar gyfer y Gymdeithas Seicdreiddiol. Rhoesai ei fryd ar sefydlu cangen o'r Gymdeithas yn Llundain er mwyn gallu profi i'r meistr, Sigmund Freud, fod seicdreiddiaeth yn prysur ennill ei phlwyf ym Mhrydain.

Elizabeth Trotter, chwaer Ernest oedd yn galw, eisiau cadarnhau'r trefniadau ar gyfer trannoeth. Petrusodd Morfydd am eiliad, yn gyndyn o orfod cywiro Elizabeth, oedd bob amser mor sicr o'i ffeithiau.

'Are you still there, Morfydd?' holodd honno'n ddiamynedd.

'I'm afraid you've got the wrong date, Elizabeth.'

Y munud nesaf, roedd Ernest wedi cymryd y ffôn oddi arni ac yn dweud,

'No, certainly not. Quarter past twelve tomorrow.'

Clywodd Morfydd Elizabeth yn cwyno'n huawdl ar ben arall y ffôn.

'You must excuse her, dear girl. Artistic people have little perception of time. Take a cab to Marylebone and we'll meet you outside the office at twelve. Remember me to Wilfred and assure him that I am exceedingly happy.'

Trodd at Morfydd ac meddai'n llawn hyder,

'Glywoch chi beth wedais i nawr?'

'Do. Ond wy ddim yn deall.'

'Beth yw "exceedingly" yn Gymraeg? "Dros ben", ie?'

'Nace 'ny. Chwefror y seithfed, 'na beth drefnon ni.'

'Y chweched, cariad.'

'Ond wy wedi gweud wrth Mama a Tada taw ar y seithfed ry'n ni'n priodi. Ma'n nhw'n trafaelu lawr i Lunden fory.'

'Ffonwch nhw.'

''Sda nhw ddim ffôn. Beth wy'n mynd i neud?'

Ond roedd gan Ernest ateb parod i hynny hefyd.

❧

Cyrhaeddodd y telegram Wain House tra oedd Sarah a William Owen yn paratoi i gychwyn am yr orsaf. Syllodd Sarah mewn penbleth ar y geiriau, 'Getting married today. Will explain later.'

'Chi *yn* siwr taw'r seithfed wetodd Morfydd, William?'

'Wrth gwrs 'ny.'

Sylweddolodd Sarah cyn lleied a wyddent am Ernest Jones. Ac onid oedd Morfydd wedi dweud bod Ruth Herbert yn amheus iawn ohono? Efallai mai cynllwyn oedd hwn i'w rhwystro rhag ei gyfarfod nes bod popeth drosodd. Ond cadwodd yr amheuon iddi ei hun pan welodd yr olwg siomedig ar wyneb ei gŵr.

'Man a man i fi roi'r dillad i gadw, 'te.'

''Sdim hast, o's e, gan bo fi wedi trefnu i gymryd y diwrnod bant. Y'ch chi am i fi gynne'r tân?'

Gallai Miss Evans ofalu am y siop am heddiw. Roedd mwy o'i hangen hi yma.

Roedd y tân yn fflamio a hwythau'n dal yno, yn ddau lle bu unwaith deulu o bump, pan oedd Alfred Ernest Jones, Bachelor, (Physician M.D.) a Morfydd Owen, Spinster (dim proffesiwn), yn addo bod yn ffyddlon i'w gilydd am byth yn Swyddfa Gofrestru Marylebone.

⁂

Rai oriau'n ddiweddarach, a'r Cornish Riviera Express wedi aros am ychydig funudau yn Exeter ar y daith rhwng Paddington a Penzance, disgynnodd llygad Morfydd ar boster mawr ac arno'r geiriau 'Is your journey really necessary?' Er nad oedd unrhyw debygrwydd rhwng y milwr yn y llun a'r Kitchener bygythiol, dychwelodd yr hen arswyd, ac er i'r poster ddiflannu pan ailgychwynnodd y trên, ni allai gael gwared â'r darluniau a'r lleisiau a wibiai blith draphlith drwy'i chof. Clywodd eto nodau agoriadol y 'Danse Macabre' wrth i'r ysgerbydau lamu o'u beddau, sŵn esgyrn yn clecian a gynnau'n tanio. Teimlodd eto hunllef geiriau 'Pro Patria' Horas, a'r arswyd o weld cyrff ei brodyr yn gorwedd yn eu gwaed yn niffeithwch Tir Neb.

Yna, taflodd darlun arall ei gysgod drostynt: darlun o ddau yn eistedd yn benisel mewn ystafell gyfarwydd lle nad oedd ond tipiadau'r cloc i dorri ar y tawelwch. Byddai wedi anfon gair atynt oni bai i Ernest ddweud ei fod wedi egluro yn y telegram mai

255

camddealltwriaeth oedd y cyfan. Ond ei chyfrifoldeb hi oedd ymddiheuro am eu siomi. Sut yn y byd y bu iddi wneud y fath gamgymeriad? Gallai gofio'r balchder yn llais Tada pan ddywedodd nad oedd dim yn mynd i'w rhwystro rhag bod yn dystion i briodas eu hunig ferch.

Dieithriaid iddi oedd y tystion – Elizabeth Trotter, chwaer Ernest, a David Eder, ei gyfaill – y ddau yn syber a di-wên. Nid oedd y tymheredd yn yr ystafell yn Marylebone fawr uwch na'r oerni iasol y tu allan, er bod Ernest wedi prynu côt ffwr yn anrheg iddi, un oedd cymaint amgenach na'r gôt ffwr ffug y cawsai ei benthyg pan oedd yn cael tynnu ei llun yn stiwdio'r Adelphi ar y Strand. Ond roedd yn haws dioddef yr oerni na'r tawelwch gormesol. Mor wahanol y gallai pethau fod wedi bod petai hi wedi cytuno i briodi yn Saron, nodau cyfoethog yr organ yn treiddio i bob cwr o'r capel, y gweinidog yn bendithio'r uniad, a dymuniad ei rhieni wedi'i wireddu. Efallai fod ganddi le i ddiolch na fu iddynt gael eu gorfodi i dystio i'r seremoni fer honno nad oedd i Dduw unrhyw ran ynddi.

Yn ystod ei phlentyndod yn Nhrefforest, ni chofiai Morfydd iddi erioed ei holi ei hun a oedd hi'n hapus, dim ond derbyn hynny'n ddigwestiwn. Pan ddaeth yma i Lundain, yn furum o obeithion, bu ond y dim i'r unigrwydd fynd yn drech na hi. Yna, wedi ysbeidiau gwibiog o hapusrwydd a chyfnodau o ysu am y rhyddid i ddilyn ei llwybr ei hun, gallodd fwrw heibio'r ofnau a'r amheuon un noson dyngedfennol yn Gray's Inn Road, a gwybod i sicrwydd ei bod bellach yn rhydd i ddilyn y llwybr hwnnw law yn llaw â'r un oedd wedi cymryd lle pob cariad bach, pob ffrind a phob cydnabod.

'Hapus, cariad?'

Yno, yng nghlydwch y cerbyd dosbarth cyntaf ar ei ffordd i dreulio'i mis mêl yng Nghernyw, a braich ei gŵr yn dynn amdani, meddai Morfydd heb betruso eiliad,

'Otw, Ernest, tu hwnt o hapus.'

§

Un byr oedd y cofnod dan y pennawd 'London Welsh Weddings' yn y *Western Mail*, Chwefror y seithfed:

> Two weddings of quite unusual Welsh interest took place in town today. One was that of Miss Morfydd Owen, Mus. Bac. to Dr Ernest Jones, the neurosis specialist of Harley Street.

Canmolwyd Morfydd fel myfyrwraig ddisgleiriaf ei blwyddyn yn yr Academi Frenhinol, ond roedd gweddill yr erthygl yn ddigon i gythruddo Ruth Herbert:

> Miss Owen is the daughter of a Treforest resident and has been staying for some time with Mrs Herbert Lewis, the wife of the Parliamentary Secretary of the Board of Education. The wedding took place most quietly, and few even of their intimate friends knew of it.

A phwy oedd yn gyfrifol am y geiriau 'intimate friends', tybed? Y gohebydd, reit siŵr. Go brin y byddai Morfydd wedi cyfeirio atynt felly er ei bod, mae'n amlwg, yn barod i wneud defnydd o'i chysylltiad â hi fel gwraig yr Ysgrifennydd Seneddol. Diolch i'r drefn ei bod wedi ildio o'r diwedd i rannu peth o'i phryder â Herbert, gan ddewis a dethol yn ofalus o'r hyn a gawsai wybod gan Walter Colman. Ni wnaeth Herbert ond dweud, 'Rydech chi wedi bod cystal â mam iddi, Ruth. Rydw i'n siŵr ei bod hi'n gwerthfawrogi hynny.'

O leiaf roedd hi wedi medru ei baratoi ar gyfer hyn, ac wedi gobeithio y gallai, yn ystod yr wythnosau nesaf, gael perswâd ar Morfydd i bwyllo, neu hyd yn oed newid ei meddwl. Ond roedd hi'n rhy hwyr bellach, a'r drwg wedi'i wneud. Nid oedd unrhyw ddiben ysgrifennu at Citi, gan fod yr eneth wedi diystyru popeth a ddywedodd yn ei llythyr diwethaf ac yn dal i edrych ar y byd drwy wydrau lledrith.

Byddai'n rhaid iddi roi gwybod i Elizabeth, fodd bynnag. Er ei bod wedi penderfynu ysgrifennu yn Gymraeg, aeth hynny'n drech na hi yn fuan iawn. A ta beth, pam y dylai wastraffu ei hynni a'i hamser er mwyn ceisio rhoi boddhad i un oedd wedi mynd ei ffordd ei hun a'i gadael hi i ysgwyddo'r cyfrifoldeb?

y mae yn ddrwc gennyf yscrifennu attoch fel hyn. I am enclosing a cutting from the western mail which will, no doubt, cause you grief. mr lewis and I are both in a state of shock. The poor man has enough to do helping to run our country at such a trying time, and I have done my best to support him. morfydd is obsessed with this Ernest Jones although she has only known him a few weeks. She has made use of our home and abused our good will. This neuroses specialist is an unscrupulous charlatan, a dangerous man who plays with people's minds. He has been barred from working at the University College Hospital and has set up his own private practice.

I can assure you, Elizabeth, that I did all I could, and my conscience is clear. What a pity you couldn't have been here to support both morfydd and myself.

Eich hen gyfeilles, Ruth Lewis

45

Ar wahan i ŵr gweddw a arferai dreulio pob gaeaf yn y Riviera Palace Hotel, Penzance, Mr a Mrs Ernest Jones oedd yr unig westeion. Gallai Morfydd ddychmygu'n hawdd mor hyfryd fyddai'r lle yn yr haf, un acer ar ddeg yn cynnwys blodau o bob lliw a llun, coed palmwydd, a lawntiau tennis a *croquet*. Er nad oedd eto ond dechrau Chwefror, roedd i'r awyr glir a'r awel dyner addewid o wanwyn. Aeth Ernest ati ar unwaith i astudio'r pamffledi a'r llyfrau teithio oedd ar gael yn y cyntedd, yn ogystal â holi Mary Cameron Edgar, yr howsgiper, er mwyn llunio'r amserlen ar gyfer trannoeth. Sicrhaodd Morfydd nad oedd angen iddi wneud dim yn ystod y dyddiau nesaf ond eistedd yn ôl a mwynhau.

Er bod y daith ar hyd yr arfordir ar drên y GWR – God's Wonderful Railway, yn ôl Ernest – yn wledd i'r llygad, roedd ceisio ymdopi â'r holl enwau a'r stôr o wybodaeth yn ei gwneud yn amhosib ymlacio. Erbyn iddynt gyrraedd St Ives, roedd y cur pen yn gwasgu arni. Er hynny, nid oedd ganddi ddewis ond mynd i ddilyn Ernest drwy strydoedd culion, serth y dref fach – ef yn brasgamu, a hithau'n baglu dros y cerrig anwastad. Yna'n sydyn, diflannodd i mewn drwy borth eglwys, gan alw dros ei ysgwydd,

'Dowch, cariad.'

Eisteddodd Morfydd yn un o'r seddau cefn uchel. Roedd Ernest wedi cael gafael ar lyfryn oedd yn olrhain hanes yr adeilad, ac yn crwydro o gwmpas yn archwilio pob twll a chornel.

'A beth ydych chi'n feddwl o eglwys Ia, Morfydd?' galwodd.

Ei bod fel pob un arall, yn oer a digysur ac yn arogli o henaint a thamprwydd, ac nad oedd ganddi ronyn o ddiddordeb ynddi, ddim mwy nag yn eglwysi Rhydychen ac Abaty Llandudoch. Ond brathodd Morfydd ei thafod a'i gorfodi ei hun i ofyn,

'Sant o'dd e, ife?'

'Santes, ddaeth yma i St Ives o Iwerddon yn y bumed canrif. Mae'r eglwys hon yn . . . dedicated? . . .'

'Wedi'i chysegru.'

'Diolch. Iddi hi a St Andrew, sant nawdd pysgotwyr, a St Peter, y graig.'

'Ry'n ni mewn cwmni da, 'te. 'Na beth o'dd Citi'n arfer weud abythdu Mr Griffiths, gweinidog Charing Cross . . . bod 'da fe Iesu Grist a Duw a'r holl seintiau. Wy'n cofio fel bydde hi'n . . .'

Torrodd Ernest ar ei thraws yn ddiamynedd,

'Odych chi'n barod i adael nawr?'

Sylweddolodd Morfydd fod ei diffyg diddordeb wedi ei darfu. Roedd hi ar fai, ac yntau wedi mynd i'r fath drafferth, ac mor awyddus i'w phlesio. Croesodd ato a tharo cusan ar ei foch.

'Diolch i chi am ddod â fi 'ma, Ernest.'

'Fy mhleser i, cariad.'

§

Fore Sadwrn, ac Ernest ar drywydd rhagor o wybodaeth, manteisiodd Morfydd ar y cyfle i gysylltu ag Eliot. Yn hytrach na bwrw ati yn ôl ei harfer, bu'n pendroni'n hir cyn dechrau ysgrifennu:

My dear Eliot

Thanks for letting me know that you are back in London and for the poems, especially 'When First We Met'. Does it remind you of the day on the Links at Porthcawl when I had to try so hard to uplift your moral sense? Some day indeed!

You had better sit down and take a deep breath before reading on. Wait for it! I am no longer Miss Morfydd Owen, spinster, but one of the Joneses. Yes, I'm married at last. I remember how you told me not to get married for a long time and tried to put me off with sad stories of girls who had sacrificed their genius for a life of domesticity. I remember, too, how I promised to get your permission before taking the fatal step. Well, that step has been taken. I am enormously happy and convinced that it was the right thing to do.

We are now in Cornwall on our honeymoon, staying at Penzance. Yesterday, I was tempted to walk along the shore and ventured too far (thinking of your poem and that day in Porthcawl, perhaps?). As my feet floundered and the sea crept nearer and nearer, I was reminded of the foolish man who built his house on the sand. And then I saw my husband hurrying towards me. He took my hand and led me back to safety. It was such a relief to find myself standing on firm ground. And that is what I will do from now on. I have wasted so much time on so-called lovers, the fat and fatter, the ugly as sin, the dry old sticks, the mad and the maddest. No more. My marriage will be built on a rock and will withstand every storm.

Please forgive me for doing what I had to do (it was you, after all, who taught me how important that is).

I enclose my new name and address so that you can write soon and say you're glad I'm married or something of the sort.

With my love to you, Morfydd

46

Nid oedd unrhyw arwydd o'r gwanwyn ar benrhyn Penwith, er nad oedd Land's End ond wyth milltir o Penzance. Curai tonnau gwyllt yr Atlantig yn ddidrugaredd yn erbyn y creigiau ysgythrog. Cerddodd Morfydd ac Ernest fraich ym mraich gydag ymyl y clogwyn. Nid oedd yr un enaid i'w weld yn unman. Wrth i Morfydd blygu ymlaen i syllu i'r berw islaw, tynhaodd Ernest ei afael arni.

'Peidiwch mentro'n rhy agos,' rhybuddiodd.

Roedd y 'peidiwch' a'r dôn nawddoglyd yn ei hatgoffa o'r Elizabeth bropor a'r holl droeon y bu'n rhaid iddi geisio achub ei cham.

'Nace plentyn odw i, Ernest.'

'Ond fy lle i yw edrych ar eich ôl chi.'

Arweiniodd hi at garreg a'i rhoi i eistedd. Arhosodd yntau ar ei sefyll yn syllu allan i'r môr.

'Chi'n gweld y creigie mas acw rhwng Penn an Wlas a'r Scillies? 'Na ble o'dd ... kingdom ... Tristan.'

'Teyrnas. Beth ddigwyddodd i'r lle?'

'Nath e ... damo, fydd raid i fi ddweud hyn yn Saesneg.'

''Sdim ots. Siaradwch chi beth chi moyn.'

'Of course it matters. I cannot abide failure in any form. The blame for this lies with the masters at Llandovery, supposed to be the leading public school in Wales. They were the product of the

English public schools and never let us forget their opinion of our inferiority. I will never forgive them for depriving me of the opportunity to learn what should have been my native tongue. But I won't be beaten.'

Fel un na fedrai oddef methiant, gallai Morfydd ddeall a chydymdeimlo â hynny. Cofiodd fel y byddai camddefnydd Ruth Herbert o iaith y nefoedd yn ei hala'n grac ar adegau. Ond Saesnes oedd Ruth, yn wahanol i'r Bili Museum oedd mor barod i droi i'r Saesneg ar yr esgus lleiaf, a'r Percy Mansell Jones hwnnw na allai siarad ei iaith ei hun. Er na fyddai'n blino gwrando ar Ernest pa iaith bynnag a siaradai, roedd yn amlwg fod y diffyg hwn yn ei boeni, ac fe wnâi hi bopeth o fewn ei gallu i'w gefnogi.

'Y'ch chi am weud hanes y deyrnas yna wrtho i, 'te?' holodd yn betrus.

'Lyonnesse. Yr hen enw ar Gernyw. 'Na beth mae Thomas Hardy yn ei galw.'

'Nofelydd yw e, yntefe? Ddarllenon ni un o'i lyfre fe yn Ysgol Sir Pontypridd, abythdu'r ferch gafodd 'i chrogi. 'Nath e i fi lefen.'

'Mae e'n fardd hefyd. Mae un o'í gerddi'n sôn am yr amser gwrddodd e ei wraig, Emma Gifford, yma yng Nghernyw.'

''Sda fi gynnig i feirdd.'

Daeth Ernest i eistedd ati a phlethu ei freichiau amdani.

'Cân serch yw hi, Morfydd:

"When I came back from Lyonnesse,
With magic in my eyes,
All marked with mute surmise
My radiance rare and fathomless,
When I came back from Lyonnesse
With magic in my eyes!"

Dyna shwt o'n i'n teimlo pan ddychweles i o Gray's Inn Road y noson gwrddon ni.'

'A finne!'

'Mae rhai'n credu bod modd clywed clychau Lyonnesse yn canu o dan y môr.'

'Yn gwmws fel ein Cantre'r Gwaelod ni.'

Syllodd Ernest yn ddryslyd arni.

'Ma'n nhw'n gweud taw chwedl yw hi, ond wy ddim yn derbyn 'ny. O'dd gatiau mawr yn y muriau gylch y ddinas, fel y galle'r bobol fynd a dod fel o'n nhw moyn. Gwaith bachan o'r enw Seithenyn o'dd cau'r gatiau ar lanw uchel, ond a'th e ar sbri un noson a fe ruthrodd y môr mewn a boddi'r lle. Ma cân sy'n gweud yr hanes . . . "Clychau Aberdyfi". Glywes i hen wraig yn 'i chanu hi yn Wyrcws Treffynnon.'

'What on earth were you doing in such a place?'

'Es i yna 'da Ruth Herbert pan o'dd hi'n casglu alawon gwerin. O'dd Jane yn 'i nawdege ac yn pallu canu nes ca'l snyff a'r hyn fydde hi'n 'i alw'n "ffisig". Ond gynted dechreuodd hi, do'dd dim pall arni.'

'It must have been quite an experience.'

'Yn brofiad anhygoel. O'dd 'da hi ddwsine o

267

alawon . . . baledi, caneuon ffair a marchnad, môr a mynydd, ac ambell gân serch hyfryd fel un y clychau. Chi moyn 'i chlywed hi, Ernest?'

'Rywdro eto, falle. Nid dyma'r lle.'

Na, nid yma ar dir estron ym mhen draw'r byd, lle roedd y gwynt yn udo ac yn bygwth a'r oerni'n treiddio hyd at yr esgyrn. Yfory, byddai'r mis mêl drosodd a hwythau ar eu ffordd yn ôl i Lundain. Byddent yn dychwelyd yno, fel y dychwelodd Hardy o Lyonnesse, a'r lledrith yn eu llygaid, i'w tŷ ar y graig yn Portland Court.

47

Y prynhawn hwnnw o Ebrill cynnar, gorweddai Citi
ar ei gwely yn Grosvenor Road, y llenni wedi eu cau
a'r tawelwch yn gwasgu arni. Er ei bod yn ddigon
hapus yn Aberystwyth, roedd hi wedi bod yn edrych
ymlaen yn eiddgar at gael dod adref. Ond heddiw,
byddai wedi rhoi'r byd am gael bod yn ôl yno yng
nghanol y sŵn a'r cyffro. Roedd ei thad dros ei ben
a'i glustiau'n paratoi adroddiadau ar gyfer y Bwrdd
Addysg, ei mam yr un mor brysur â'i chantîn, a
Morgan, nad oedd ganddo fawr o amser iddi ar y
gorau, yn gwneud yn fawr o'i ryddid, heb fod yn
atebol i neb. Fel merch, nid oedd ganddi hi'r rhyddid
hwnnw. Gwnaethai ei mam hynny'n ddigon clir amser
brecwast, pan ddywedodd, yn ateb i'r cwestiwn,
'A beth chi'n myned i'w wneud heddiw, Citi?', ei
bod yn bwriadu galw i weld Morfydd. Roedd y 'Na'
pendant, cwbl afresymol, wedi codi ei gwrychyn.

'A beth sy'n bod ar hynny?' holodd yn bigog.

'You know perfectly well beth sydd yn bod. And
you are not to mention that girl.'

'Ond allen i gael cab o un drws i'r llall.'

'Na ydyw na, Alice Catherine.'

Pan gyrhaeddodd adref o'r coleg, roedd amlen yn
ei haros ar yr hambwrdd yn y cyntedd yn cynnwys
cerdyn bach ac arno'r geiriau, 'With Dr. and Mrs.
Ernest Jones' Compliments'. Mrs Ernest Jones!
Y Morfydd oedd wedi dweud nad oedd yn bwriadu

priodi am amser maith, ac wedi gwrthod y naill gariad ar ôl y llall, nes iddi'r noson hudolus honno, mewn lle mor ddiramant â Gray's Inn, gyfarfod yr un na allai fyw hebddo.

Roedd y llythyr ar y cwpwrdd wrth ochr ei gwely. Estynnodd amdano. Roedd llais Morfydd i'w glywed yn y geiriau, y llais swynol a allai dynnu dagrau i lygaid pawb gyda'i dehongliad o 'Slumber song of the Madonna'.

Gobitho nad y'ch chi'n grac 'da fi, Citi Cariadus. Na, sa i'n cretu. Chi'n rhy annwyl i ddala dig. Ddylen i fod wedi gweud wrthoch chi bo fi'n mynd i briodi. Ond o'ch chi yn gwpod, on'd o'ch chi, pan wedes i bo fi'n glaf o gariad? Do'dd dim diben gweud wrth neb arall. 'Sen nhw ond yn meddwl bo fi'n 'whaldodi, fel y crwt bach a'r blaidd. Chi'n cofio Alexis, on'd y'ch chi? Gwmpes i mewn cariad 'da fe dros 'y mhen a 'nghlustie. A chwmpo mas cyn i fi gytuno i'w briodi e, diolch i'r drefn. Fel sawl tro arall. 'Sdim syndod bo nhw'n pallu 'nghretu i, o's e? Na bod 'ych mam wedi ca'l llond bola arno i. Licen i'n fawr 'sech chi'n gallu cael

perswâd arni hi i ddod 'da chi i
Portland Court fel bod hi'n gweld
drosti'i hunan pwy mor hapus wy.

Halwch air i weud pryd chi'n bwriadu
dod. Unrhyw ddiwrnod ond y Sadwrn
a'r Sul, gan bo ni'n mynd bant i
Sussex bryd 'ny. Ma 'da ni gatre
hyfryd 'na – ie, catre arall! On'd wy'n
fenyw ffodus? – ar gwr pentre bach
Elsted mas yn y wlad. Wy'n gweld
colli'r oedfaon yn Charing Cross, ond
falle na fydde croeso i fi yno ragor. Ta
beth, wy ddim yn ca'l cyfle i hiraethu
rhyngt y gwaith yn yr Academi a
dyletswyddau _gwraig briod_!! Ond O! ma
'da fi hireth am eich gweld chi, Citi
Cariadus. Wy mor falch taw fi roddodd
yr enw 'na i chi.

Cariad a chusanau rif y gwlith.
Eich 'whar fawr, Morfydd

Clywodd sŵn traed ar y grisiau a'i mam yn galw'i
henw. Cyn iddi gael cyfle i ateb y gnoc, roedd y drws
yn cael ei wthio'n agored.

'I did knock.'
'Chlywes i mohonoch chi.'

'Paham chi yn y gwely canol y prynhawn?'

'Arno, nid ynddo fe.'

Croesodd Ruth at y ffenestr ac agor y llenni led y pen.

'That is just the kind of facetious remark I would expect from Morfydd.'

'Pwy yw honno?'

'Oh, for goodness' sake, Alice Catherine!'

'It was you who told me not to mention her. Dyna beth mae croten fach fod i'w wneud, ondefe . . . bod yn ufudd i'w mam?'

'And what about respect?'

'Rhowch barch lle mae parch yn ddyledus. Mae'n flin gen i, Mam, ond sa i'n credu bod Morfydd yn haeddu cael ei thrin fel hyn.'

'You have no idea how I've suffered because of her. And to think she had the impudence to call here and expect me to forgive her.'

'Yma? Pryd oedd 'ny?'

'When she returned from her so-called honeymoon. I told her that I never want to see that man.'

'Pa reswm sy 'da chi dros wrthod ei weld?'

'I told you why in my letter.'

'Os taw 'na beth chi'n gredu, 'sdim rhagor i weud. Ond wy ddim am i Morfydd feddwl bo fi wedi troi 'nghefn arni.'

'I, too, miss the little one, and it pains me to think that I will never see her again.'

Goleuodd llygaid Citi ac meddai'n gyffrous,

'Pam na ddewch chi 'da fi i Portland Court?

Mae hi'n gweud yn ei llythyr lice hi i chi weld pa mor hapus yw hi.'

'To see her happy would be my greatest wish, but this marriage is a disaster, believe me. Mae yn ddrwc gennyf, Citi.'

❧

Ymddiheuro wnaeth ei thad, hefyd, pan alwodd yn y stydi fin nos a gofyn yn betrus a oedd ganddo funud neu ddau i'w sbario.

'Ydy pethe cynddrwg eich bod chi'n gorfod erfyn am ychydig funude o 'nghwmni i?' holodd.

'Wy'n sylweddoli cyment o bwyse sydd arnoch chi.'

'Mae arna i ofn fy mod i wedi'ch esgeuluso chi'n arw.'

Gwthiodd ei bapurau o'r neilltu ac estyn cadair iddi. Roedd y ferch fach a fyddai'n rhedeg ato am gysur wedi tyfu'n ferch ifanc cyn dlysed â'i mam.

'Mae'n bleser eich clywed chi'n siarad Cymraeg mor loyw, Citi. Dylanwad Aber, ie?'

'Na, i'r gwersi fydden i'n eu cael gan Auntie Dora mae'r diolch mwya. Rydw i'n gweld ei cholli hi ac Annie Ellis. O'dd bod gartre'n bleser bryd 'ny. Ond does dim mwynhad i'w gael yma nawr.'

'Dene sy'n eich poeni chi, 'mechan i?'

Petrusodd Citi. Sawl tro dros y blynyddoedd yr oedd hi wedi dianc ato i geisio cysur? Gallai gofio un adeg yn arbennig, pan oedden nhw'n aros ym Mhenucha, a'i mam wedi ei rhwystro rhag ymweld â

Wyrcws Treffynnon. Er bod yn gas ganddi'r lle, a'r hen Jane ystumgar honno, ni allai oddef cael ei gwrthod. Roedd ei thad wedi gwrando'n amyneddgar arni'n dweud ei chŵyn a hyd yn oed wedi sychu ei dagrau â'r hances boced fawr, wen oedd â gwres aelwyd Penucha yn glynu wrthi, ond y cyfan a ddywedodd oedd, 'Rydw i'n siŵr fod gan eich mam ei rhesymau'. Gwadu hynny wnaeth hi, wrth gwrs. Ymateb cwbl hunanol geneth nad oedd yn fodlon ystyried neb ond hi ei hun. Nawr ei bod yn hŷn, ac yn ddoethach, ni allai oddef meddwl fod Morfydd yn cael ei thrin fel rhywun ysgymun. A hynny gan ei mam, o bawb, oedd yn rhoi'r fath bwyslais ar degwch a chyfiawnder.

'Ydech chi am ddeud wrtha i be sy'n bod?'

'Rydw i wedi cael siom, Tada. Feddylies i ddim y galle Mam fod mor ddialgar.'

'Dialgar?'

'Does ganddi mo'r hawl i geisio fy rhwystro i rhag gweld Morfydd.'

'Yr un fach yw'r broblem, ie?'

'Dyw hi ddim yn broblem i mi.'

Syllodd ei thad yn galed arni ac meddai'n llym,

'A beth ydech chi'n disgwyl i mi ei wneud ynglŷn â hynny?'

'Siarad â Mam, ei chael i sylweddoli peth mor annheg yw cosbi Morfydd, dim ond oherwydd ei bod wedi rhoi ei chas ar ddyn nad yw wedi'i gwrdd, ac yn ei farnu mewn anwybodaeth.'

'Na, Citi.'

'Ro'n i wedi gobeithio y byddech chi'n deall, Tada.'

'Mae gan eich mam ei rhesymau.'

Er mai'r un oedd y geiriau â'r rhai oedd ganddo i'w cynnig y diwrnod hwnnw ym Mhenucha, ni cheisiodd y Citi hŷn a doethach na phrotestio na gwadu. Ond ni allai fygu'r hiraeth am y dyddiau pan oedd hances boced wen a sawr yr aelwyd yn glynu wrthi yn ddigon i ddileu dagrau geneth na wyddai ac na faliai beth oedd yn digwydd y tu allan i derfynau ei byd bach diogel ei hun.

48

Cymell dicter yn hytrach na dagrau wnaeth llythyr
Citi. Roedd yn amlwg i Morfydd nad oedd y cyfan
yn ddim ond cawdel o esgusodion – prinder amser,
pwysau gwaith, oerfel, gwddw tost. Beth oedd wedi
dod o'r Citi onest oedd yn galon i gyd? Ruth Herbert
oedd y tu cefn i hyn, wrth gwrs. Hi oedd wedi
dylanwadu ar Citi. Ond merch ei mam oedd honno,
hefyd, yr un mor barod i gredu'r celwyddau ac i
ddal dig.

Y tro diwethaf iddi alw yn Grosvenor Road ni
chafodd fynd ymhellach na'r cyntedd. Aethai yno
yn awyddus i ymddiheuro a chymodi ond
gwrthododd Ruth Herbert roi clust iddi. 'That man'
oedd Ernest iddi hi, ac nid oedd eisiau dim i'w
wneud â'r fath un. Ac i feddwl ei bod hi, Morfydd,
wedi maddau hynny iddi a'i gwahodd yma.

Wrth iddi gerdded hyd a lled parlwr eang, golau
Portland Court, teimlai Morfydd fod pawb wedi troi
eu cefnau arni, a'i thaflu o'r neilltu fel un nad oedd
o unrhyw ddefnydd iddynt bellach: y Beti Bwt na
phetrusodd i'w gadael er ei lles a'i helw ei hun; Bili
Museum, y 'cariad bach' na fu fawr o dro'n bwrw
dros gof yr haf a gafodd, a'r teulu Lewis a fu unwaith
mor awyddus i'w derbyn.

Roedd Ernest, chwarae teg iddo, wedi ceisio'i
chysuro drwy ddweud nad oedd arni angen yr un
ohonynt. Gwyddai yntau'n dda beth oedd cael ei

wrthod, a hynny oherwydd cenfigen a rhagfarn. Ond wynebodd y cyfan yn ddewr a di-ildio, gan wybod iddo gael ei eni i fod yn feddyg a bod ganddo'r gallu i gyflawni hynny. Un o hoff ddywediadau ei dad, meddai, oedd, 'There is plenty of room at the top.'

'Iddo fe ma'r diolch bo chi wedi llwyddo, 'te?' holodd Morfydd.

'Na, fi piau'r clod, trwy benderfyniad a gwaith caled. Roedd fy nhad yn disgwyl i mi gytuno â phopeth a gwneud beth bynnag roedd e'n ei ddweud.'

'O'dd arnoch chi 'i ofan e?'

'O, na. Dangos gwendid yw hynny. Ond fe roddodd ennill ysgoloriaeth i Lanymddyfri yn bymtheg oed gyfle i mi dorri'n rhydd.'

Pymtheg oed, dyna'r cyfan. Roedd hi o fewn dim i fod yn un ar hugain oed pan adawodd Drefforest am Lundain, ac mor ansicr a dihyder â phlentyn. Nid anghofiai fyth oerni ac unigrwydd y misoedd a dreuliodd yn Sutherland Avenue, na'r hiraeth a fu ond y dim â mynd yn drech na hi sawl tro. Fel y byddai'n deisyfu am gael mynd adref! A nawr, dyma hi, yn briod ers deufis a heb fod yn agos i Drefforest. Nid oedd damaid gwell na'r rhai oedd wedi troi eu cefnau arni.

'Dewch 'da fi i gwrdd â Mama a Tada, Ernest,' meddai'n eiddgar. 'Wy ddim wedi'u gweld ers cetyn, na chael cyfle i egluro abythdu'r briodas.'

'O'n i'n credu i chi wneud hynny'n glir yn eich llythyr.'

'Ond beth dâl gair ar bapur?'

'Mae pethau'n anodd nawr fy mod i wedi symud i Harley Street, ond fe geisia i drefnu rhywbeth yn ystod yr wythnosau nesaf.'

'Gallwn ni fynd bore Sadwrn a dod 'nôl fin nos Sul.'

'Ond rydyn ni wedi gwahodd criw i'r Plat.'

Brathodd Morfydd ei thafod rhag dweud nad oedd hi wedi gwahodd neb nac yn gyfarwydd â'r un ohonynt.

'Bydd raid i fi fynd 'yn hunan, 'te.'

Er nad oedd dim ymhellach o'i meddwl, bu'r bygythiad yn ddigon. Cytunodd Ernest i dreulio diwrnod yn Nhrefforest, gan bwysleisio na fyddai'n ystyried newid ei gynlluniau ond er mwyn ei phlesio hi. Anfonodd Morfydd nodyn brysiog i Wain House i ddweud y byddent yno trannoeth a bod Ernest yn edrych ymlaen yn fawr at gael bod yn un o'r teulu.

❧

Dyna'r tro cyntaf i Morfydd sylwi pa mor dywyll a gorlawn oedd parlwr Wain House. Hi oedd wedi cynefino, mae'n siŵr, â libart y fflat a'r dodrefn ysgafn o bren golau. Prin eu bod wedi cael cyfle i setlo nad oedd Tada wedi dechrau saethu cwestiynau ati, gan anwybyddu Ernest.

'Y'ch chi'n sylweddoli, Morfydd, nace peth rhwydd o'dd i fi drefnu cymryd heddi bant o'r gwaith ar fyr rybudd?' holodd.

'Penderfyniad funud ola o'dd e,' eglurodd hithau.

'Fel yr un i newid dyddiad y briodas?'

'Wetes i yn y llythyr taw fi o'dd wedi cawlo pethe.'

'Diffyg trefen.'

'Ma'n flin 'da fi. O'n ni moyn chi'ch dou 'na.'

'A ninne'n dymuno bod yno. Pwy emyn ddewisoch chi i'w ganu?'

'Wy ddim yn cretu bo nhw'n caniatáu canu yn y swyddfa. O'dd dim amser, ta beth. Deg munud, 'na'r cyfan barodd e.'

'A pwy oedd yn cymryd y gwasanaeth? Eich gweinidog chi o Charing Cross, ife?'

'Nage, y cofrestrydd 'i hunan.'

Suddodd William Owen i'w gadair wrth y tân a golwg surbwch arno. Dyna gael hynna drosodd, diolch i'r drefn, meddyliodd Morfydd. Ciledrychodd yn bryderus ar Ernest. Gwenodd yntau arni, yr un mor hunanfeddiannol ag arfer. Nid oedd agwedd ymosodol ei thad wedi tarfu arno o gwbl. Roedd Mama, o leiaf, wedi gallu ymatal, a gadael i'w gŵr siarad drosti. Ond roedd ei gwrid yn uchel a chryndod yn ei llais pan dorrodd ar y tawelwch i ddweud,

'O'dd pethe'n wahanol iawn i fel ma'n nhw yn Saron, 'te.'

'Fydde'r lle ddim wrth eich bodd chi, Mrs Owen. Ond dyna oedd dewis Morfydd a minnau.'

''Na beth wetoch chithe, yntefe, Tada . . . taw'n dewis ni o'dd e?'

Trodd William Owen at Ernest ac meddai, gan syllu i fyw ei lygaid,

'Pwy enwad y'ch chi, Mr Jones?'

'Roedd fy mam yn aelod o gapel Cymraeg ond Eglwys Saesneg oedd fy nhad.'

'A ble y'ch chi'n mynd ar y Sul?'

'I'r wlad, i'n cartref yn Sussex. Fel mae'r Beibl yn ei ddweud, "Y seithfed dydd yw Sabath yr Arglwydd dy Dduw. Na wna ynddo ddim gwaith".'

'Wy *yn* gyfarwydd â chyfraith Moses, Mr Jones, ond braint, nace gwaith, yw addoli Duw.'

'A fy mraint innau yw cael cyfle i . . . communicate?'

'Cymuno.'

'Diolch, Morfydd. Cymuno â natur. "Therefore am I still/ A lover of the meadows and the woods/ And mountains, and of all that one beholds/ From this green earth".'

'Pwy wetodd 'na, Ernest?'

'William Wordsworth. Bardd y mae gen i feddwl mawr ohono, fel sy gyda chi rwy'n siwr, Mr Jones.'

'Y William arall o Bantycelyn sydd yn fy ysbrydoli i.'

'Ac ry'ch chi'n un o'i ddisgynyddion e, on'd y'ch chi, Tada?'

'Fel y'ch chithe, Morfydd.'

Ac felly y llusgodd y diwrnod i'w ben, y tanllwyth tân a'r dodrefn derw soled yn ormesol, a Morfydd yn croesi'i bysedd ac yn mesur ei geiriau'n ofalus.

Drwodd yn y gegin, a hithau wedi mynnu helpu ei mam i baratoi'r te, mentrodd ofyn,

'Wel, beth y'ch chi'n feddwl o Ernest?'

'Nace fi sy'n gorffod byw 'da fe. Ond os y'ch chi'n hapus . . .'

'O, otw.'

Syllodd ei mam arni dan ei chuwch, a dweud,

'Allwch chi roi'r llestri 'na i gadw ac estyn y rhai gore o'r cwpwrdd tsieina.'

''Sdim angen ffwdanu.'

'A pidwch anghofio'r serfiéts.'

❧

Drannoeth yr ymweliad â Wain House, arhosodd Morfydd gartref o'r Academi. Nid oedd arni awydd dal pen rheswm â neb. Mynnai ei chof ei harwain yn ôl i barlwr moethus Grosvenor Road, y caffi ar bwys yr Amgueddfa Brydeinig a'r fflat yn Hampstead, mannau nad oedden nhw'n golygu dim iddi bellach, ac nad oedd arni eu hangen chwaith. Byddai'n rhaid iddi ddilyn esiampl Ernest ac anghofio'r gorffennol. Ond roedd un na allai droi ei chefn arno, na gwneud hebddo. Brysiodd i estyn papur ac inc.

My dear Eliot

Roedd hyd yn oed gweld ei enw, yn fawr ac yn bowld ar y dudalen, yn sbardun iddi.

Oh dear, I'm going to make use of you once again, and will continue to do so until I am old and worn and gray. So, be warned!

I am hot and bothered and rather

281

annoyed with everyone, including myself, but excluding Ernest. We came home late last night having spent the day with my parents. It was quite natural, don't you think, for me to want them to meet my husband? Perhaps you don't, but it had to be done, or so I thought.

The room seemed to have shrunk since I was there last and as hot as I imagine hell to be. There was no wailing and gnashing of teeth, but I felt stifled, and poor Ernest even more so, although he behaved impeccably – isn't that a fine-sounding word? Tada, I'm sorry to say, was rather rude to Ernest.

You probably remember me telling you that my parents missed the wedding. The fault lies entirely with me for getting the dates mixed up. I have apologised profusely, in sachliain a lludw, and have been excused, if not entirely forgiven. I am, of course, their little girl, still y Glöyn Byw Euraidd of Wood Road school, who can be rather scatter-brained at times but would never do anything to hurt them. I suppose they both find it easier to assume that Ernest was in some way responsible, although he is completely and utterly blameless.

Eventually, even Tada decided that there was nothing more to be said, and we shared a te bach of cucumber sandwiches served on the best tea set together with serviettes, with which I was tempted to wipe my fevered brow.

Next month, my two brothers are getting married, and high time too. William is marrying Ivy Hutchings from Southsea. He stayed with the family when he went down there to work in the bank. Although only twelve years old, Ivy fell in love with him. She deserves a medal for having to wait so long.

Richard is marrying Margaret Mary Evans, my mother's apprentice, very staid and serious. I am quite pleased that yours truly beat them to the 'altar', which was not even a sêt fawr, but a scuffed desk with a few wilted flowers and a bored-looking registrar.

Perhaps they should follow my example and get wed as quickly and as painlessly as possible. When all the fuss is over, they will return to some unknown region to serve their country, leaving Ivy and Margaret Mary to live in hope that this madness will soon be over. Mama takes it for granted that I'll be there at both weddings, and so I will if that is possible.

I have stayed home from College today, being too weak to make my way there. I don't think they'll miss me, and I certainly won't miss them.

You cannot imagine how busy I am, being responsible for two homes and spending Saturdays and Sundays entertaining people who are used to lounging about doing nothing. I hasten to add that this does not include Ernest. He is a perfect darling and has insisted on me having a maid. Katie is a pretty little thing, but tends to hang around waiting for me to tell her what to do and how to do it. The 'what' I can manage, but the 'how' is beyond me. Yes, I know that sounds pathetic, but is it my fault that I was coddled by a doting mother and not allowed to exert myself by the ever-watchful Elizabeth? No, I refuse to admit guilt, and I have had enough of being annoyed with myself.

I'm sorry, Eliot, for having dragged you down with me once again. But, rest assured, I feel much better, and have decided to let the past go to blazes (except for you, of course). The future has so much to offer. And so I will end with a tra-la-la and a hwp-dena-fo.

Yours in anticipation, Morfydd

49

Dychwelodd Morfydd i Portland Court brynhawn Gwener yr ugeinfed o Ebrill i gael bod cant a mil o bethau yn mynnu ei sylw. Ni ddylai fod wedi caniatáu i Katie gael diwrnod rhydd, ond ofnai y byddai'n bygwth gadael petai'n gwrthod. Bu'n rhaid iddi dreulio rhai oriau ddoe ac echdoe yn Neuadd Steinway yn paratoi ar gyfer y cyngerdd neithiwr, lle roedd Margaret Dempsey, soprano o ddinas Cork, yn perfformio'i dwy gân Madonna a hithau'n cyfeilio iddi. Aethai popeth yn rhyfeddol o dda o ystyried cyn lleied o amser a gawsai i ymarfer, a'r ffaith ei bod yn ei chael yn anodd canolbwyntio wedi misoedd o laesu dwylo.

Yn y cyfamser, roedd y gorchwylion wedi pentyrru, ac nid oedd wedi dechrau paratoi ar gyfer y bwrw Sul eto, er bod Ernest wedi trefnu i gychwyn am y Plat yn gynnar trannoeth er mwyn bod yno i groesawu'r gwesteion. Cofiodd ei bod wedi paratoi rhestr yn hwyr neithiwr a'i rhoi i'w chadw mewn lle diogel. Chwilio am honno yr oedd hi pan ganodd cloch y fflat.

Penderfynodd ei hanwybyddu, ond roedd pwy bynnag oedd yno yr un mor benderfynol â hi. Yr Elizabeth Trotter yna y gwnaethai'r camgymeriad o'i chywiro, mae'n siŵr, ac un na feiddiai ei hanwybyddu.

Ond Elizabeth arall a safai yno – Elizabeth Lloyd, yr athrylith o Lanilar na fyddai byth yn cael cam gwag.

'Wy mor falch o'ch gweld chi, Morfydd.'

Gwgodd Morfydd arni ac meddai'n sur,

'Beth y'ch chi moyn?'

'Alla i ddod mewn? So'r fan hyn y lle gore i sgwrsio.'

''Sda fi ddim i weud.'

'Ond ma 'da fi.'

Agorodd Morfydd gil y drws. Gwthiodd Elizabeth heibio iddi a'i gollwng ei hun ar y gadair agosaf.

''Na welliant! Mae hewlydd Llunden yn galed ar y tra'd.'

'Dim ond llwybre defed sy 'da nhw lan yn y North, ife?'

'A phorfeydd gwelltog.'

'Chi 'di profi bo'r borfa'n frasach fan draw, 'te. Fel wy inne.'

Syllodd Elizabeth o'i chwmpas yn edmygus.

'Ry'ch chi wedi teithio 'mhell o Bay House, Hampstead, Morfydd.'

'Diolch i'r drefen.'

'Geson ni amser i'w gofio yno.'

'Amser i'w anghofio.'

'Ry'ch chi'n dala'n grac 'da fi, on'd y'ch chi?'

'Wrth gwrs bo fi. Wy byth yn mynd i allu madde i chi am 'y ngadel i.'

'Sa i'n erfyn maddeuant. Hales i fisoedd yn beio'n hunan . . . ffaelu cysgu na bwyta.'

'Pŵr dab â chi!'

'Ond o'dd raid i fi ystyried y dyfodol. Allen i'm byw ar y gwynt.'

'O'ch chi'n dishgwl i fi allu neud 'ny.'

'Ddim tra o'dd Mrs Lewis yn eich carco chi.'

'Fy mradychu i nath hithe a'i merch gelwyddog, 'fyd. Hi wedodd 'tho chi ble i ddod o hyd i fi, ife?'

'Mae Citi'n becso 'bytu chi.'

'Hy! Wy ddim angen yr un ohonyn nhw, ta beth!'

Sylwodd fod Elizabeth yn edrych yn gyhuddgar arni ac meddai'n chwyrn,

'A pidwch chi meiddio dyfynnu'r bachan Donne 'na.'

'Mynd i weud o'n i y bydde dishgled yn dderbyniol iawn.'

'Ma'r forwyn wedi mynnu cymryd diwrnod bant.'

'Dim problem. Gadewch bopeth i fi.'

'Chi'n swno'n gwmws fel Mrs L.'

Cyn pen dim, roedd Morfydd yn mwynhau'r baned orau a gawsai ers dyddiau Bay House. Ond nid oedd am i Elizabeth feddwl bod ganddi hawl i ailgynnau'r cyfeillgarwch a fu, a hynny heb fod â'r cwrteisi i syrthio ar ei bai, hyd yn oed.

'Y'ch chi'n teimlo'n well nawr, Morfydd?'

''Sdim yn bod arno i.'

'Alwes i yn yr Amgueddfa Brydeinig bore 'ma i wneud peth gwaith ymchwil.'

''Na pam dethoch chi i Lunden, ife?'

Gan anwybyddu hyn, meddai Elizabeth,

'Mae Mr Jones yn hala'i gofion atoch chi.'

'A beth yw hanes y Beatrice "ddymunol dros ben"?'

'So hi'n bod ragor.'

'Falle ddylech chi ddal ar y cyfle i rwydo'r ceilog dandi bach tro hyn. 'Sda chi'ch dou fawr ddim yn gyffredin, ond gallwch chi o leia rannu barddoniaeth yn ogystal â gwely.'

Plygodd Elizabeth ymlaen yn ei chadair a'r wên anaml yn goleuo'i hwyneb.

'Ma gyda fi sboner. Ry'n ni'n bwriadu priodi mis Hydref.'

'Wel, wel, a 'na ddiwedd y ddwy hen ferchetan, 'te. Gobitho y byddwch chi cyn hapused ag Ernest a fi.'

'Diolch, Morfydd. Wy'n siwr y byddwn ni.'

Roedd hon yr un mor sicr ohoni ei hun ag erioed. Sawl gwaith yr oedd wedi gwneud iddi hi, Morfydd, gyfaddef ei diffygion a dioddef pyliau o gywilydd ac euogrwydd? Ond ni ddigwyddai hynny byth eto.

Gadawodd Elizabeth yn fuan wedyn. Ni ddywedodd Morfydd air mewn ateb i'r addewid y byddai'n cadw mewn cysylltiad. Nid oedd ganddi hi unrhyw fwriad gwneud hynny, na chynnwys ei bradwr o gyn-ffrind yn y dyfodol oedd â chymaint i'w gynnig iddi.

❧

Pan gurodd Wilfred Lewis Trotter ar ddrws ystafell ymgynghori newydd Ernest yn Harley Street, clywodd lais o'r tu mewn yn dweud yn ddiamynedd,

'Go away and return in precisely ten minutes.'

'It's me, Ernest,' galwodd.

'Come in, for goodness' sake, and close the door behind you.'

Eisteddai perchennog y llais yn ei gwman y tu ôl i ddesg fawr a'i lygaid ynghau.

'Have I disturbed your rest?'

'There is no rest for the worker.'

'Isn't that supposed to be for the wicked?'

'Quite possibly. I have already dealt with five patients, one before breakfast. And what do you think of my new little empire?'

'Cold, bare and gloomy.'

'Exactly as I prefer it.'

'Why the long face, Ernest? Are you already missing the freedom of your bachelor days?'

'Certainly not. I am suffering from acute in-law syndrome which you, as my father's son-in-law, should be familiar with.'

'I think very highly of your father.'

'So does he. I let my little wife persuade me to visit her parents last week. Her mother, although not exactly welcoming, I could just about suffer. She has been trained, as many women are, to accept her husband's word as law. He, however, insisted on asking me some rather personal questions which I answered very discreetly, although I was tempted to give him a taste of what my mother termed my sharp-as-a-needle tongue.'

'And a rather insulting one.'

'I take it that you are referring to the time when you decided to put security first, which caused us to lose touch for a while. But we are both above such pettiness now, you a highly respected consultant of the University College, and I having followed my lonely path to a successful private practice.'

'You can be an arrogant bastard, Ernest.'

'And capable of holding my own against anyone, Mr William Owen of Treforest being no exception. His mind has been severely crippled and inhibited by religion, which transcends reason. I, on the other hand, avoided being baptised and confirmed because my father could not stand the Welsh services in chapel and became a member of the Church.'

'So he did you one favour, at least.'

'Unintentionally, of course. Apart from Huxley and his arguments against religion, he was the only one who influenced my mental development. As you well know, I cannot abide anything resembling quackery. Did Elizabeth tell you why the in-laws were not at our wedding?'

'A misunderstanding concerning the date, I believe.'

'For which poor Morfydd blames herself.'

'And was it her . . . fault?'

'The parents have accepted her apology and find it easier to blame me.'

Er na wyddai ddim am y Mr Owen yma, ni allai Wilfred lai na theimlo peth tosturi tuag ato. Gwyddai o brofiad nad oedd Ernest yn un i'w groesi. Gallai fod yn ffrind da, cyn belled â bod rhywun yn barod i gyfaddawdu. Yn ystod ei dymor fel meddyg, roedd ei agwedd gwybod-y-cyfan a'i dueddiad i anghydweld â phawb a phopeth wedi cythruddo'i gyd-weithwyr. Yr un fu ei hanes pan ddychwelodd i Lundain, yn byrlymu o hunanhyder ac yn meddu ar ddawn anhygoel i ddenu merched, yn ogystal â chreu gelynion.

'I assume that you agree with them, Wilfred?'

Cofiodd Trotter fel y bu i Ernest ddweud na fyddai teulu Morfydd yn y briodas os câi ef ei ffordd ei hun.

'I know from experience that you always get your own way. But is it wise to make an enemy of this man now that you are a member of the family?'

'He must accept me as I am.'

'And if he doesn't?'

'That is up to him.'

Roedd y deng munud ar ben. Er nad oedd ganddo yntau amser i'w wastraffu, gwnaeth Trotter un ymgais arall, gan ei fod wedi mentro cyn belled.

'Perhaps you could try a different approach, Ernest.'

'Why should I?'

'It may be to your advantage.'

50

Penderfynodd Elizabeth roi un tro arall o gwmpas Parc Penbedw. Byddai wedi cadw draw o'r ŵyl, ond ni allai siomi ei mam, a hithau mor awyddus i glywed araith Lloyd George. Wedi'r cyfan, hwn oedd eu cyfle olaf i fod yng nghwmni'i gilydd cyn iddi hi adael cartref.

Gymaint yr oedd hi wedi edrych ymlaen bob blwyddyn at yr Eisteddfod Genedlaethol, ac wedi mwynhau pob eiliad! Ond roedd y profiad hunllefus a gafodd yn Aberystwyth y llynedd wedi dinistrio popeth. Er iddi sicrhau Morfydd nad oedd yn gofyn ei maddeuant, ni allai faddau iddi ei hun am fod yn rhy lwfr i ddatgelu'r gwir.

Wrth iddi groesi tir mwy agored, cydiodd pwff o wynt yn ei het a chythrodd hithau amdani i'w harbed.

'Elizabeth!'

Yn ei chyffro o gredu'n siŵr ei bod wedi dod o hyd i'r un y bu'n chwilio'n ddyfal amdani, gollyngodd ei gafael ar yr het. Y munud nesaf, clywodd yr un llais yn dweud yn fuddugoliaethus,

''Na lwc bo fi'n un o sêr tim pêl-rwyd ysgol Clapham.'

Gan geisio celu ei siom, syllodd Elizabeth i bâr o lygaid glas, pefriog.

'Diolch i chi, Citi. Feddylies i i ddechre taw

Morfydd o'dd yn galw arno i. Odych chi wedi digwydd 'i gweld hi?'

'Dim ond ar y llwyfan yn canu yn ystod seremoni'r Coroni.'

'Licen i fod wedi'i chlywed hi.'

'Chi'n cofio fel bydde hi'n canu i ni yn Grosvenor Road?'

'A ninne'n llefen y glaw.'

'O'dd Mam yn llefen dydd Mawrth hefyd, er ei bod hi'n ceisio celu hynny. Mae hi'n dweud ei bod hi'n teimlo fel 'se Morfydd wedi marw.'

'Ry'ch chi wedi ffaelu ei pherswadio hi i ymweld â Portland Court, 'te.'

'Na chaniatáu i mi alw. Rwy wedi cael fy nhemtio i wneud hynny sawl tro, ond . . .'

'Ma 'da chi ormod o barch at eich mam, wrth gwrs. Ond diolch i chi am hala cyfeiriad Morfydd ata i. Alwes i i'w gweld hi fis Ebrill dwetha.'

''Na beth yw newydd da! Rwy mor falch eich bod chi'n ffrindie unweth eto.'

'Ma hi'n ei chael hi'n anodd maddau i fi am 'i gadel hi.'

'Ond dyw Morfydd ddim yn un i ddal dig, yn wahanol i Mami.'

Cymylodd y llygaid gleision. Roedd y Citi fach a fyddai'n dotio at bregethau Peter Hughes Griffiths wedi profi, am y tro cyntaf, nad oedd bywyd mor ddu a gwyn ag y tybiai. Ni allai ei siomi ymhellach drwy ddatgelu bod Morfydd yn dal yr un mor ddig. Ond cafodd y ddwy ohonynt eu harbed rhag dweud a chlywed y gwir. Roedd y Prif Weinidog wedi

294

cyrraedd, a'r dyrfa'n heidio at borth y parc i'w groesawu.

'Wy'n credu 'se'n well i ni fynd am y babell.'

Plethodd Citi ei braich yn ei braich hi. Y llynedd, Mansell oedd yn ei gwarchod rhag y dorf. Cofiodd fel y bu i Morfydd ddweud yn chwareus, 'Daliwch 'ych gafel ynddi, P.M. Ma hi'n werth y byd.'

Er mor hoffus oedd Citi, ni allai byth lenwi'r bwlch a adawodd Morfydd. Byddai'n rhaid iddi geisio dal ei gafael ar y darlun ohoni ar y traeth y prynhawn hwnnw yn Aberystwyth, mor hapus a diofal â phlentyn. Eglurodd wrth Citi na allai ymuno â hi a Ruth Herbert yn y seddau blaen, a dychwelodd at ei mam.

'Ble y'ch chi 'di bod, Elizabeth?' holodd hithau'n bryderus.

Yn tresmasu ar hen lwybrau nad oedd ganddi hawl arnynt, meddyliodd, ac yn dwyn i gof amser y dylid ei anghofio. Ond wrth iddi wylio Lloyd George yn esgyn i'r llwyfan, Morfydd oedd yno wrth ei hochr yn hytrach na'i mam fach Llanilar, yn curo dwylo'n eiddgar a'i hwyneb tlws yn ennyn edmygedd y ddau fyfyriwr, a gwyddai na allai fyth ddileu darluniau'r cof.

⚜

O'r lle yr eisteddai yn y cefn, gwyliodd Morfydd y ddwy a fu mor barod i raffu celwyddau ac i honni eu bod yn poeni yn ei chylch yn cerdded i mewn i'r babell fraich ym mraich. Oherwydd pwysau'r dyrfa, bu'n rhaid iddynt wahanu. Dilynodd lwybr Citi i seddau blaen y byddigions, ond collodd olwg ar Elizabeth. Flwyddyn yn ôl, roedden nhw'n paratoi i gychwyn am Aberystwyth, a hithau'n chwalu drwy gynnwys y bocs hud, yn gyffro i gyd. Ond i ddim pwrpas, mwy nag arfer. Elizabeth fyddai'n ennill y fuddugoliaeth bob tro, heb godi na'i gwrychyn na'i llais. Er bod gorfod ildio'n groes i'r graen, roedd hi wedi gorfod cyfaddef, fwy nag unwaith, mai Elizabeth oedd yn iawn, a hyd yn oed wedi gofidio na allai fod yn debycach iddi. Ond ni fyddai hi byth wedi celu'r gwir na thwyllo'i ffrind i gredu y gallai ddibynnu arni.

Sylweddolodd yn sydyn nad oedd wedi clywed yr un gair o araith Lloyd George. Ta waeth am hynny. Roedd hi wedi credu'n siwr mai hwn oedd y Moses a fyddai'n eu harwain allan o'r anialwch, y dewin oedd â'r gallu i ateb gweddïau ei mam drwy ddod â William a Richard adref yn ddianaf. Roedd hi wedi ei edmygu, wedi dibynnu arno, fel ar Elizabeth, dim ond i gael ei siomi a'i dadrithio.

🍂

"Na beth o'dd araith, ontefe?'

Ni feiddiai Elizabeth anghytuno. Roedd y gymeradwyaeth yn fyddarol, a'r Prif Weinidog yn gymaint o anwylyn cenedl ag erioed. Iddi hi, nid oedd yr araith Brydeinig ei naws yn ddim ond ymdrech fwriadol i gyfiawnhau'r rhyfel. Mae'n debyg na ddylai ei feio am fanteisio ar y cyfle, ond roedd yn ei chael yn anodd derbyn bod y gynulleidfa mor barod i lyncu pob gair ar waetha'r adroddiadau erchyll oedd yn britho tudalennau'r papurau'n ddyddiol.

Ni feiddiai darfu ar fwynhad ei mam ychwaith drwy awgrymu eu bod yn manteisio ar yr egwyl i droi am adref cyn y Cadeirio. Roedd aelodau'r Orsedd eisoes yn ymgynnull ar y llwyfan. Golwg ddigon anniben oedd arnynt, rhai o'r gwisgoedd yn rhy fyr ac eraill yn rhy laes, ac ambell un heb fod yn arbennig o lân. Ymunodd eraill â hwy, yn eu mysg Margaret a Megan Lloyd George, Maer Penbedw a'r Arglwydd Leverhulme, Rhyddfrydwr brwd a gŵr busnes llwyddiannus. Gofynnwyd i T. Gwynn Jones ddraddodi'r feirniadaeth ar ei ran ef, Dyfed a J. J. Williams. Nid oedd gan y mwyafrif fawr o ddiddordeb ynddi, ond wedi'r siom o ddeall nad oedd Wil Ifan, awdur y bryddest, yn bresennol i gael ei goroni, roedd pawb ar dân am gael gwybod pwy fyddai'n cael eistedd yn y gadair dderw hardd. Er rhyddhad iddynt, terfynodd Gwynn Jones ei feirniadaeth drwy ddweud eu bod gwbl gytûn mai awdl 'Fleur-de-lis' oedd yr orau o ddigon o'r pymtheg a dderbyniwyd.

Cyrhaeddodd y cyffro ei benllanw pan alwodd yr Archdderwydd Dyfed ar 'Fleur-de-lis' i sefyll ar ei draed. Galwodd eilwaith, a'r trydydd tro, ond ni chododd neb. Croesodd dyn o gefn y llwyfan at Dyfed a sibrwd yn ei glust. Synhwyrodd Elizabeth fod rhyw drasiedi ar fin digwydd, a rhedodd ias oer drwy'i chorff. Camodd Dyfed ymlaen i hysbysu'r gynulleidfa mewn llais crynedig fod y bardd buddugol, Private Ellis Humphrey Evans (Hedd Wyn) wedi cwympo ar faes y gad ar y dydd olaf o Orffennaf.

Chwalodd ton o dristwch dros y gynulleidfa. Onid oedd y gŵr ifanc hwn, na chafodd fyw i ddathlu ei fuddugoliaeth, yn cynrychioli pob mab a brawd a gollwyd?

'Druan bach ag e.'

Gafaelodd Elizabeth yn llaw ei mam a'i gwasgu wrth i'r gadair ddiflannu o dan orchudd du. Roedd y gantores Laura Evans-Williams hefyd yn ei du, a'i datganiad o 'I Blas Gogerddan' yn pwysleisio tristwch yr amgylchiadau. Bu ond y dim i'r geiriau dirdynnol, 'Mil gwell yw marw'n fachgen dewr / Na byw yn fachgen llwfr' fod yn drech na hi. Diolchodd Elizabeth nad oedd Morfydd wedi gorfod wynebu hyn er y byddai, mae'n siŵr, wedi gwneud ei gwaith yr mor broffesiynol ag y gwnaeth yn y cyngerdd yn y Theatre Royal. Mor falch oedd hi ohoni'r diwrnod hwnnw.

Camodd y beirdd ymlaen i gynnig eu teyrngedau. A hithau wedi bod yn ymchwilio ar gyfer ei thraethawd ar yr Eisteddfod, roedd hi'n gyfarwydd â'u henwau a'u cyfraniad dros y blynyddoedd. Un englyn oedd gan y Parchedig Emrys James, wedi'i adrodd yn ddigon di-ffrwt a heb ddim o'r brol a welsai hi yn y Mission Hall yn Finsbury Park. Y newydd mawr oedd gan Modryb i'w adrodd pan alwodd yn Llanilar ychydig ddyddiau ynghynt oedd fod ei chyn-weinidog yn Nowlais wedi mynegi'i fwriad i ymuno â'r fyddin. Roedd ei mam wedi mynnu nad oedd angen iddo wneud hynny fel gweinidog yr Efengyl, ar waetha'r orfodaeth filwrol, ond ni wnaeth Modryb ond pletio'i gwefusau'n fursennaidd a dweud, 'Falle bo'n well 'da fe wynebu'r Jyrmans na gorffod byw dan yr unto â Cissie James a'i dwy 'whar.'

Ni chafodd Elizabeth fawr o afael ar yr englynion na'r cerddi eraill. Teimlai nad dyma'r lle na'r amser i'r beirdd arddangos eu doniau ac ymhyfrydu yn sŵn eu lleisiau eu hunain. Oni fyddai'n ddoethach iddynt dewi a gadael i'r gadair wag siarad drosti ei hun? Nid oedd hyn ond yn ymestyn y gwewyr, a'r cyfan yn ddim ond artaith, fel pob gwasanaeth coffa y bu'n dyst ohono er pan oedd yn blentyn.

Yr emyn angladdol 'Bydd myrdd o ryfeddodau' a ddewiswyd i gloi'r seremoni. Aros yn fud a wnaeth Elizabeth, heb allu dirwyn unrhyw gysur o'r geiriau:

> Pan ddelo plant y tonnau
> Yn iach o'r cystudd mawr.
> Oll yn eu gynau gwynion
> Ac ar eu newydd wedd,
> Yn debyg idd eu Harglwydd
> Yn dod i'r lan o'r bedd.

Efallai y deuai peth esmwythyd ymhen amser, ond heddiw, a'r briw yn gwaedu'n agored, go brin y gallai neb ddechrau llawenhau.

51

'Ma'n rhaid i fi fynd adre, Ernest.'

Roedden nhw ar eu ffordd yn ôl o Sussex, a Morfydd wedi bod yn aros ei chyfle ers tridiau. Sylwodd fod Ernest wedi tynhau ei afael ar lyw'r car. Dylai fod wedi gwybod yn well na chyfeirio at Wain House fel ei chartref.

'Ma'r hyn ddigwyddodd yn yr Eisteddfod yn siwr o fod wedi bwrw Mama a Tada. O'dd Bardd y Gadair sha'r un oedran â Richard a William.'

'A miloedd o rai eraill, Morfydd.'

Roedd hi wedi dal yn ôl rhag sôn gormod am y dydd Iau hwnnw ym Mhenbedw. Gwyddai fod gan Ernest ymysg ei gleifion amryw oedd yn dioddef o effeithiau'r brwydro, ond ni fyddai byth yn trafod y rhyfel, er iddo grybwyll unwaith y byddai wedi ateb galwad Kitchener, a hynny'n llawen, oni bai am yr hen elyn, y *rheumatoid arthritis*. Byddai hyn yn ei atgoffa o wendid na fynnai gyfaddef iddo, ond, a'r poen meddwl yn gwasgu arni, ni allai oddef rhagor.

'Wy'n cofio Mama'n gweud wrth fedd Maldwyn Hugh, y mab bach gollws hi, "Ma'n nhw i gyd wedi'u dwgyd oddi arno i nawr".'

'Mae'ch rhieni wedi dygymod â hynny, ac yn gysur i'w gilydd.'

'Ond ma'n angen i 'na.'

'A beth am fy angen i?'

'Gyda chi wy moyn bod, Ernest. Portland Court yw 'nghatre i nawr. Un nosweth, 'na i gyd.'

Llaciodd Ernest ei afael ar y llyw. Gallai fforddio bod yn raslon am ryw hyd eto. A siawns na fyddai hynny, fel yr awgrymodd Trotter, o fantais iddo.

❦

Dim ond Margaret Mary oedd yn y siop pan gyrhaeddodd Morfydd. Dymunodd yn dda iddi ac ymddiheuro am fethu dod i'r briodas. Diolchodd hithau â'i gwên-fach-plesio-pawb a dweud,

'Ma'ch mam yn y storws, Mrs Jones.'

'Man a man i chi alw Morfydd arno i, nawr bo ni'n chwiorydd yng nghyfraith.'

'O, na, nele 'ny mo'r tro.'

Daeth Sarah Owen drwodd o'r cefn yn cario pentwr o focsys. Ni ddangosodd unrhyw syndod o weld Morfydd, mwy na phetai'n un o'r cwsmeriaid, dim ond dweud,

''Sech chi cystal â rhoi trefen ar rhain, Miss Evans?'

'Mrs Owen, Mama.'

'Ie, wrth gwrs.'

Aeth Morfydd i ddilyn ei mam i'r tŷ. Gynted ag yr oedden nhw wedi cyrraedd, meddai Sarah,

'Croeso gatre, Morfydd. Dishgled fach, ife?'

''Na i fe. Wy'n ddicon profiadol nawr.'

Roedd hi'n falch o esgus i osgoi'r parlwr. Ond ni allai ddod o hyd i ddim heb orfod gofyn, ac ni fu ei mam fawr o dro cyn cymryd drosodd.

''Sdim angen y tegins gore heddi, Mama. Ond diolch i chi am neud ymdrech i bleso Ernest.'

'O'dd dim 'whant arno fe i ddod 'da chi tro hyn, 'te?'

'Ma fe'n sobor o fishi rhwng popeth. Finne 'fyd. Ond lwyddes i i ga'l deuddydd yn yr Eisteddfod.' Petrusodd cyn ychwanegu, 'O'n i 'na ar y prynhawn Iau.'

'Bachan bach o'r North ennillws y Gadair, yntefe? Ma'n nhw'n gweud yn y papure 'i fod e'n aelod o'r Ffiwsilwyr Cymreig. Chi'n cretu bo fe 'di cwrdd â'r bechgyn? 'Se 'ny wrth fodd Richard, gan fod 'da ynte ddawn i drin geirie. Fydd raid i fi holi gynted dôn nhw 'nôl. Dewch at y ford nawr.'

'O'dd yn flin 'da fi fethu'r priodase, Mama. Shwt a'th pethe yn Southsea?'

'O'dd e'n ddiwrnod i'w gofio. Ro'dd capel Albert Road wedi'i addurno'n hyfryd, ac Ivy yn dishgwl mor hardd. Nawr 'te, 'se'n well i fi fynd i weld shwt ma Miss . . . Mrs Owen yn dod mla'n.'

Roedd ei mam yn siarad fel pwll yr afon, fel pe na bai dim yn bod. Camgymeriad oedd dod yma. Nid oedd ar Mama ei hangen tra oedd Tada ganddi. Roedd ei sicrwydd ef fel petai wedi magu gwreiddiau ynddi hithau, wedi tawelu ei hofnau a dileu'r amheuon. Ernest oedd yn iawn, fel arfer. Teimlai fel gadael y munud hwnnw, ond roedd ganddi rywbeth i'w ddweud a fyddai o gysur i'r ddau. Dyna, o leiaf, yr oedd hi wedi'i obeithio. Ond wrth iddi sipian ei the yn y gegin wag, daeth iddi'r teimlad mai hi yn hytrach na'i rhieni oedd fwyaf o angen cysur.

Arhosodd nes eu bod wedi setlo yn y parlwr fin nos cyn torri'r newydd iddynt. Cwestiwn cyntaf ei thad oedd,

'A beth sy 'da'ch gŵr i weud abythdu hyn?'

'Syniad Ernest o'dd e.'

'Cysegru'r briodas?'

'Ie, yng nghapel Charing Cross. O'n i moyn rhoi gwpod i chi cyn i fi fynd ar ofyn y gweinidog.'

'Chi'n cretu bydd e'n folon?'

'Wrth gwrs bydd e. Falle nag yw Ernest yn un o'i aelode . . .'

'Nag yn aelod yn unman. 'I ddewis e ar y Sabath yw cymuno â natur yn hytrach nag ymuno i foli Duw.'

'Ma 'dag e hawl i'w farn, Tada.'

'Ond o's 'dag e'r hawl i wneud addewidion gerbron Un nad yw'n 'i gydnabod? 'Na beth fydd gofyn i'r gweinidog ei ystyried.'

'Ac os bydd e'n barod i gynnal y gwasanaeth?'

'Fydd 'da fi ddim dewis ond cytuno.'

Er ei bod wedi gobeithio'r gorau, roedd colled arni'n credu am funud y byddai'r newydd hwn o gysur i'w thad. Gwyddai o brofiad pa mor unllygeidiog a rhagfarnllyd y gallai fod. Ac eto, gallai ddeall ei bryder, a chydymdeimlo i raddau â'i safbwynt. Hyd yn oed ar yr adegau pan fyddai'r parchedig ofn yn ei mygu ac yn garchar amdani, roedd wedi edmygu ei safiad cadarn, di-sigl. Ond nid Tada oedd y Peter Hughes Griffiths addfwyn, caredig yr oedd ganddi bob ffydd ynddo, yr un a gofiai'n trafod maddeuant ar ei bregeth ac yn dyfynnu, 'O'th flaen, O Dduw, rwy'n dyfod', yr emyn a wnâi i bopeth swnio mor dwyllodrus o syml, yn ôl ei thad.

Ciledrychodd ar ei mam.

'Beth y'ch chi'n feddwl, Mama?'

'Ma'ch tad wedi gweud y cyfan.'

52

Pan ddychwelodd Peter o'r seiat y noson honno, gwyddai Annie fod rhywbeth wedi tarfu arno. Gallai rhai o'r blaenoriaid fod yn ddigon cecrus ar adegau ac roedd ei gŵr, bendith arno, yn un hawdd ei glwyfo. Byddai wedi bod yno'n gefn iddo yn ôl ei harfer, oni bai am y pwl eger o annwyd oedd wedi ei gorfodi i gadw draw. Aeth ymlaen i baratoi swper, heb gymryd arni sylwi bod unrhyw beth o'i le. Os oedd am rannu ei ofid, fe adawai iddo wneud hynny yn ei amser ei hun.

Roedd yn tynnu am ddeg a hithau'n barod am ei gwely pan ddywedodd Peter,

'O'dd Morfydd yn aros amdano i tu fas i'r capel heno.'

'Tu fas ma hi'n dewis bod nawr, 'te?'

'Ma pethe'n lletwhith, Annie.'

'O achos Ruth Herbert, ife? O'dd 'da hi shwt feddwl o'r ferch.'

'Falle fod Mrs Lewis wedi gorymateb.'

'Amser a ddengys. A beth o'dd Morfydd moyn 'da chi?'

'Ma hi a'i gŵr am i fi gysegru'r briodas yn Charing Cross.'

'Ond ma'r dyn yn anffyddiwr. Y'ch chi wedi cytuno?'

'Odw, Annie.'

'A chaniatáu iddyn nhw wneud defnydd ohonoch chi a'r capel?'

'Er mwyn Morfydd. Mae arno i ddyled iddi.'

'Dyled?'

'Am 'yn arbed i rhag troi 'nghefen ar y Weinidogaeth.'

'Ond nelech chi byth mo 'ny.'

''Na'n gwmws beth o'n i'n bwriadu 'i wneud pan ddychweles i o orsaf Paddington y nos Sadwrn honno o Dachwedd bum mlynedd yn ôl.'

'Beth o'ch chi'n neud fan 'na, Peter?'

'Meddwl y gallen i gael perswâd ar y Cymry ifainc i ddychwelyd adref cyn i'r ddinas eu dinistrio.'

Roedd yn dringo'r grisiau i bulpud capel Charing Cross unwaith eto, ei goesau'n gwegian. Yn codi arswyd ar y gynulleidfa â phregeth ryfygus yn cystwyo'r ddinas a fu'n gartref oddi cartref iddo. Yn mynegi, drwy eiriau Pantycelyn, ddyhead un nad oedd ganddo'r nerth i allu cyrraedd y paradwysaidd dir ar ei liwt ei hun.

Gwnaeth ei orau i geisio disgrifio'r eiliadau gwefreiddiol pan agorodd y nodau crisial lwybr drwy'r lli, ac yntau'n teimlo gwres yr haul ar ei war a nerth newydd yn ei gyhyrau wrth iddo lywio'r cwch bach am Lanyffieri.

'O'dd e'n brofiad ysbrydol, Annie.'

'Lwyddoch chi i ddala'ch gafel arno fe?'

'Am rai dyddie. Ond wy'n berson stwbwrn.'

'Yn galler bod weithie.'

'Ro'dd y penderfyniad wedi'i neud. Ond o'dd y profiad getho i'r bore Sul 'na'n mynnu 'nala i 'nôl rhag cynnig fy ymswyddiad i'r diaconied. Yn y diwedd, gorffod i fi addo i Mrs Lewis y bydden i'n ailystyried.'

'Ma gyda chi achos diolch iddi hi, 'te?'

'O's, sbo. Ond i Morfydd mae'r diolch mwya. Ry'ch chi wedi'ch siomi ynddo i, on'd y'ch chi?'

'Damed, falle, ond mae angen dyn dewr i gyfadde gwendid. Rhowch eich bendith i'r un fach, Peter, ac ewch â 'mendith inne i'ch canlyn.'

⚜

Ni fu'r awydd i dalu'r ddyled na chefnogaeth Annie yn ddigon i dawelu ofnau gweinidog Charing Cross brynhawn Llun, y pedwerydd ar hugain o Fedi. Roedd wedi cyrraedd y capel yn benderfynol o beidio gadael i unrhyw ragfarn ddylanwadu arno, ond bu cyfarchiad y meddyg bach yn ddigon i gipio'r gwynt o'i hwyliau. Gan ei arwain o'r neilltu, allan o glyw'r lleill, meddai,

'Keep it as short as possible, Reverend. I have patients waiting.'

Er na fyddai wedi cyfaddef hynny wrth neb, siom oedd y gwasanaeth cysegru i Sarah Owen. Eisteddai hi a William yn un o'r seddau blaen, gyferbyn â'r sêt fawr, fel petaent wedi eu hynysu ar gefnfor mawr, agored. Byddai'n dda ganddi petai wedi gwisgo'i ffwr llwynog. Ond nid oerni'r capel yn unig oedd yn gyrru ias drwy'i chorff. Roedd llais y gweinidog yr un mor oeraidd, yn ddiflas o undonog, ac yn gweddu'n well i wasanaeth angladdol nac un priodasol. Morfydd oedd wedi cael perswâd arno, mae'n siŵr. Ni allai gredu fod a wnelo ei mab yng nghyfraith ddim â hyn. Dwrdiodd Sarah ei hun yn dawel bach. Oni ddylai werthfawrogi ymdrech Morfydd i geisio gwneud iawn am eu siomi fis Chwefror, pwy bynnag oedd yn gyfrifol am hynny?

Damio Wilfred Trotter o dan ei wynt am blannu'r syniad ynddo wnaeth Ernest. Roedd y cyfan yn dreth arno, yn arbennig ambell 'Amen' ei dad yng nghyfraith. Nid oedd ganddo fawr o feddwl o'r gweinidog swrth oedd fel pe bai'n benderfynol o anwybyddu ei gais. Roedd yn hen bryd i Morfydd sylweddoli pa mor syml ac arwynebol oedd y bywyd crefyddol a orfodwyd arni, yr un oedd yn llyffethair ar unrhyw ddatblygiad meddyliol. Ac roedd yn bryd iddi roi'r gorau i ystyried y Wain House tywyll, gormesol hwnnw yn gartref iddi hefyd, a thorri'r llinyn bogail oedd yn ei chlymu wrth ei hunben o dad a'i garreg ateb o wraig.

Sylwodd y gweinidog fod y meddyg bach yn syllu'n agored ar ei oriawr, ond ei ymateb i hynny oedd ystyfnigo a dal ymlaen â'i bregeth. A phregeth wael ar y naw oedd hi hefyd, meddyliodd. Ond beth arall oedd i'w ddisgwyl gan un oedd yn barod i aberthu ei egwyddorion? Ni ddylai byth fod wedi cytuno i adael i ddyn cwbl ddigrefydd wneud defnydd o dŷ Dduw. A'i gywilydd yn fawr, daeth â'r gwasanaeth i ben a rhoddodd William Owen sêl ei fendith arno â'i 'Amen' olaf.

Ernest oedd y cyntaf i'w esgusodi ei hun. Fel un na fyddai byth yn esgeuluso'i waith heb reswm digonol, gallai William Owen dderbyn hynny. A pha un bynnag, nid oedd yn dymuno bod yng nghwmni ei fab yng nghyfraith eiliad yn hwy nag oedd raid. Roedd y gweinidog yr un mor awyddus i adael, yn ôl pob golwg. Estynnodd ei law i William, ac meddai yntau,

'Galla i fod yn dawelach fy meddwl nawr, Mr Griffiths.'

Ond, a'i feddwl ymhell o fod yn dawel, ni wnaeth y Parchedig ond nodio. Diolchodd Morfydd iddo drwy blannu cusan fach ar ei foch. Gwgodd ei mam arni a syllu o'i chwmpas yn bryderus.

'Nace yn Nhrefforest y'n ni nawr, Mama.'

Roedd ei llygaid yn pefrio fel yr oedden nhw'r diwrnod hwnnw yn y Tate pan lwyddodd i weld adlewyrchiad o'r seren hwyrol yn y môr. Ond nid oedd hynny, hyd yn oed, yn ddigon i chwalu'r amheuon na dileu'r cywilydd. Wrth iddo gerdded i ffwrdd, ei unig gysur oedd y câi rannu ei ofidiau ag Annie.

'Dewch, awn ni draw i Portland Court, ife?'

Roedd Sarah ar fin derbyn y gwahoddiad pan ddywedodd William, er rhyddhad i Morfydd, nad oedd amser i hynny gan fod y trên yn gadael mewn llai nag awr.

'Dishgled, 'te. Ma caffi bach nêt rownd y cornel.'

Er bod y te yn ddigon derbyniol, ni allai Sarah Owen lai na'i gymharu â'r ddau frecwast priodas a roesai gymaint o fwynhad iddi.

'Wel, y'ch chi'n folon derbyn bo fi'n wraig briod nawr 'te, Tada?' holodd Morfydd yn chwareus.

Brathodd Sarah ei thafod rhag dweud nad oedd hwn yn achos gwamalu, ond roedd elfen o falchder yn llais William wrth iddo fynnu'r gair olaf,

'Gwell hwyr na hwyrach.'

❦

Cyn noswylio, ysgrifennodd Ernest yn ei ddyddiadur,

Married M. Charing X. Her parents were there.

Cawsai drafferth i ganolbwyntio ar ei waith yn ystod y prynhawn. Ofnai y byddai Morfydd yn gwahodd ei rhieni i'r fflat. Ond pan fentrodd ei holi, yn ochelgar iawn, meddai, heb betruso dim,

'Ein catre ni'n dou yw hwn, a wy ddim moyn 'i rannu fe 'da neb.'

Cyrhaeddodd eu caru ei benllanw'r noson honno, y rhoi a'r derbyn yr un mor danbaid. Yno, yn niogelwch y gwely mawr, ei eiddo ef oedd hi, bob tamaid ohoni. Ac felly yr oedd pethau i fod o hyn ymlaen.

53

Byddai Sarah Owen wedi bod yn ei helfen yng nghapel Carmel, Llanilar, fis yn ddiweddarch. Maud Pugh, oedd yn dilyn priodasau ac angladdau fel aderyn corff, gafodd y boddhad o ddod â'r newydd iddi. Drwy holi a stilio rhai o'r myrdd perthnasau oedd ar wasgar yma ac acw, cawsai wybod am briodas a chysegriad merch Wain House.

A'i llygaid bach milain wedi eu sodro ar Sarah Owen, meddai,

'Wy'n siwr bod Mr Owen a chithe'n falch bod Morfydd wedi gweld yn dda i fendithio'r briodas.'

'A beth alla i neud i chi heddi, Maud?'

'Modryb Elsie sy'n mynnu bo fi'n haeddu gwell na hat wedi'i thwtio.'

'Ma dicon o ddewis i ga'l.'

Gosododd Sarah nifer o hetiau ar y cownter, ond roedd yn amlwg nad oedd gan Maud fawr o ddiddordeb ynddynt.

'Ma hon yn flwyddyn fishi i chi, on'd yw hi, 'da'r holl briodase? O'dd Bodo Mari Llanilar yn sôn bod dishgwl mawr at briodas Elizabeth Lloyd. Morfydd fydd y matron of honour, sbo, gan taw hi yw 'i ffrind penna. Ma'n nhw'n gweud bydd byddigions o Lunden 'na.'

Llwyddodd y wraig fusnes brofiadol i ddal ei thafod, fel arfer, a gadawodd Maud heb na het na rhagor o wybodaeth. Ni wyddai Sarah beth oedd wedi digwydd rhwng Morfydd ac Elizabeth, ond go brin y byddai ei merch yn y briodas, heb sôn am fod yn matron of honour. Amheuai hi'n dawel bach fod a wnelo Ernest Jones rywbeth â hynny, fel â'r anghydfod rhwng Morfydd a Ruth Herbert Lewis. Ond dewis Morfydd oedd ei briodi, ac roedd digon o bellter rhwng Trefforest a Llundain i sicrhau bod William a hithau'n ddiogel rhag unrhyw ymyrraeth ar ei ran. A ta beth, roedd hi'n adnabod Morfydd yn ddigon da i wybod na allai neb na dim siglo'i ffydd yn ei rhieni a'i chartref.

❧

Roedd y criw dethol o wahoddedigion wedi ymgynnull o flaen y camera yng nghwrt capel Carmel, a'r byddigions a gafodd y fath argraff ar drigolion Llanilar, un ohonynt yn gyfaill i'r Prif Weinidog yn ôl y sôn, wedi cael lle o barch yn y rhes flaen.

Plygodd Citi, a safai y tu ôl i'w thad, ymlaen a sibrwd,

'Trueni na allai Morfydd fod 'ma.'

Taflodd ei thad olwg rhybuddiol arni dros ei ysgwydd, a chip pryderus ar ei wraig. Ond yn y tawelwch llethol, a phawb fel petaent yn ofni anadlu, nid Ruth oedd yr unig un i glywed sylw Citi. Cuchiodd Annie Hughes Griffiths o dan gantel ei het, a rhannai Tom ei mab, y gwas priodas, ei gofid na allai'r Alice Catherine barod ei thafod fod wedi ei ffrwyno, am unwaith. Plethodd mam fach Llanilar ei bysedd yn nerfus a gwasgodd Louis Jones fraich ei wraig newydd wrth iddo deimlo'r cryndod yn ei hysu.

Wrth iddynt ymadael â Llanilar, ymddiheurodd Citi i Elizabeth am darfu ar ei diwrnod. Meddai hithau,

"Sdim angen 'ny, Citi fach. Wy'n ddiolchgar i chi i gyd am ddod, ond mae arno i ofan taw'r cyfan allen i weld o'dd y man gwag lle dyle Morfydd fod.'

54

Safai Ruth Herbert ar riniog Plas Penucha. Roedd y gawod ysgafn o eira yn ystod y nos wedi rhoi i'r ddaear foel a'r canghennau noethion arlliw gwlad hud a lledrith. Ond hyd yn oed yn nhrymder gaeaf, moelni meddal oedd hwn o'i gymharu â moelni caled, didostur Llundain. Anadlodd yn ddwfn. Er iddi gael ei magu yn ferch y ddinas, roedd ganddi feddwl y byd o hen gartref Herbert. Yfory, byddai yntau'n troi ei gefn ar y tarth a'r dyletswyddau diddiwedd i ddychwelyd i'w gynefin.

Gallai weld Jane wrthi'n ddygn yn casglu celyn yn yr ardd, yr awyr iach yn chwipio gwrid i'w gruddiau gwelw. Roedd wedi gwirioni ar gael bod yn ôl yng Nghymru, er nad oedd yma arogl a blas yr heli fel yn ei Abermaw hi. Nid Herbert fyddai'r unig un i gael adferiad ysbryd ym Mhenucha y Nadolig hwn.

Penderfynodd fanteisio ar y cyfle i ysgrifennu gair at Elizabeth i gydnabod y lluniau priodas, cyn i weddill y teulu gyrraedd drannoeth. Roedd hi wedi anfon copi at Citi, ond ni chawsai air o ddiolch am hynny. Efallai fod hynny'n ormod i'w ofyn, o gofio diflastod y daith o Lanilar i Lundain y dydd Mawrth hwnnw o Hydref.

Dechreuodd ar y llythyr yn hyderus ddigon:

Dyma fi yn scrifennu i chi yn eich cartref newydd fel mrs Louis Jones.

Cofiodd ei bod yn cyfarch cyn-ddarlithydd yn y Gymraeg a phenderfynodd y byddai'n ddiogelach iddi roi'r gorau i geisio ymlafnio ag iaith ei gŵr.

I hope you will excuse me for reverting to my mother tongue, dear Beti. I refrain from calling you by that silly pet name, Beti Bwt, which I thought very unsuitable in view of your dignified behaviour and considerable talent.

May I first of all thank you for sending us the wedding photos. Don't you think your lawyer husband and my politician husband look very distinguished? I must apologise on behalf of my daughter. Unfortunately, Alice Catherine has never been one to weigh her words before opening her mouth. Our past acquaintance, Morfydd Owen, used to say that it was because we had spoilt the child and allowed her to be heard rather than seen. M.O. was hardly in a position to point the finger!

I only hope Citi had the gras to offer you an apology for ruining your day. I'm sorry to say that she also ruined our return journey to London, insisting that I was to blame for Morfydd's absence. She still adores the girl, and was delighted to hear of the marriage blessing in Charing Cross. I myself was shocked that the Parchedig had even agreed to allow that unscrupulous charlatan into the house of God, and have told him so. He only mumbled something about his debt to Morfydd. What debt, I ask you? He really is a most trying man. Poor Annie.

I sometimes think I should have shared my worries regarding 'the little one' with my husband. She had such respect for him, and he was probably the only one she would have listened to. It was a pity you had to leave for Bangor at such a crucial time. I cannot help feeling that if you had stayed in London, Morfydd would not have gone to the salon in Gray's Inn and met that man. But you must not blame yourself, of course, for you were then a 'hen ferchetan' and had to consider your future.

We are spending Christmas in Penucha. Herbert and the children will be joining me tomorrow. Gobeithiaw yr wyf y bydd Citi yn ysbryd yr ŵyl a byddwn yn cael Nadolig neddychlawn. A nefyd chwithau i ffwrdd o'r hen cartref am y tro cyntaf.

Cofion serchog attoch ill eich dau

Eich cyfeilles, Ruth Lewis

Cefnodd Dr a Mrs Jones hwythau ar y ddinas i dreulio'r Nadolig yn Elsted. Ar ysgwyddau Morfydd y syrthiodd baich y trefniadau ar gyfer yr ŵyl er bod dwy forwyn yn y Plat i wneud yr hyn oedd raid a hithau bellach, o geisio ymdopi â'r Katie fympwyol, yn awdurdod ar y dweud. Y broblem fwyaf oedd y llofftydd, gan nad oedd modd gwybod yng ngwely pwy y byddai ambell un o'r gwesteion yn treulio'r nos. Er ei bod yn eithaf cyfarwydd â nhw erbyn hyn, nid oedd ganddi ddim i'w ddweud wrthynt, ac ni allai oddef ambell un. Gwnaethai ymdrech i ymuno yn y sgwrsio ar y dechrau, ond byd Ernest oedd eu byd hwythau, a waeth iddynt fod yn siarad iaith dramor ddim. Roedd y Joan Riviere niwrotig yn codi arswyd arni, ond fe'i câi'n haws dygymod â honno na'r Edith Eder oedd yn ymddwyn fel petai ganddi hawl ar Ernest.

Noswyl Nadolig, y tŷ wedi ei addurno'n chwaethus, ac aeron cochion y sypiau celyn yn pefrio yng ngolau'r tân, teimlai Morfydd y gallai fforddio ymlacio o'r diwedd. Ond daeth Ernest ati, gafael yn ei llaw a'i harwain at y piano.

'Ddim nawr, Ernest. Wy'n rhy flinedig.'

'Just a few tunes, for my sake?'

'Wy ddim yn whara "tiwns".'

A'r cof am Ruth Herbert a'i chais am 'diwns bach neis' yn ei chorddi, dechreuodd Morfydd chwarae ei gosodiad hi o 'Gweddi Pechadur' ond rhoddodd Ernest daw ar hynny gyda'i,

'Dim emynau, Morfydd.'

Cyn pen dim, roedd hi wedi ymgolli yn y gerddoriaeth, ond yn raddol boddwyd y nodau persain gan leisiau cras a chwerthin powld y cwmni. Sylweddolodd fod yr ymdrech a wnaethai er mwyn Ernest yn gwbl ofer ac nad oedd neb yn cymryd y sylw lleiaf ohoni. Mor wahanol i'r ymateb yn y cyngerdd a gynhaliwyd yn 69 Portland Court ddechrau Chwefror i ddathlu pen-blwydd cyntaf eu priodas, pob un o'r perfformwyr dawnus yn cydoesi â hi yn yr Academi a'r gwahoddedigion yn eu gwerthfawrogi.

Gollyngodd gaead y piano yn glep. Wrth iddi ruthro allan, gwelodd drwy gil ei llygad Edith Eder yn gwyro dros gadair Ernest a'i llaw yn gorffwys yn feddiannol ar ei ysgwydd.

Yng ngolau'r hanner lleuad, croesodd at fainc dan gysgod y pren bocs, y lleisiau a'r chwerthin yn cyfarth wrth ei sodlau. Rhedai cryndod drwy'i chorff, ond nid oherwydd yr oerni. Sut y gallai pobl oedd yn eu hystyried eu hunain yn aelodau o'r *intelligentsia* fod mor anghwrtais a diwybod? Oni ddylai Ernest fod wedi synhwyro beth fyddai eu hymateb a'i harbed rhag gwneud ffŵl ohoni ei hun?

Gadawsai'r drws ffrynt yn agored yn ei brys i ddianc. Gwelodd Ernest yn camu allan ac yn ei gau yn ofalus ar ei ôl. Daeth i eistedd ati. Symudodd hithau ymhellach ar y fainc fel bod bwlch rhyngddynt.

'Mae'n ddrwg gen i, cariad.'

Gwyddai Morfydd pa mor gyndyn oedd ei gŵr o gydnabod bai, a bod gorfod ymddiheuro yn gwbl groes i'r graen iddo, ond ni wnaeth ond gwasgu ei gwefusau'n dynn a throi ei phen draw.

'Ddylen i ddim fod wedi mynnu'ch bod yn chwarae'r piano.'

'Na ddylech.'

'O'n i'n credu bydden nhw'n mwynhau gwrando cymaint â fi.'

'Beth o'n i'n 'i whara, Ernest?'

'Allwn i ddim rhoi enw arno, ond roedd yn swnio'n hyfryd.'

'Pidwch cafflo. Nag o'ch chithe'n grondo. Rhy fishi'n talu sylw i Edith Eder.'

'Edith druan. Mae hi wedi cael amser caled, Morfydd.'

''Sda fi ddim pripsyn o ddiddordeb yn y fenyw.'

'Ond dylech chi gael gwybod. When she came to me for analysis, Edith was very distressed. Her marriage to Leslie Haden Guest had failed, and her affair with David had resulted in Florence, his first wife, killing herself. David, I'm sorry to say, was no help at all. As often happens in my line of work, Edith became dependent on me.'

'Ma hi'n 'yn hala i'n grac. Yn 'ych dilyn chi i bobman, pallu rhoi llonydd i chi.'

'She is still very insecure. But you have nothing to fear from her. Edith is merely an ex-patient who needs to be dealt with in a sensitive manner. Nid yw hi'n golygu dim i mi. Chi yw fy nghariad, fy ngwraig i. Byddwch yn garedig wrthi, Morfydd.'

Tro Morfydd oedd hi i ymddiheuro ac addo bod yn fwy ystyriol yn y dyfodol, er yn ddigon grwgnachlyd. Gollyngodd Ernest ochenaid fach o ryddhad. Ni wyddai Morfydd am y llythyrau caru angerddol a dderbyniodd gan Edith, ac ni châi wybod, byth. Ac yntau bellach ond y dim â llwyddo i ddiddyfnu ei wraig oddi wrth ei chrefydd a'i rhieni, ni allai ganiatáu i'r merched a fu mor eiddgar i rannu ei wely fygwth y berthynas a olygai bopeth iddo.

Dychwelodd Morfydd i'r tŷ a braich Ernest yn dynn amdani, yn barod i'w gwarchod rhag y Philistiaid hunandybus nad oedd ganddynt ei allu ef i werthfawrogi pethau gorau bywyd.

55

Un bore Sul o Chwefror, cododd Ernest ben bore yn ôl ei arfer a chael bod David Eder wedi achub y blaen arno. Ac yntau'n gwerthfawrogi cael amser iddo'i hun yn y Plat cyn i neb ystwyrian, ceisiodd gelu ei ddiffyg amynedd. Ond roedd Eder yn rhy gynhyrfus i sylwi, ac meddai'n eiddgar,

'I have some news for you, Ernest.'

'Good news, I hope?'

'Certainly. I am off to Palestine next week on behalf of the Zionist Commission to prepare for the Jewish national homeland.'

'Will Edith be going with you?'

'Not this time. I must concentrate on my work.'

'Of course.'

'You will keep an eye on her? She thinks very highly of you, Ernest.'

Roedd y tân oer wedi ei osod yn barod. Er y byddai ei gynnau yn annog Eder i loetran, roedd gorfod dioddef yr oerni yn ogystal â rhannu cyffro'r Iddew hunanfodlon yn ormod i'w ofyn.

'Do you mind if I light the fire?'

'Not at all. I'm far too excited to feel the cold. Lawrence believes this to be an excellent opportunity.'

'Are Lawrence and Frieda still in Cornwall?'

'They were thought to be spies and forced to leave, and are now back in London, staying at H.D.'s in Mecklenburgh Square. The place is a complete mess. Aldington is having an affair with an American model who lives in the same house, Hilda believes herself to be in love with Lawrence, and Frieda is preoccupied with Cecil Gray, a twenty-two-year-old musician.'

'And Lawrence?'

'He was sewing a dress for Frieda when I called by last week. But be warned, he has not abandoned his dream of the pure society. Far from it. In fact, the roster for Rananim has increased.'

'Lawrence with his demanding manner and his lack of balance is the last person with whom it would be possible for anyone to live in harmony for long. He only wants disciples, with himself as an arrogant and overpowering Christ. You are wise to free yourself from him, David.'

'He was asking about you and wants to be remembered to Morfydd, his little Welsh musician.'

'I hope you refrained from giving him my address.'

'I may have mentioned that you have a consulting room in Harley Street. But they will be away again soon, hopefully before murder is done in Mecklenburgh Square. You and I are fortunate in our wives, Ernest.'

'Indeed we are.'

'And now will you please excuse me, for I find this heat rather oppressive.'

Fel roedd Morfydd ac yntau'n ystyried Ethel, meddyliodd Ernest. A sut yn y byd y gwyddai

321

Lawrence am Morfydd? Pwy arall fyddai â'r wyneb i gyfeirio ati fel ei 'little Welsh musician'?

'May I wish you the best of luck, David.'

'I never trust to luck.'

Roedd yn dda ganddo'i weld yn gadael. Er eu bod wedi cydweithio i sefydlu'r Gymdeithas Seicdreiddiol yn Llundain, tueddai David i hawlio'r gyfran helaethaf o'r clod. Ni welai ei golli, ond trueni na fyddai wedi penderfynu mynd ag Edith i'w ganlyn, fel y gallai yntau anadlu'n rhydd.

Aeth rhai dyddiau heibio cyn i Ernest sôn wrth Morfydd fod David Eder yn gadael am Balesteina – wedi gadael erbyn hynny, mae'n siŵr. Petrusodd cyn ychwanegu na fyddai Edith yn mynd i'w ganlyn a'i fod wedi gofyn iddo ef gadw llygad arni. Ni wnaeth Morfydd ond dweud, yn chwareus,

'Dim ond un llygad, gobitho, Ernest.'

A'r noswyl Nadolig anffodus yn dal yn fyw yn ei gof, bu'r sylw bach ysgafn yn ddigon i'w darfu ac meddai, braidd yn bigog,

'O'dd David yn dweud bod D.H. wedi bod yn holi yn eich cylch chi.'

'Pwy?'

'Lawrence.'

'O, fe! Gwrddes i Ezra Pound ac ynte ar Hampstead Heath, a chal 'y nghyflwyno i'r ddou gan Bili Museum, sy'n gwitho yn yr Amgueddfa Brydeinig. Getho i wahoddiad i Church Walk a hala prynhawn diflas yn grondo ar Pound a'r fenyw Hilda Doolittle 'na'n treial cael y gore ar ei gilydd. 'Na pryd glywes i Lawrence yn adrodd 'i gerdd i'r piano.'

'A rydych chi'n edmygydd ohono?'

'Alwes i yn y Vale of Health yn y gobaith o ofyn 'i ganiatâd i osod y gerdd, ond golles i bob diddordeb wedi 'ny. 'Sda fi gynnig i'r dyn. 'Se fe'n ddim heb Frieda. Ma hi'n rhyfeddod, on'd yw hi?'

'Rwy'n ei chofio hi'n dod ata i un nosweth yn ei dagrau i ddweud fod Lawrence yn bygwth ei lladd.'

'Chi o'dd "Jones the analyst" wetodd ei fod e'n rhyfeddu na fydde Lawrence wedi'i lladd hi 'mhell cyn hynny, ife?'

'Gallwn i fod wedi dweud yr un peth amdani hi. Y rhyfeddod mwya yw eu bod nhw'n dal i frwydro ymlaen.'

'I Frieda mae'r diolch am 'ny. 'I geirie dwetha hi'r diwrnod hwnnw o'dd, "We will come through, Lorenzo." Licen i gwrdd â hi 'to. Wetodd Eder ble ma'n nhw'n byw nawr?'

'Gyda pwy bynnag sy'n fodlon rhoi lloches iddyn nhw dros dro.'

Roedd Ernest wedi hen flino ar y sgwrs. Syndod iddo oedd deall fod Morfydd nid yn unig yn gyfarwydd â Frieda a Lawrence ond â Pound a H.D. A beth oedd ei pherthynas â'r Bili y bu'n crwydro Hampstead Heath yn ei gwmni? Esgusododd ei hun gan ddweud bod ganddo ddarlith i'w pharatoi.

Eisteddodd Morfydd ar erchwyn y gwely mawr, gwag, yn anniddig ei chorff a'i meddwl, a'r trafod a fu rhyngddi ag Ernest wedi procio nyth cacwn o atgofion. A hithau'n credu ei bod wedi llwyddo i roi'r ddoe o'r tu cefn iddi, roedden nhw i gyd yn gwau o'i chwmpas fel ysgerbydau'r Ddawns Angau,

Zig, zig, zig, each one is frisking,

You can hear the cracking of the bones of the dancers.

Frieda, a allai garu a chasáu yr un mor angerddol; Bili Museum, oedd â'r ddawn i'w dwyllo ei hun; Ruth Herbert garedig, ddeallus a adawsai i gelwydd a rhagfarn ei dallu; Herbert Lewis, a ddywedodd unwaith fod 'y beth fach ene fel un ohonon ni' a'r chwaer fach, Citi, oedd mor deyrngar i'w mam. Ac yno, yn eu plith, y ffrind a olygai gymaint iddi ar un adeg. Beth fyddai wedi dod ohoni yn ystod gaeaf Blomfield Road oni bai i Beti Bwt herio gwraig y llety a chadw'r tân a'r cyfeillgarwch ynghynn? Hi oedd wedi talu rhent Bay House o'i phoced ei hun, a gofalu bod yno wres a lluniaeth. Hithau'n derbyn y cyfan, yn gwbl ganiataol. Nid oedd wedi cydnabod yr un llythyr a dderbyniodd ganddi, na'r gwahoddiad i'r briodas. Er bod Elizabeth wedi ei siomi ac na allai byth faddau'n llawn iddi am hynny, onid oedd hi o leiaf yn haeddu gair o ddiolch?

Estyn am bapur ysgrifennu o'r cwpwrdd bach wrth ystlys y gwely yr oedd hi pan glywodd sŵn traed ei gŵr yn agosáu.

'Ddethoch chi i ben â'r ddarlith, Ernest?'

'Na, ond fe gaiff honno aros.'

A'r gorffennol yn mynnu ymyrryd, ni allai roi ei feddwl ar ei waith. Efallai y dylai fod wedi dweud

wrth Morfydd ble i ddod o hyd i Frieda gan ei bod
mor awyddus i'w gweld. Ond rhan o'r hyn a fu oedd
yr ymweliad hwnnw â'r Vale of Health, a byddai'n
ddoethach ei adael yno.

'Yma gyda chi rwy eisiau bod.'

Tawelodd trwst y clecian, diflannodd yr
ysgerbydau, ac aeth y ddoe yn angof yng ngwres y
cofleidio a'r caru.

56

Safai William Hughes Jones y tu allan i'r London Palladium gyferbyn â phoster yn hysbysebu'r cyngerdd dan nawdd y National Sunday League oedd i'w gynnal yno ar Fawrth yr ail ar bymtheg. Sylwodd â balchder ei fod yn cynnwys dwy o ganeuon Morfydd. Gan na chlywsai ddim o'i hanes ers misoedd, roedd wedi ofni ei bod wedi chwythu'i phlwc.

Cawsai wybod gan Elizabeth pan alwodd heibio i'r Amgueddfa fod Morfydd wedi gwrthbrofi'r geiriau, 'Y sawl a gâr lawer . . .' Aethai yntau ati, yr un mor drylwyr ag arfer, i ymchwilio i hanes y Dr Jones oedd wedi ennill calon ei gariad bach, a chael ei atgoffa o'r Lawrence y mynnodd Morfydd fynd i'w weld, yn groes i'w ddymuniad ef. Byddai ysfa Ernest Jones i herio pawb a phopeth yn apelio ati. Ond a wyddai, tybed, fod gan ei gŵr sawl ysgerbwd yn ei gwpwrdd, a'i fod wedi ymddangos o flaen llys yn 1906 ar gyhuddiad o ymyrryd yn anweddus â phlant gwan eu meddwl mewn ysgol yn Llundain? Er i'r ynadon ei gael yn ddieuog, ni fu'n hir cyn troi ei gefn ar Loegr. Trueni na fyddai wedi aros yn y Byd Newydd yn hytrach na dychwelyd i Lundain lle nad oedd, yn ôl pob golwg, fawr o groeso iddo.

Er iddo holi Elizabeth yn gynnil, rhag iddo fradychu gormod o ddiddordeb, roedd honno yr un mor ochelgar. Ond gwnaethai bwynt o ddweud ei bod hithau yn canlyn yn selog, a'i bryd ar briodi. Nid oedd yn syndod clywed mai cyfreithiwr oedd ei darpar ŵr, un a fyddai'n gweddu i'r dim i'r Elizabeth barchus, bwyllog a wnâi iddo deimlo'n llai nag ef ei hun. Elizabeth Lloyd, yr athrylith o Lanilar, oedd gam ar y blaen iddo bob tro ac yn gallu dyfynnu gwaith Bardd yr Haf gystal ag ef, oedd wedi treulio oriau yn ei gwmni. Roedd eu clywed yn adrodd llinellau'r awdl wedi cyffroi Morfydd yn arw, cymaint felly nes iddi edliw hynny iddo fisoedd yn ddiweddarach. Dyna pryd y soniodd wrthi am Beatrice, gan wybod na fyddai hi, mwy nag yntau, yn bodloni ar fod yn ail orau. Nid oedd hynny wedi ateb ei bwrpas chwaith.

Ond un prynhawn ar yr Heath, gallod rannu profiad y bardd a dweud, â'i law ar ei galon, 'Ni fwriaf o gof yr haf a gefais'. Cymell Morfydd i eistedd ar y fainc a'i phen ar ei ysgwydd, dal ei llaw fach oer rhwng ei ddwylo, a'i chlywed yn dweud ei bod yn hoff iawn ohono. Darn crisial yn ei gof oedd y prynhawn hwnnw, ac yn ddigon i'w fodloni.

Efallai yr âi i'r cyngerdd nos Sul, petai dim ond i gael cip ar Morfydd – o bellter yn unig, gan na fwriadai ei iselhau ei hun drwy aros amdani y tu allan. Ond cofiodd yn sydyn ei fod wedi trefnu i fynd i Lanllechid dros y Sul, i gael ei ddandwn a'i fwydo gan Mrs Williams fach.

Gadawodd William Hughes Jones, nad oedd erioed wedi colli na'i ben na'i draed, Argyll Street heb edrych yn ôl, a'i wyneb tuag at Eryri, y lle agosaf at ei galon.

Cyhoeddodd Boosey a'i Gwmni, Regent Street, y gân 'Patrick's your Boy', a berfformiwyd yn y cyngerdd hwnnw, y geiriau gan Ethel Newman a'r gerddoriaeth gan Morfydd, yn eu catalog am 1918. Gan eu bod yn awyddus i gael rhagor o'i gwaith, cawsant stamp o'r llofnod 'Morfydd Owen' i'w roi ar y clawr. A hithau'n ymwybodol nad oedd ganddi ddim i'w gynnig iddynt, dychwelodd yr hen iselder a'i blinai yn nyddiau Sutherland Avenue a Blomfield Road. Roedd hi'n fwy na pharod i gytuno pan awgrymodd Ernest ddechrau Ebrill y dylai ystyried roi'r gorau i'w swydd yn yr Academi. Ond nid oedd ef mor barod i dderbyn ei hawgrym hi eu bod yn hepgor yr ymweliad wythnosol â Sussex ac yn bwrw'r Sul yn Llundain.

'Ond mae popeth wedi ei drefnu,' protestiodd. 'Allwn ni ddim siomi ein ffrindiau.'

''Ych ffrindie chi, Ernest. Eu godde nhw, 'na'r cyfan wy'n 'i neud. 'Sda chi'm amcan beth ma hynny'n 'i olygu i fi, o's e? Yr holl baratoi, gorffod gweini ar rai nad y'n nhw neud dim ond swmera o fore tan nos.'

'Gwaith y morynion yw gweini.'

'Ond fi sy'n gyfrifol am eu rhoi ar waith.'

Gwyddai Ernest nad oedd unrhyw bwrpas ceisio rhesymu â hi, a'i bod yn ddoethach ceisio cadw'r ddysgl yn wastad. Ni allai fentro dweud na gwneud dim a fyddai'n bygwth llwyddiant y misoedd diwethaf.

'Mae'n ddrwg gen i, cariad. I shouldn't take you for granted.'

'Yn ganiataol. A pidwch chi dechre whilia Saesneg. Nace yn y Plat y'n ni nawr. Ffonwch nhw i weud na fyddwn ni 'na. Wy'n siwr gallwch chi feddwl am ryw esgus.'

Nid oedd arno angen nac esgus na rheswm i gadw draw o Elsted. Taith gron o ychydig dros gan milltir, dyna'r cyfan oedd hi, a'r cyfle i ymlacio ac anadlu awyr iach y twyni'n gwneud iawn am y cyfan. Erbyn nos Wener, roedd yn difaru iddo ildio mor rhwydd, ac ni allai setlo i wneud dim. Beth petai Morfydd, nawr ei bod am dreulio'r Sul yma yn Llundain, yn cael plwc o hiraeth am yr hen Suliau a'u plygu pen taeogaidd, holl ystrydebau pregethau a gweddiau, a'r ffydd a orfodwyd arni gan deyrn o dad?

Ond nid oedd y pryder hwnnw'n ddim o'i gymharu â'r bygythiad a ddaeth yn sgil yr alwad ffôn yn gynnar fore Sadwrn, y chweched o Ebrill.

57

Er i'w mam grybwyll yn ei llythyr diwethaf ei bod yn ystyried rhoi'r gorau i'r busnes a symud i *villa* ar Heol Llanilltud, dewisodd Morfydd anwybyddu hynny. Ni allai Sarah Jane Owen fyth ddygymod â segurdod, ac ni allai'n sicr droi ei chefn ar y cartref a olygai gymaint iddi. Ond roedd popeth wedi ei drefnu heb yn wybod iddi, a'i rhieni, yn ôl Miss Evans – Mrs Richard Owen bellach – wrthi'n paratoi i adael Wain House. Ganddi hi y cafodd wybod ar y ffôn y bore Sadwrn hwnnw na châi Mrs Owen, druan â hi, y cyfle i fwynhau ei hymddeoliad wedi'r cyfan. Hi, hefyd, ddywedodd nad oedd unrhyw bwrpas i Morfydd ddod i Drefforest ar hyn o bryd gan fod popeth ar chwâl oherwydd y mudo.

Teimlodd Morfydd ei gwaed yn corddi. Pa hawl oedd gan hon i ddweud wrthi hi am gadw draw o'i chartref? Cofiodd ei hymateb pan awgrymodd ei bod yn ei galw wrth ei henw cyntaf, a pha mor gyndyn oedd Mama i'w chyfarch fel Mrs Owen. Efallai ei bod wedi llwyddo i rwydo Richard drwy ryw ddull neu fodd, ond nid oedd ond morwyn gyflog nad oedd eto wedi haeddu ei lle fel un o'r teulu.

Ceisiodd Ernest ei chysuro orau y gallai, gan fesur ei eiriau'n ofalus. Llwyddodd i'w thawelu ryw gymaint, a'i chymell i bwyllo nes byddai'n clywed oddi wrth ei thad.

'Ond ma fe'n angen i yno, Ernest.'

Go brin fod hynny'n wir am y gŵr a welsai ef yn ei lordio hi ar aelwyd Wain House. Mynegi ei hangen ei hun yr oedd Morfydd, wrth gwrs. Nid oedd hyn ond rhan o'r ddibyniaeth ar dad a fynnai reoli pawb a phopeth.

Drwy drugaredd, roedd y dicter a deimlai Morfydd tuag at y ferch ar y ffôn wedi gorbwyso'i galar dros dro.

'Roedd bai ar y ferch yna, pwy bynnag yw hi.'

'Margaret Mary, briodws Richard 'y mrawd fis Mai dwetha. Prentis Mama. Wetodd hi 'se hi'n galw 'to, ond wy ddim moyn torri gair â hi.'

'Fydd dim rhaid i chi, cariad. Fe ofala i am bopeth.'

'Trueni na allen i gysylltu â Tada.'

Diolch i'r drefn nad oedd hynny'n bosibl, meddyliodd Ernest. Gallai ymlacio am heddiw, o leiaf. Er nad oedd ganddo fymryn o awydd torri gair â'r unben o Drefforest, fel un nad oedd erioed wedi ildio i neb ac wedi llorio sawl gelyn, ni allai fforddio gadael i hwnnw gael y gorau arno.

Pan ganodd y ffôn nos Sul, prysurodd i'w ateb. Ond rhyw Fodryb Mary na wyddai ddim amdani ond ei bod yn chwaer i'w fam yng nghyfraith oedd yno. Dewisodd ei gyfarch yn Saesneg, ac roedd ei neges yn glir ac yn bendant. Mynnodd nad oedd unrhyw bwrpas i Morfydd deithio'r holl ffordd o Lundain gan fod popeth wedi ei drefnu ar gyfer yr angladd ddydd Mercher.

'And how is Mr Owen?' holodd yntau, o ran cwrteisi.

'As well as can be expected. His faith will sustain him.'

Bu Morfydd yn gyndyn iawn o dderbyn cyngor ei modryb. Arhosodd Ernest adref ddydd Llun yn gwmni iddi, ond fe'i câi'n llawer haws dygymod â'r dicter nag â'r gŵyn ddagreuol, ''Sda fi ddim mam na chatre nawr'. Dychwelodd yn ddiolchgar i'w ystafell foel yn Harley Street, gan ei gadael i fagu ei gofid, a siarsio Katie i gadw golwg arni.

'What am I supposed to do?' holodd honno, gan hofran yn ddiamcan yn nrws yr ystafell wely wedi i Ernest adael.

Rhyddhad iddi oedd clywed Morfydd yn dweud y câi wneud fel y mynnai am weddill y diwrnod. Rhyddhad i Morfydd, hithau, oedd ei gweld yn mynd i'w ffordd ei hun. Gallai ei chofio'n dweud unwaith, pan fentrodd ei holi ynglŷn â'i theulu, 'I owe 'em nothink. They can all rot in 'ell'. Nid oedd gan un nad oedd erioed wedi profi cariad rhieni a chysur aelwyd ddim i'w gynnig.

Daeth y tabledi a roesai Ernest iddi â chwsg dros dro. Rywdro yn ystod y prynhawn, wrth i'w heffaith bylu, dychmygodd ei bod yn clywed llais Elizabeth yn galw'i henw. Cododd ar ei heistedd yn wyllt.

'Chi 'nôl! O'dd arno i ofan bo chi wedi 'ngadel i. 'Sda fi ddim mam i ga'l mwyach, Beti Bwt. Na chatre 'whaith. O'ch chi mor grac 'da fi'r Nadolig hwnnw pan wetes i fod Mama a Tada yn 'y nhrin i fel 'sen i'n groten fach, ac yn pallu derbyn bod 'da fi fy mywyd fy hunan i ga'l, on'd o'ch chi? A beth netho i? Troi 'nghefen aroch chi a'ch hala chi bant. Ond fydd popeth yn iawn nawr bo chi 'nôl.'

Yn yr ystafell fyw, lle roedd hi'n hamddena'n braf, ofnai Katie, wrth glywed grŵn y llais, fod ei meistres yn dechrau colli arni ei hun. Cododd yn gyndyn a mynd drwodd i'r ystafell wely.

'I've just had the most wonderful dream, Katie.'

'Oh, yeah?'

Bu gan Katie ei breuddwydion hefyd, cyn iddi sylweddoli na ellid rhoi coel arnynt mwy nag ar yr 'Our Father'.

'Shall I make yer a Rosie Lee, Miss?'

'Tea will be very welcome. Thank you for looking after me.'

Gyda lwc, byddai ei meistr yr un mor ddiolchgar. Ei ddyletswydd ef oedd bod yma yn gofalu am ei wraig yn hytrach na bwrw'r cyfrifoldeb arni hi. Sut yn y byd y gallai hi ddelio ag un oedd wedi dweud yn ei dagrau neithiwr, 'I feel I have lost half of myself in losing my dear mother'? Ni fyddai Katie'n colli deigryn petai'r fam anniben na fu ganddi erioed air caredig i'w ddweud wrthi'n cicio'r bwced. Ond er ei bod yn dda ei lle yma yn Portland Court, nid oedd yn cael ei thalu am weini maldod ac fe gâi'r doctor bach wybod hynny rhag blaen.

Ni chafodd bygythiad Katie fawr o effaith ar Ernest. Teimlai'n ddig tuag ati am awgrymu ei fod yn esgeuluso Morfydd. Gan ei bod yn ymddangos rywfaint yn well fore Mawrth, aeth at ei waith yn ôl ei arfer. A'r hyn oedd yn ei wynebu trannoeth yn pwyso'n drwm ar ei feddwl, ni allai ganolbwyntio ar ddim.

Roedd y profiad erchyll a gafodd pan aeth gyda'i fam i angladd perthynas yn dal yn fyw yn ei gof er bod deng mlynedd ar hugain ers hynny – yr oerni iasol, aroglau gormesol llwydni a chamffor, a'r arswyd o orfod ymladd am ei anadl. Bu'n wael yn ei wely am rai dyddiau wedyn. Credai'n sicr mai dyna oedd yn gyfrifol am y gwynegon, yr unig elyn na lwyddodd i gael y gorau arno. Chwarae â thân fyddai iddo fynd i Drefforest, yn ogystal â gwadu'r egwyddorion oedd yn ei gynnal. Ond a fyddai gwrthod mynd yn gwneud mwy o ddrwg nag o les, ac yn golygu dad-wneud holl waith da y misoedd diwethaf?

Yn hwyr y noson honno, ac yntau heb ddod i unrhyw benderfyniad, sylwodd Morfydd fod golwg benisel arno.

'O's rhwbeth yn 'ych becso chi, Ernest?' holodd.

'Problem gydag un o'r cleifion. Mae'n goddef o effeithiau *shell shock* a does neb yn gallu ei drafod ond fi. Faddeuen i byth i fi'n hunan petai rhywbeth yn digwydd iddo tra bydden i i ffwrdd.'

'Fydd raid i chi sefyll 'ma, 'te.'

'Ond fy nyletswydd i yw bod gyda chi fory.'

'Wy'n ddiolchgar i chi am ymweld â Wain House, a chytuno i gysegru'r briodas. Ma'ch bod chi'n ddigrefydd yn siom i fi, ond faddeuen inne byth i fi'n hunan 'sen i'n 'ych gorfodi chi i fyw rhagrith. Ddof i gatre gynted bydda i 'di gweld Tada.'

Er y cysur o wybod nad oedd Morfydd yn ystyried Wain House yn gartref mwyach, ffieiddiai Ernest ei hun am fod mor llwfr â gwneud defnydd o gelwydd, ac yntau wedi ymfalchïo yn ei allu i wynebu pob argyfwng yn ddewr a di-ildio.

Ar waetha'i siom, teimlai Morfydd y byddai'n haws iddi ddygymod heb Ernest. Ni fyddai croeso iddo yn Nhrefforest, ac ni allai oddef sylwadau llym ei thad yfory o bob diwrnod. Ond ni allai byth droi ei chefn arno. A'r bechgyn ym mhellafoedd byd, dim ond hi oedd ganddo bellach, ac fe wnâi'r hyn a allai i lenwi'r bwlch a adawsai ei mam.

58

Angladd i ddynion yn unig, ar wahân i lond dwrn o berthnasau agos, oedd un Sarah Jane Owen. Er bod Morfydd yn gyfarwydd â chyfarfodydd coffa ac wedi eistedd yn ufudd lonydd drwy sawl un, roedd y gwasanaeth yn ymddangos yn ddiderfyn. Darllenwyd yr un adnodau, ailadroddwyd yr ystrydebau a glywsai ganwaith, a thalwyd teyrnged ar ôl teyrnged i'r ddiweddar annwyl chwaer a oedd wedi ymadael â'r fuchedd hon. Nid oedd a wnelo hyn oll ddim â'i mam hi, y wraig a deyrnasai y tu ôl i gownter Wain House, yr un oedd yn ei helfen wrth y piano yn y parlwr. Ofnai yn ei chalon y byddai Tada wedi ildio i berswâd y diaconiaid i hepgor yr emynau gan nad oedd hynny, yn eu tŷb hwy, yn weddus mewn gwasanaeth fel hwn. Yn ei llawenydd o glywed y geiriau 'Mor ddedwydd yw y rhai, trwy ffydd', hoff emyn ei mam, ymunodd â'r canu digyfeiliant, ond tawodd yn sydyn pan roddodd Modryb Mary bwniad ysgafn iddi. Dioddefodd yn dawel am weddill yr amser, gan ddyheu am y cyfle o gael Tada iddi ei hun.

Pan adawodd y capel yng nghwmni ei modryb a'i chwaer yng nghyfraith, gwelodd fod tyrfa wedi ymgasglu. Camodd gwraig London Stores rhyngddynt, a Kenny yn dynn ar ei sodlau. Taflodd Modryb Mary olwg rhybuddiol ar Morfydd. Nid oedd loetran y tu allan i'r capel yn weddus, mwy na'r canu y tu mewn.

Syllodd y wraig fach yn dosturiol arni a dweud,

'O'dd Georgie'n ffaelu dod heddi, ond wy 'ma ar 'i ran e. O'ch chi ac ynte'n shwt ffrindie, on'd o'ch chi? Fydd e gatre unrhyw ddiwrnod nawr. 'Na beth wetws e yn 'i lythyr dwetha, yntefe, Kenny?'

'Ie, 'na beth wetws e.'

'Pob bendith i chi, Miss Owen fach.'

'Mrs Jones yw hi nawr, Mother.'

'Tewch gweud. Dere, Kenny, well i ni hastu rhag ofan i Georgie gyrredd gatre a neb 'na i'w dderbyn e.'

'Ac i baratoi'r llo pasgedig,' sibrydodd Kenny dan ei anadl.

Gwyliodd Morfydd y ddau'n cerdded am Stryd y Bont, y fam yn pwyso'n drwm ar fraich ei mab hynaf. Ond roedd ei thad yn gadael y capel.

'Ble y'ch chi'n mynd nawr, Morfydd?' holodd Modryb Mary wrth ei gweld yn gwthio'i ffordd tuag ato. Efallai fod ymddygiad o'r fath yn dderbyniol yn Llundain, ond nid yma yn Nhrefforest.

Byddai Morfydd wedi rhoi'r byd am gael cofleidio'i thad, ond ni allodd erioed wneud hynny, hyd yn oed yn nyddiau'r Glöyn Byw Euraidd.

Gafaelodd yn ei law, a chael honno yr un mor gadarn ag arfer.

'Shwt y'ch chi, Tada?' holodd.

'Fel pelican yn yr anialwch. Ond fe fydd y rhyfel drosodd gyda hyn, a'r bechgyn yn ôl gatre.'

'O's rhwbeth alla i neud i chi?'

'Na, ond diolch i chi am ddod.'

A dyna'r cyfan – diolch iddi am ddod i angladd ei mam, fel petai'n ddieithryn! Pwysodd yn erbyn wal y fynwent, ei choesau'n gwegian, a'r dagrau y llwyddodd i'w dal yn ôl yn bygwth. Byddai wedi udo'i galar, yno yng ngŵydd pawb, oni bai iddi sylweddoli fod Maud yr ysbïwraig a'i mam yn syllu'n chwilfrydig arni. Gan ddal ei phen yn uchel, aeth i ymuno â'i modryb a'i chwaer yng nghyfraith, yn ysu am gael dychwelyd i Lundain at yr unig un yr oedd arno'i hangen.

§

Byddai gwybod hynny wedi bod o gysur mawr i Ernest. Yn ei ystafell foel yn Harley Street, y drws ar glo a phob claf wedi ei rybuddio i gadw draw, bu'n ail-fyw'r hunllef o angladd a gawsai'r fath effaith andwyol arno. Er iddo lwyddo i'w argyhoeddi ei hun nad oedd ganddo unrhyw ddewis ond cadw draw o Drefforest, roedd gwybod ei fod wedi rhoi rhwydd hynt i'w elyn yn ei flingo.

Pan na allai oddef rhagor, penderfynodd ffonio Trotter a gofyn iddo alw heibio. Ac yntau wedi cael ei orfodi i adael ei waith, nid oedd fawr o hwyl ar hwnnw. Gofynnodd, yn eitha coeglyd,

'And what syndrome are you suffering from this time?'

Ni fu fawr o dro cyn cael gwybod. Syllodd Ernest arno dros ymyl ei ddesg, yn swp o hunandosturi.

'Well, what do you expect me to say, Ernest?'

'Some sympathy would not go amiss.'

'It seems to me that you are more than able to

provide your own. And what about poor Morfydd? She is your responsibility now.'

'But I am in no way responsible for her insufferable father. He's determined to take her away from me.'

'And you have given him the perfect opportunity.'

'So the blame is all mine?'

'The girl has just lost her mother. She needs you.'

'I have my principles, Wilfred.'

'To hell with your principles. You are the most selfish, self-centred man I have had the misfortune to befriend.'

'And is this all you have to offer me?'

'The truth, Ernest. When are you expecting Morfydd back?'

'Tonight, if that man has not already convinced her that his need is greater than mine.'

'Then you must fight him with all you have to offer. And may the best man win.'

59

Daeth yr hyn a ystyriai Ernest yn fuddugoliaeth, a hynny heb orfod ymladd amdani, i'r amlwg fesul tipyn, er na ddewisodd Morfydd ailadrodd geiriau olaf ei thad, na chyfaddef nad oedd ganddi unrhyw obaith gallu cymryd lle ei mam. Roedd yn ei chael yn anodd dygymod â'r oriau segur a chaethiwed y fflat, ac yn gweld eisiau bwrlwm y bywyd y bu'n rhan ohono unwaith. Âi i grwydro'r ddinas, gan gadw'i phellter o'r mannau nad oedd ganddynt ddim i'w gynnig iddi bellach. Llwyddodd Ernest i gelu ei bryder pan ddychwelai o Harley Street a chael nad oedd Morfydd gartref, a'i atal ei hun rhag ei holi. Ond ni allai guddio'i lawenydd pan awgrymodd hi eu bod yn ailgydio yn yr arferiad o deithio i Sussex i fwrw'r Sul.

Bu ond y dim i'r ymweliad cyntaf fod yn fethiant llwyr. Er ei bod bellach wedi gallu dygymod â'r Edith Eder yn ei *jibaab* Eifftaidd a'r Joan Riviere a'i pharasôl ysgarlad, y naill mor niwrotig â'r llall, roedd John Carl Flügel a'i ddiddordeb afiach mewn hypnotiaeth yn codi'r cryd arni. Pan âi heibio iddo, gofalai osgoi'r llygaid peryglus a allai beri i rywun golli pob rheolaeth arno'i hun. Ond un diwrnod, a hithau ar ei ffordd i ymuno ag Ernest yn yr ardd, daeth i'w gyfarfod yn ddirybudd ar y grisiau. Ceisiodd fynnu ei ffordd heibio iddo, a phan fethodd hynny, meddai'n chwyrn,

'Do you mind letting me pass?'

'I certainly do.'

Roedd yn plygu drosti. Gallai deimlo'r llygaid yn deifio'i chnawd a'r bysedd barus yn mwytho'i bronnau.

'Gadewch i fi fod, y mochyn brwnt.'

'You are quite the little spitfire, aren't you? That randy old devil Ernest has met his match this time.'

Cododd ei phen-glin a'i fwrw yn ei fan gwan. Sgrechiodd yntau – sgrech annaearol a barodd i Ernest lamu o'i gadair haul a rhuthro i'r tŷ. Pan welodd ei gyfaill yn ei ddyblau gan boen, holodd yn bryderus,

'What on earth has happened, Flügel?'

'Why don't you ask your dear wife?'

'Driodd e fynd i'r afel â fi, Ernest.'

'What is she saying?'

'That you tried to take advantage of her.'

'A friendly kiss, that's all. I would never abuse your trust in me, Ernest. I realise that Morfydd is in a fragile state following her mother's death, but I cannot excuse such outrageous behaviour.'

Yn ymwybodol o'i gyfrifoldeb tuag at ei westeion, a'r angen i osgoi unrhyw ddiflastod, gafaelodd Ernest ym mraich Flügel i'w helpu i godi ar ei draed.

'Shall we continue this conversation in private?'

'Na!'

'But there's no need to involve the others, Morfydd, especially Ingeborg.'

''Sdim pripsyn o ots 'da fi. Fe ddylse'i wraig ga'l gwpod shwt un yw e. Wy moyn e mas o'r tŷ nawr.'

Ni chafodd Morfydd wybod beth oedd byrdwn y sgwrs a fu rhwng y ddau gyfaill. Roedd hi'n gorwedd yn ei hoff lecyn dan y llwyn pren bocs pan syrthiodd cysgod rhyngddi a'r haul. Agorodd ei llygaid i weld Joan Riviere yn sefyll yn fygythiol uwch ei phen.

'The Flügels have departed,' cyhoeddodd yn y llais treiddgar oedd yn hawlio ymateb.

'Good.'

'Was all this song and dance really neccesary?'

'I believe so.'

'John Carl may be somewhat egotistic, but he is a sweet man and a good friend.'

Cododd Morfydd ar ei heistedd.

'Your so-called friend called my husband a randy old devil.'

'Did he indeed? How very perceptive of him! Perhaps it's time we two had a little talk.'

'I want nothing from you, Joan. Why don't you share your considerable knowledge with Edith?'

'She is well acquainted with the facts, darling. Edith and I are birds of a feather. Oh, well, so be it . . . let ignorance be bliss.'

Gwyliodd Morfydd hi'n croesi'r ardd, yn dal ac yn osgeiddig a chyn falched â phaun. Roedd hi nid yn unig wedi cael y gorau ar John Carl, ond wedi llwyddo hefyd i chwalu plu Joan Riviere. Gorweddodd yn ôl ar y gwair esmwyth i aros am Ernest.

᪥

Er bod Ernest yn awyddus i gynnal parti yn 69 Portland Court i ddathlu'r ffaith fod ei wraig wedi ei hethol yn aelod o'r Academi Gerdd Frenhinol, gwrthododd Morfydd ystyried hynny. Mynnodd Ernest ei bod yn llawn haeddu'r anrhydedd, gan nad oedd neb wedi cyflawni mwy na hi yn ystod y chwe blynedd diwethaf. Cydiodd Morfydd yn y gair 'wedi', yn ymwybodol nad oedd ganddi ddim i'w ddangos am y misoedd hesb diweddar ar wahân i un cyfansoddiad na chawsai fawr o afael arno. Cofiodd fel y byddai'n ysu am gael mynd at y piano, a'r cyffro a deimlai wrth blethu'r nodau'n emyn-dôn a phreliwd a chathl. Blinder meddwl oedd i gyfri am hyn, wrth gwrs, yn dilyn colli ei mam a'i chartref, a sylweddoli nad oedd ganddi ddim i'w gynnig i Tada.

Yn gyndyn o ildio, rhoddodd Ernest gynnig arall arni.

'Gwylie, dyna beth ydych chi ei angen.'

''Sdim 'whant arna i fynd i'r Plat ar hyn o bryd.'

'Na, na, rhywle ar bwys y môr. Bro Gŵyr . . . dyna ble rwy am fynd â chi. Gallwn ni sefyll gyda Nhad yn Craig-y-môr, Ystumllwynarth.'

'Oty 'ny'n beth doeth?'

'Cyfleus, 'na i gyd. Rwy'n credu y galla i fforddio cymryd seibiant ddiwedd Awst.'

'Ond dyw'ch tad a chithe ddim yn dod mla'n, y'ch chi?'

'Fyddwn ni mas drwy'r dydd, bob dydd. Fydd dim rhaid i ni ei odde, na'r fenyw erchyll briododd e.'

'Ddylech chi ddim gweud 'na abythdu'ch mam wen, Ernest.'

'Beth?!'

'Stepmother.'

'Dyw hi ddim yn fam i mi, ta beth yw ei lliw hi. Gofynnwch i Elizabeth fy chwaer os nad ydych chi'n fy nghredu i.'

Roedd Elizabeth wedi cyfeirio at ail wraig Thomas Jones fel 'that vulgar woman', ond dewisodd Morfydd anwybyddu hynny. Fe âi i'r Mwmbwls, yn barod i geisio cadw heddwch rhwng Ernest a'i dad ac i feddwl y gorau o'r Mary nad oedd gan y teulu air da i'w ddweud amdani. Ac efallai y câi, yno yng ngolwg y môr, ysbrydoliaeth a fyddai'n deffro'r hen awydd i chwythu anadl einioes i esgyrn sychion o nodau.

'Beth chi'n weud, Morfydd?'

'Bydd e'n bleser. Diolch i chi, Ernest.'

Mor wahanol oedd y diolch hwn i un ei thad ddiwrnod yr angladd. Roedd ynddo roi a derbyn rhwng dau yr oedd eu cariad a'u hangen am ei gilydd yn cryfhau bob dydd. Plethodd Ernest ei freichiau amdani.

'Penrhyn Gŵyr a chithe. Beth mwy all dyn ei ofyn?'

60

Roedd y llythyr yn aros amdani ar y mat wrth ddrws y fflat pan ddychwelodd o brynu anrhegion i Thomas a Mary Jones. Bu'r dewis yn un anodd, gan nad oedd erioed wedi cyfarfod y naill na'r llall. Nid oedd Ernest wedi dangos unrhyw ddiddordeb, er ei fod yn fwy na pharod i roi'r arian iddi. Byddai wedi ystyried y pris a dalodd am y crafat a'r siôl sidan yn ffortiwn yn ôl yn nyddiau Bay View pan oedd hi'n dewis gwario'i cheiniogau prin yn y farchnad ar ddefnyddiau lliain caws a chynnwys y bocs hud, a Beti Bwt yn sicrhau bod bwyd ar y bwrdd a tho uwch eu pennau. Byw o'r llaw i'r genau, a bodloni ar dderbyn cardod Ruth Herbert.

Er ei bod yn ysu am gael darllen llythyr Eliot, bu'n rhaid iddi ohirio'r mwynhad hwnnw a rhoi sylw i'w thraed dolurus. Hanner awr yn ddiweddarach, roedd ei thraed beth yn esmwythach a hithau wedi darllen y llythyr o'i gwr. Yn llawn cynnwrf, aeth ati i'w ateb, y pìn ysgrifennu yn hedfan dros y dudalen a'r geiriau'n rhedeg i'w gilydd:

My dearest Eliot,

I was so thrilled to receive your letter with the wonderful news that you will be coming to London. Bear with me a moment. I need to check the date ...

345

I'm back, and Oh! Alas! the date is August 24, which means that I won't be here, as we are going away to Ernest's home in Gowerton. I am so exceedingly disappointed, but Ernest has arranged everything to perfection. Shall I suggest we postpone our visit? No, better not. He has gone to such a lot of trouble and his parents (father and stepmother) will be expecting us.

I have nothing exciting to tell you. I have become very domesticated and, I'm sorry to say, have left my talent buried in the ground. But before you start lecturing me, I mean to remedy that and dig it up as soon as we return to London. You haven't heard the last of Morfydd Owen, winner of the Charles Lucas Silver Medal and the Oliveria Prescott Prize for excellence. I will prove myself to all those people who have turned their backs on me, and disapproved of my husband without even knowing him, and justify your faith in me. Yesterday, believe it or not, I spent the

day cleaning windows. They are very large
and very high and Katie, who is supposed
to be my maid, refused, saying that
she's afraid of heights. So am I, but I
sat outside on the window ledges to
show her how easy it was whilst she
stood inside covering her eyes and assuring
me that she could not be held responsible
if I fell. I have never undertaken such
a task before, and made quite a mess
of it. But we will be able to see out
through some panes at least, although a
view of Great Portland Street and a
courtyard is hardly desirable.

I She, the maid, has now taken a whole
month off. I daren't refuse her. They do
exactly as they want these days, having
more freedom to pick and choose. The
little maids we had at Wain House over
the years would not even ask for a
couple of hours off, let alone demand it
as their due. This horrible war has a
lot to answer for.

I suppose the first thing I will have to
see to when I return from Gower is the

347

housework. Oh dear, what it is to be married and run not one, but two, homes! How I'd love to live at an Hotel and be done with it.

Please ignore what I have just said. I'm feeling rather tired and a bit grumpy. My mother's death still weighs heavily on me at times. And not only that, but the loss of the home I grew up in and assumed would always be there for me.

I will never forget the day of the funeral, and how devastated I was when my father said there was nothing I could do for him and thanked me for coming. Yes, thanked me, his own daughter, for being present at her mother's funeral. I still love him, of course I do, but I no longer feel the 'parchedig ofn'. Were you aware of that fear when you called at Wain House? Is that why you persuaded my parents to let me go to London? I see things so much clearer now that Ernest has opened my eyes. I certainly do not want

348

to live at an Hotel for, in spite of a few grumbles, which I need every now and again, I am happier than I have ever been, here in my house on the rock.

You, however, do not sound very happy in your letter. You mention long separations from Kathleen, and a drawing apart.

It seems such a shame that all your love and sacrifices should come to be in vain. Maybe you were hoping to confide in me. How many times have I used you as a shoulder to cry on, a punchbag, a father confessor? And I won't even be here to listen.

I used to wish that I had been older and wiser in those early days when first we met, and that I could have told you what was in my heart. But not any more.

Do you remember coming to Paddington to see me off when I was in a lousy mood, and determined that I couldn't face returning to London? You gave me a Christmas card with a

picture of a wonderful sunset and said,
'You know what you have to do'. Inside
there was a little poem of yours, as
beautiful and as inspiring as the
sunset. Shall I remind you of it?

When we are old and worn and tired
and gray
And most, ah! far the most, shall we
then rue
Not things we did, but things we did
not do.

We will come through, Eliot, without
rueing anything,

Yours, as ever, Morfydd

61

Dilynodd y ddau lwybr y clogwyn o fae bach dwfn Caswell hyd at Fae Langland, Ernest yr un mor brysur ei draed a'i dafod, a Morfydd yn gwneud ei gorau i ganolbwyntio ar y cerdded a'r gwrando.

Pan aeth hynny'n drech na hi, bu'n rhaid iddi gymryd hoe ar y glaswellt ar fin y llwybr. Roedd Ernest wedi cerdded ymlaen rai llathenni, yn dal i draethu, cyn sylweddoli ei fod wedi ei gadael ar ôl. Brysiodd yn ôl ati, yn llawn consýrn.

'Oes rhywbeth yn bod, cariad?'

'Allwn i ddim cadw lan â chi, 'na i gyd.'

Eisteddodd wrth ei hochr a syllu'n galed arni, gan dynnu'i law yn dyner dros y cnawd llyfn, cynnes a'r gwallt gloywddu lle roedd yr haul yn nythu.

'Pam y'ch chi'n cewcan arno i fel 'na, Ernest?'

'Ffaelu credu fy lwc o gael gwraig mor brydferth. Ac mai fi sydd piau hi, pob modfedd ohoni.'

Wrth iddo fwytho'r gwefusau synhwyrus, gallai deimlo'r cryndod yn ei chorff.

'Mae rhywbeth yn eich poeni chi, on'd oes?'

'Beth ddigwyddodd wedi i fi'ch gadel chi i fynd i'r gwely nithwr? Y'ch chi a'ch tad wedi bod yn bigitan 'to?'

'Roedd e'n pallu siarad Cymraeg â fi.'

''Sdag e gynnig i'r iaith, o's e? Gadewch e fod.'

'Pam ddylen i? Roedd Mam am roi'r enw Myrddin i mi, ond fynnodd e fy ngalw i'n Alfred Ernest, yr un enw ag ail fab y Frenhines Fictoria. Lwyddes i i gael gwared â'r Alfred, diolch i'r drefn. Peth arall wnaeth e oedd newid yr hen enw hyfryd Ffosfelen i Gowerton. Bradwr, 'na beth yw e, fel yr athrawon yn Llanymddyfri.'

Cododd Ernest ar ei draed yn llafurus. Amheuai Morfydd fod y gwynegon yn ei boeni, ond ni fyddai byth yn cyfaddef hynny.

'Fase hi'n well i ni ga'l hoe fach?' holodd yn betrus.

''Sdim amser i wastraffu.'

Estynnodd ei law iddi a dal ei afael ynddi wrth iddynt gerdded ymlaen tuag at Fae Langland.

'Y'ch chi'n gweld yr adeilad mawr acw a'r creigiau tu cefn iddo? Gafodd e ei adeiladu fel tŷ haf ganol y ganrif ddiwethaf gan un o deulu'r Crawshays. Ry'ch chi, fel un o Drefforest, yn siwr o fod yn gyfarwydd â'r enw.'

'O, otw. Eliot Crawshay-Williams, mab Rose Harriet ac ŵyr Robert Thompson, perchennog gwaith haearn Cyfarthfa, gafodd berswâd ar Mama a Tada i adel i fi fynd i Lunden.'

'Drwy ddefnyddio'i bŵer fel etifedd y Crawshays, ie?'

'Nage. O'dd 'i thad mor grac fod Rose Harriet wedi'i adel i briodi fel bo fe wedi'i thorri hi mas o'i ewyllys. Ond 'sdim rhaid i Eliot wrth 'i deulu. Lwyddodd e i dorri'i gwys 'i hunan ar waetha popeth. Ry'n ni yn 'i ddyled e, Ernest.'

'"Ni"?'

'O'dd hiraeth yn 'y mwrw i pan etho i i Lunden.

352

Fydden i 'di rhoi popeth lan a dianc 'nôl i Drefforest 'se Eliot heb fod 'na i ddishgwl ar 'yn ôl i, a fasech chi a fi byth 'di cwrdd. Trueni na 'sech chi wedi cael y cyfle i ddiolch iddo fe.'

'Mae hi damed yn ddiweddar i 'ny.'

'O'dd e'n bwriadu dod i Lunden dydd Sadwrn dwetha, ond gorffod i fi hala gair i weud bydden ni bant.'

'A sawl cyfrinach arall ydych chi wedi'i chelu oddi wrtha i?'

Trodd Morfydd ato, ei llygaid yn llawn dryswch.

'Pwy gyfrinache?'

'Lawrence a Pound, a'r Bili hwnnw oedd yn cadw cwmni i chi ar Hampstead Heath.'

'Cydnabod, 'na i gyd o'n nhw.'

'Ond nid cydnabod yn unig yw'r Eliot 'ma?'

'O, na. Fues i 'bytu awgrymu y gallen ni ohirio'r gwylie, ond do'dd dim diben sôn, a chithe wedi mynd i shwt ffwdan i drefnu popeth.'

'Er eich mwyn chi, Morfydd. Ond ry'n ni 'ma nawr, ta beth. Rwy am i ni'n dou rannu'r cyfan, a does neb na dim yn mynd i gael 'strywo hynny.'

❧

A rhannu'r cyfan gydag Ernest wnaeth hi, o awr i awr, o ddiwrnod i ddiwrnod. Ceisio, a methu, ei gwneud ei hun yn gyfforddus ar y seti caled a amgylchynai stand y seindorf ar bier y Mwmbwls, a chytuno ag Ernest – 'On'd yw hyn yn hyfryd?' – er bod y sŵn yn merwino'i chlustiau.

Godde'r daith ddiderfyn i Abertawe heb allu gwerthfawogi gogoniant y Bae, y trên stêm deulawr orlawn yn llusgo ymlaen bum milltir yr awr, pawb yn pwyso ar wynt ei gilydd a'r aroglau anghynnes yn ddigon i droi ar ei stumog. A dychwelyd i Graig-y-môr i gael Mary Jones yn ffysan o'i chwmpas, yn gorchymyn i'r forwyn, un arall a gerddai o gwmpas ar flaenau ei thraed fel petai'n ymddiheuro am fod yno, fynd ati ar unwaith i baratoi pryd iddynt, ac yn dwrdio Ernest,

'You should have stayed in today. Morfydd is in no fit state to go tramping around. She was unwell again this morning.'

'Stop interfering, stepmother. This is no concern of yours.'

'I will not be told what to do in my own home.'

'May I remind you that this is my father's house?'

'And I am your father's wife and deserve some respect.'

'Respect has to be earned, my dear.'

Y naill fel y llall yn amharod i ildio, a hithau'n gwneud ei gorau i dawelu pethau. Aros ar ei thraed yn hwyr i'r nos yn gwmni i Ernest, er mwyn ceisio cadw heddwch rhwng dau na fyddent byth yn fodlon cyfaddef bai. Teimlo'n edifar iddi fod mor ffol â rhannu'r unig beth y dylai fod wedi ei gadw iddi ei hun a hiraethu, yno yng Nghraig-y-môr, am ddiogelwch ei thŷ hi ac Ernest ar y graig yn Portland Court.

62

Ac yntau wedi cael noson dda o gwsg a llond ei fol o frecwast, roedd Ernest ar bigau eisiau cael gadael bore Sadwrn ar daith i Abertawe ei orffennol. Ar ôl cyrraedd y dref, bu'n crwydro o un stryd i'r llall yn hel atgofion am ei fam-gu Beddoe, mam ei dad, a fyddai wastad yn rhoi terfyn ar bob ffrae deuluol drwy ddweud, 'It will be all the same in a hundred years', a'i dad-cu, Benjamin Lewis, nad oedd ganddo unrhyw ffydd mewn doctoriaid ac yn eu herio drwy wagio potel ffisig ar un llwnc. Un o'i ddyletswyddau pan fyddai'n aros yng nghartref rhieni ei fam oedd hebrwng y tad-cu hwnnw'n ddiogel o'r Blue Bell, er mawr ofid i'w fam.

Oedodd yn hir wrth yr Albert Hall yn Craddock Street, yn ailflasu melystra'r iaith Eidaleg yn operâu Cwmni D'Oyly Carte, ac yn ail-fyw'r cyffro o gerdded adref ganol nos yng nghwmni ffrindiau, yn morio canu rhai o ganeuon Gilbert a Sullivan.

'Chi'n dala i'w cofio nhw?' holodd Morfydd.

'Na, a ta beth, feiddien i ddim mentro canu yng nghlyw athrylith fel chi.'

'Ma arno i ofan bo fi wedi esgeuluso'r canu a'r cyfansoddi ers misoedd, ond wy am fwrw ati gynted byddwn ni gatre.'

'Gwnewch chi beth bynnag sydd raid i chi, cariad.'

Bu ond y dim iddi â dweud mai dyna fyddai cyngor Eliot, ond cafodd ras i ddal ei thafod. Yno y tu allan i theatr y Grand, dychmygodd glywed atsain y nodau a roddai'r fath wefr iddi ar un adeg yn cael eu cario gyda'r awel o barlwr Wain House, capel Saron a llwyfan Neuadd y Frenhines. Geiriau a thonau'n cydgordio'n berffaith, Mair y Gofidiau yn cymell dagrau ar aelwyd Grosvenor Road, min nos o Ebrill yn taenu ei hyfrydwch dros gynulleidfa Neuadd Pontypridd. Ond cyn iddi allu dal ei gafael arnynt, boddwyd y cyfan gan sŵn tramiau a lleisiau cras. Ofnai ei bod wedi tarfu ar Ernest drwy adael i'w meddwl grwydro, ond roedd hwnnw eisoes yn paratoi i wthio'i ffordd drwy'r dyrfa, a bu'n rhaid iddi gythru am ei fraich i'w atal.

''Se'n well i ni fynd 'nôl nawr, Ernest.'

'A gorfod godde'r fenyw 'na?'

'Ma hi'n bwriadu'n dda. Wy'n gwpod pwy mor anodd yw hi i chi 'i derbyn hi fel 'ych llysfam.'

'I will never accept her!'

Roedden nhw'n oedi ar y palmant, y dyrfa'n gwau o'u cwmpas, ac ambell un yn syllu'n chwilfrydig arnynt. Yn ymwybodol o hynny, llwyddodd Ernest i'w reoli ei hun yn ôl ei arfer, ac meddai'n dawel,

'Roeddwn i yn Toronto pan fu fy mam farw o waedlif ar yr ymennydd, a chefais i ddim cyfle i ffarwelio â hi.'

Fel un a rannai'r ing o golli'r cyfle hwnnw, teimlai Morfydd yr hiraeth am ei mam yn dal ar ei hanadl ac ni allai yngan gair.

'Roedd fy nhad a hithau'n caru'i gilydd, ac yn berffaith hapus yn eu priodas. Ond 'na fe, does neb na dim yn aros yn yr unfan. Dewch, Morfydd, mae marchnad Abertawe'n haeddu ymweliad. Dros chwe chant a hanner o stondinau! Be feddyliwch chi o hynny?'

꧁

Roedd Mary Jones yn hofran yn y cyntedd pan gyrhaeddodd y ddau yn ôl i Graig-y-môr yn hwyr fin nos.

'Where on earth have you been all this time?' holodd yn chwyrn.

'Have we deprived you of your beauty sleep, stepmother?'

Sylwodd Mary mai prin y gallai Morfydd roi un droed o flaen y llall.

'The poor girl is exhausted, Ernest. How could you be so inconsiderate?'

'Oh, for goodness' sake!'

'Wy ddim yn teimlo'n rhy hwylus, Ernest.'

'Pam na 'sech chi 'di dweud, cariad?'

'A good night's sleep, that's what you need, Morfydd.'

Estynnodd Mary ei llaw i'w harwain at y grisiau, ond camodd Ernest rhyngddynt a dweud yn llawn hyder,

'I'm more than capable of looking after my wife.'

꧁

Crebachodd yr hyder hwnnw wedi deuddydd di-gwsg o wylio Morfydd yn dioddef heb allu gwneud dim i leddfu ei phoen. Gadawai ei dad y tŷ wedi brecwast cynnar i dreulio'r diwrnod yn teithio o bwyllgor i bwyllgor fel aelod o sawl Bwrdd Rheoli. Bu Mary Jones, am unwaith, yn ddigon doeth i gadw'i phellter, er iddi fethu ymatal rhag holi pan gyfarfu Ernest a hithau ar ben y grisiau,

'Do you know what's troubling her?'

'I suspect appendicitis.'

'Shouldn't she be admitted to hospital?'

'There's no need for that.'

'I'm so sorry, Ernest. Morfydd is such a lovely girl.'

'She is everything I've always hoped for.'

Yna ychwanegodd, er mawr syndod iddo'i hun yn ogystal â'i lysfam, 'Thank you for your concern, Mary.'

Penderfynodd gysylltu â Trotter, yr unig un y gallai ymddiried yn ei gyngor a'i farn, heb sylweddoli, oherwydd maint ei bryder am Morfydd, gymaint yr oedd dulliau cyfathrebu wedi gwaethygu yn ystod y rhyfel. Wedi oriau o geisio ymgodymu ag un broblem ar ôl y llall, llwyddodd i gael gafael ar ei ffrind. Ei gyngor ef oedd fod angen triniaeth yn ddiymdroi, ac y dylid sicrhau cymorth meddyg lleol. Ofnai am funud y byddai Ernest yn gwrthwynebu hynny, ond yn ei ryddhad o glywed Trotter yn dweud ei fod yn gobeithio cyrraedd Craig-y-môr drannoeth, derbyniodd y meddyg bach, oedd mor gyndyn o fynd ar ofyn neb, y cyngor yn ddigwestiwn.

❧

Aeth y driniaeth rhagddi'n ddidramgwydd, ond erbyn i Trotter gyrraedd roedd gwres Morfydd yn beryglus o uchel a'i meddwl yn crwydro, ac Ernest wedi cyrraedd pen ei dennyn.

'Could she perhaps have caught the influenza they call the killer virus, Wilfred?' holodd â chryndod yn ei lais. 'Or is it blood poisoning?'

'I believe it to be delayed chloroform poisoning, Ernest. It would have been wiser, under the circumstances, to use ether. She's young, has suffered suppuration and been deprived of sugar because of war conditions.'

'I should have realised.'

'A simple mistake, that's all.'

'But one that could cost dearly. You know how much she means to me, Wilfred. Will you help me?'

'Of course. Do you remember how full of certainty we were as we did up our boots of a morning when we set home together at 13 Harley Street?'

'You used to call them our Open Sesame days.'

'That power must still be within our reach, my friend.'

63

Mae'r trên yn arafu wrth nesu at orsaf, ac adeilad o faint a ffurf capel yn ymrithio drwy'r niwl. Wrth iddi ymbalfalu ei ffordd allan, gwêl ddyn y dylai ei adnabod yn brysio i'w chyfarfod. Mae'n gafael yn dynn yn ei llaw ac yn dweud, 'Wy mor falch bo chi 'nôl gatre, Morfydd.'

Gall glywed tincial piano. Mae'n teimlo'i ffordd heibio i gadeiriau gweigion yn yr ystafell fach gyfyng, yn ysu am gael rhedeg ei bysedd dros y nodau. Er nad oes neb i'w weld, mae lleisiau estron a chwerthin powld yn llenwi'r ystafell. Gwêl fod plentyn bychan yn swatio o dan y piano, ac mae'n galw arno, 'Dere 'ma'r Glöyn Byw Euraidd'. Ond mae'r plentyn yn cilio i sŵn cras clychau a chlecian esgyrn ysgerbydau wrth iddynt lamu o'u beddau i ddathlu Dawns Angau.

Mae arogl gwair yn llenwi'i ffroenau. Ond nid gardd mo hon, dim ond tir agored yn ymestyn i'r pellter, a chysgodion yn gwau o gwmpas. Mae'n gorwedd yn ôl ar y glaswellt ac yn ceisio tynnu ei het gantel llydan, yn fodiau i gyd, fel y gall deimlo'r haul ar ei hwyneb. Ond erbyn iddi lwyddo i gael gwared ohoni, mae'r cysgodion wedi toddi'n un cwmwl mawr a hwnnw wedi llyncu'r haul.

Mae cysgodion dau yn eu harwain ar hyd y traeth –
yr un llydan, tal a'r un bychan, cul – a'r dyn â'r
wyneb ffeind yn chwerthin. Ond golwg drist sydd
arni hi wrth iddi droi ato, fel petai ar fin dweud
rhywbeth. Beth, tybed? Ond mae ei ffrind – ei
chariad? – yn cyffwrdd ei gwefusau â blaen ei fys, i'w
rhwystro rhag dweud. Efallai ei fod eisoes yn
gwybod, a'i fod yn ceisio'i harbed, neu ei chysuro.

Clyw leisiau cyfarwydd yn cael eu cario gyda'r awel –
'Daeth ffrydiau melys iawn yn llawn fel lli'. Gall
gofio dilyn afon unwaith, un loyw, lân a'i dŵr yn
pefrio. Ond hen afon fochaidd yw hon sydd i'w
gweld o falconi ei chartref. Na, nid ei chartref hi yw
hwn. Nid oes croeso iddi yma, ac ni fyn aros.

Mae'n cau ei llygaid, yn teimlo rhywbeth yn goglais
ei hamrannau, ac yn eu hagor yn ara bach i weld
pelen o dân yn deifio'r awyr. Roedd ganddi lun o
hwn wedi'i guddio o dan ei gobennydd. Pam cuddio
peth mor hardd? Ond dyna drueni! Mae'r afon fudr
wedi ei lyncu, a'r awyr yn duo. Man a man iddi ildio
i'r nos a'r lludded. Ond mae llais yn sibrwd yn ei
chlust, 'Dacw hi'r Seren'. Gwna un ymdrech arall, a'i
gweld, nid yn yr awyr, ond yn sbecyn pen pìn yn y
dŵr llwyd.

Gall orffwyso'n dawel nawr, gan wybod bod y seren
yno'n ddiogel. Bore fory, bydd yr haul eto'n cynnau
o nen byd, yr un mor hael ei wres a'i olau.

Epilog

Eistedd wrth y bwrdd arferol yn y tea room yr oeddwn pan gofiais am y llythyr a ddaeth i'm llaw y bore hwnnw yn yr Amgueddfa. Gorffennais fwyta'r deisen a sychu fy nwylo'n ofalus cyn ei agor. Roedd yr ysgrifen yn ddieithr i mi, a synnais weld yr enw Mrs Elizabeth Jones (née Lloyd) ar frig y dudalen. Syrthiodd darn o bapur allan o'r amlen ac arno deyrnged ar ffurf carreg goffa. Mae geiriau'r toriad hwnnw o'r Gorlan wedi eu hargraffu ar fy nghof:

In Memoriam

Morfydd Owen
(Mrs Ernest Jones)

Born 1st Oct., 1893
Died 7th Sept., 1918

'Oh, Death! we knew that thou wert blind, but in striking Morfydd thou hast taught us that thou art also deaf.'

Gadewais heb ddarllen ymhellach a dychwelyd i'm llety,

lle nad oedd unrhyw gysur i'w gael gan fod hwnnw cyn brinned â'r bwyd. Ychydig ddyddiau ynghynt, roeddwn ar aelwyd Mrs Williams, Llanllechid, ac yn cyrraedd adref wedi blino'n braf ar ôl oriau o grwydro fy hoff fynyddoedd. Y prynhawn hwnnw yn y llety, rwy'n cyfaddef i mi fethu atal y dagrau wrth imi ddychmygu clywed Mrs Williams yn dweud, 'Peth sobor ydi colli ffrind, Mr Jones bach, ond daliwch chi'ch gafael ar yr atgofion.' Roeddwn yn amau'n fawr a fyddai'r atgofion hynny'n ddigon i'm cynnal, ac yn difaru i mi wrthod y llun o Morfydd. Efallai i mi fod ychydig yn fyrbwyll. Ond hyd yn oed yn fy ngofid, gwyddwn na allwn fod wedi fforddio colli na phen na thraed. Gwastraff amser yw difaru, pa un bynnag.

Morfydd oedd yr unig un oedd mor hy â 'ngalw i'n Bili Museum, ond bu'n rhaid i mi ddygymod â hynny, fel gyda'r hetiau blodau-a-llysiau na fyddai'r un ferch barchus yn mentro'u gwisgo. Ac eto, roedd hi'n amharod iawn i dderbyn fy nhei-bo a'm 'cariad bach' i. Ond dyna oedd hi, a dyna fydd hi am byth.

Mi wyddwn na allai Morfydd a minnau fod yn fwy na ffrindiau er i mi, ar funud gwan, ddyfynnu Yeats a'i chymell i gamu'n ofalus rhag sarnu ar fy mreuddwydion. Y prynhawn hwnnw ar Hampstead Heath pan fflachiodd rhywbeth o flaen fy llygaid yw'r un y mynnaf ddal fy ngafael arno. A minnau wedi penderfynu rhoi'r gorau i'r chwilio ofer ac adfer fy hunan-barch, dyna lle roedd hi, yn gorwedd ar y gwair, ei het dros ei hwyneb, a'r ceirios yn pefrio fel perlau yn yr haul.

Rydw i'n cofio cwyno gan gric yn fy ngwar o orfod edrych i lawr a Morfydd, wrth gwrs, yn achub ar y cyfle i adleisio'r un gŵyn o orfod edrych i fyny. Llithriad bach ar ei rhan roddodd esgus i mi estyn fy llaw iddi. Daeth i eistedd ar y fainc, a mentrais ddweud, 'Mae'ch llaw chi'n oer, cariad bach.' Hithau'n pwyso'i phen ar fy ysgwydd ac yn sibrwd, 'Wy yn hoff iawn ohonoch chi, William.'

Roedd hynny'n fwy na digon. Un prynhawn, dyna i gyd. Un sy'n pefrio yr un mor ddisglair â'r ceirios yng ngolau'r haul. 'Ni fwriaf o gof yr haf a gefais.'

William Hughes Jones

* * *

I have before me Morfydd's last letter, dated August 23, 1918. She died a fortnight later at the Mumbles, Swansea, a married woman, but to me she will always be the shy young girl I first met at Cardiff University when I was thirty-one, and a Member of Parliament. This came about because her father had read a poem of mine in *The Westminster Gazette* and sent me a long-winded letter praising his daughter's considerable promise as a musician, and enclosing her accompaniment to my poem 'Lullaby at Sunset'. Although my musical ability leaves much to be desired, I quickly realised how talented she was, and asked if she would agree to meet me in Cardiff so that I could congratulate her on her work. He wrote back saying that she would be very glad to make my acquaintance. I doubt whether he would have agreed to this if I had signed my name as plain Williams rather than Crawshay-Williams.

I found his style of writing very stiff and formal and could not take to the man. He struck me as being a possessive and domineering father.

His daughter, however, was delightful. It would have taken a much stronger character than I not to have been bewitched by her. I managed to convince her parents, by means of a visit and several letters, that Morfydd must go to London in order to 'cultivate her gift to the full' (her father's choice of words).

It was September 1912 before she came to the city, having been awarded not only the degree of Bachelor of Music but, as she put it, been to the Wrexham Eisteddfod to become a Bard! We spent many hours together and Alice, who was then my soulmate, welcomed her into our little home in Campden Hill. I once took her to the Ladies' Gallery of the House of Commons, but she had no interest in politics and would try to persuade me to go in for music or poetry. When work and studies kept us apart, it was such joy to receive her letters, for she had a wicked sense of humour.

Her 'love-affairs' were numerous and short-lived. I was convinced one day as we walked the Links at Porthcawl that she was falling in love with me. I must confess that I was sorely tempted to make her mine, but it was a frightening thought, for at that time my whole future was riddled with uncertainty, having lost my home, my wife and babies and been forced to 'kick the bucket over' as a Member of Parliament. In fact, these affairs of hers, which meant so little, became rather tedious. But I did advise her not to get married for a long time, citing sad stories of girls who, in getting a husband and settling into domesticity, had deprived the world of their genius. She, as always, took my words to heart and promised that she would ask my permission when, and if, necessary. I prided myself on having convinced her that she must devote herself to her music and tried to concentrate on my own sad affairs. On looking back, it was a prime example of the blind leading the blind.

In her last letter, Morfydd seemed to suggest that married life was rather a burden. She, of course, was not destined for such mundane tasks as cleaning windows. Did not that husband of hers, a disciple of Freud's,

I believe, appreciate her great talent? She spoke well of him in her letters to me and claimed to be exceedingly happy. Was it, perhaps, a case of 'the lady protesteth too much'?

Morfydd did not keep her promise, nor did I expect her to. When on her honeymoon in Cornwall, she wrote informing me that she was now Mrs Jones, and asking for my forgiveness, saying that she had only followed my example in doing what she had to do. I assumed that her husband knew nothing of this and it gave me great pleasure to think that part of her, in some strange way, still belonged to me. I replied wishing her all the best, although my life was then at a low ebb, and yet another relationship doomed to fail.

I was forty-one, with my world in utter chaos, when I felt the need to be with Morfydd once again, to assure myself that she, at least, was happy. I wrote to tell her that I was coming to London on August 24, 1918, taking it for granted that she would be there for me, as I had been there for her. Morfydd's reluctance to postpone her holiday in Gower was the straw that broke the camel's back.

I was done when I heard of her death. My dear, beautiful Morfydd, who had so much to offer. So often wilful, sometimes even arrogant. I was given the opportunity of knowing the real

Morfydd, a sensitive young girl, who believed the grass to be always greener on the other side.

As words fail me, I will quote from a poem published in The Welsh Outlook and written by Percy Mansell Jones, a postgraduate student at Oxford, one who must have known her well:

She sleeps above the bay. We pace the shore,
Hearing in every wave that laughs and leaps,
Her voice ... O can it be that evermore
                    She sleeps?

                              Eliot Crawshay-Williams

*   *   *

Pan o'n i'n groten fach yn Ysgol Llanilar a rhyw anghydfod yn codi rhyngton ni'r plant, o'dd y mishtir wastad yn galw arno i i dawelu pethe. Yn y coleg yn Aberystwyth, ato i y bydde'r merched yn dod i weud eu cwynion. Nage oherwydd bod 'da fi'r gallu i ddatrys probleme na chynnig atebion. Feiddien i ddim â gwneud 'ny, ta beth. Ond clust, a sicrwydd bod eu cyfrinache'n ddiogel, 'na'r cyfan o'n nhw moyn. I Mam a Nhad mae'r diolch am roi i fi galon feddal yn ogystal â dur yn fy asgwrn cefen. Dyfes i lan i gredu na alle neb na dim dorri f'ysbryd na siglo fy ffydd. Er bod ambell beth yn fy mwrw i o dro i dro, allen i ddim cofio i fi eriôd ffaelu cyfri 'mendithion.

Do'dd ryfedd yn y byd i'r ferch danbaid gwrddes i ar Hampstead Heath ddishgwl mor amheus arno i. 'A hon, â'r goeden geirios ar ei phen, yw Morfydd Owen, neu'n hytrach Morfydd Llwyn-Owen, o roi iddi ei henw barddol. Cyfansoddwraig a chantores.' Felly y cyflwynodd William Hughes Jones hi i fi. O'dd hi shwt un bert, a finne mor ddi-liw a di-wên. Fues i 'bytu cered bant, esgus bo raid i fi fynd gatre.

A 'na beth fydden i wedi'i wneud 'se hi heb erfyn arno i i aros yn gwmni iddi. Ond er i fi sylweddoli bryd 'ny nad o'dd 'da ni'n dwy fawr yn gyffredin, fe dderbyniais i'r 'fe ddown ni i ben 'da'n gilydd' yn ddigwestiwn. Ac fe ddethon ni i ben â hi, er bod pethe damed yn sigledig weithie. O'dd ceisio dygymod ag un fel fi, na fydde byth yn colli'i thymer na chodi ei llais, ac yn berchen ar amynedd Job 'i hunan, yn ddigon i hala unrhyw un yn benwan. Wy'n gwybod bo fi'n gul ac yn gibddall ac yn ffaelu gweld ymhellach na ffin fy myd cyfyng, lle mae popeth o werth sy 'da fi, ond mae'n rhaid i fi gyfadde bod gorffod godde Morfydd yn conan ac yn ysu am ryddid yn dreth ar f'amynedd i, hyd yn o'd. Ond o'dd cynhesrwydd y 'ry'ch chi'n werth y byd, Beti Bwt' yn gwneud iawn am y cyfan. O'dd 'da fi feddwl y byd ohoni, a 'se dim yn ormod i fi neud drosti.

A beth neso i? Troi 'nghefen arni. Wy ddim yn dewis ymddiheuro am ddal ar y cyfle i ymgeisio am y swydd ym Mangor. Y celu a'r peidio gweud, 'na beth sy'n clwyfo. Byw twyll, gan dreial fy mherswado fy hunan taw'r bwriad o'dd arbed lo's i Morfydd. Tr'eni na allen i fod wedi cyfadde 'ny pan alwes i yn Portland Court. Ond o'n i mor falch o'i chlywed hi'n gweud, 'Gobitho y byddwch chi cyn hapused ag Ernest a fi', a bod dyfodol y ddwy hen ferchetan mewn dwylo diogel. Hales i sawl llythyr ati, a'i gwahodd i'r briodas. Er bod hwnnw'n ddiwrnod hyfryd, wy'n cofio gweud 'tho Citi taw'r cyfan allen i weld o'dd y man gwag lle dyle Morfydd fod.

Pan alwodd Citi fi i weud bo Morfydd wedi'n gadel ni a'i rhoi i orffwys mewn tir estron heb na châr na chyfaill yn gwmni, geso i'n llorio'n llwyr. Er mawr gywilydd i fi, roies i 'nghas ar bawb a phopeth; ni'r 'ffrindie' oedd wedi'i siomi, y meddyg yr oedd wedi ymddiried ei bywyd iddo, a'r Duw creulon a allai ganiatáu'r fath anfadwaith. Wedes i'r cyfan 'tho Louis, o'r cyfarfyddiad ar yr Heath hyd at wythnose'r brad.

Ei awgrym ef o'dd ymweld â mynwent Ystumllwynarth, ond dewisodd aros ar y tir gwastad a gadael i mi ddringo i'r cwr uchaf ar fy mhen fy hunan. Bu ond y dim i fi ildio a throi'n ôl, ond gallwn weld Louis yn codi ei law arnaf yn y pellter i'n annog i mla'n.

Ar y golofn, o garreg goch Portland, roedd y cofnod, 'Morfydd, wife of Ernest Jones', dyddiad ei geni, ei phriodas, a'i marw. Pump ar hugain oed oedd hi yn ôl hon. Gallwn ei chlywed yn dweud, y diwrnod hwnnw ar lan yr Isis, nad o'dd hi byth yn mynd i ddala lan 'da fi.

Ro'dd y beddargraff wedi'i gerfio ar ran isa'r golofn. Dewis Ernest Jones, disgybl a chyfaill Freud oedd hwn, wrth gwrs. Ni fyddai neb arall wedi bod mor hy â defnyddio'r dyfyniad o Faust, Goethe – Das Unbeschreibliche, hier ist's getan. Gallwn ei gyfieithu'n rhwydd, ar wahân i'r ail air. Rhoddais gynnig ar 'yr amhosibl', 'yr anghredadwy', 'yr annirnad', ond nid oedd yr un ohonynt yn cyfleu pŵer brawychus yr Unbeschreibliche.

Bûm yn pendroni'n hir cyn sylweddoli mai gair cwbl ddiystyr oedd, er mor bwerus, yn ddim ond mynegiant o'r anallu i ddeall anhrefn pethau. A sylweddolais fod y meddyg bach, nad oedd gan fawr neb air da i'w ddweud amdano, yn caru Morfydd, a'i fod ef a minnau'n un yn ein galar a'n hiraeth amdani.

Mae croten fach Llanilar a myfyrwraig Aber yr un mor barod heddi i gyfri'i bendithion, ond pan fyddaf yn gadael y tŷ i wrando cŵyn a threial cynnig cysur, rwy'n clywed llais o'r gorffennol yn galw'n daer arno i, 'Dewch 'nôl glou, Beti Bwt.'

Elizabeth Jones (née Lloyd)

Atodiad

Stori Morfydd yw hon; nofel ac nid bywgraffiad. Fel hyn y gwelais i hi. Daw i ben, a hithau eto heb gyrraedd ei saith ar hugain oed, pan glywn ni ddrws Craig-y-môr, Ystumllwynarth, yn cau o'i hôl fin nos ar 31 Awst 1918.

Ond beth ddaeth o'r bobl a fu'n gymaint rhan o'i bywyd yn ystod chwe blynedd olaf ei hoes? Aeth y ganrif rhagddi a hwythau i'w chanlyn. Yn gyndyn o'u gollwng cefais, drwy chwilio a chwalu, gip arnynt yma ac acw drwy gyfrwng gair a darlun.

Gwnaeth Elizabeth Lloyd, Llanilar, y ferch gyntaf i ennill gradd anrhydedd dosbarth cyntaf yn y Gymraeg yng Ngholeg y Brifysgol, Aberystwyth, yn fawr o'i dysg a'i dawn. Yn 1928, cyhoeddodd *Mynegai i Farddoniaeth y Llawysgrifau* gyda'r Athro Henry Lewis. Bu'n aelod o Lys Llywodraethol y Brifysgol, Cyngor y Llyfrgell Genedlaethol ac un o bwyllgorau'r BBC. Magodd Louis a hithau ddwy o ferched, Bethan a Gwen, ar aelwyd lengar, Gymreig yn Grosvenor Road, Wrecsam.

Treuliodd Citi rai blynyddoedd fel cenhades yn Lushai. Yn 1933, priododd yr Athro Idwal Jones, addysgydd oedd â diddordeb arbennig mewn seicoleg. Etifeddodd hen gynefin ei thad, Plas Penucha, a gwneud ei chartref yno. Ceir darlun

373

ohoni yn ei henaint yn *Y Casglwr* ac oddi tano'r cwpled:

> Yn feunyddiol fonheddig
> A mwyn ei threm yn ei thrig.

Roedd 'yr aelwyd a gymell' yr un mor agored groesawgar â 23 Grosvenor Road, Llundain.

Ceir ambell gyfeiriad at William Hughes Jones (Bili Museum) yng nghyfrol E. Tegla Davies, *Gyda'r Blynyddoedd*. Mae'n sôn fel y byddai Elidir Sais, 'y llanc annwyl, rhamantus, ond cwbl anghyfrifol', yn galw yn ei gartref yn Nhregarth yn hwyr y nos, ac yn mynnu siarad Saesneg, er na freuddwydiai neb ei ateb yn Saesneg.

Darlun trist a gawn ohono yn 1935:

> Yn Eisteddfod Caernarfon y flwyddyn honno y gwelais ef ddiwethaf. Darllenai bapur yno ryw fore yng Nghyfarfod y Cymmrodorion, yn Saesneg, a disgwyliai groeso'n ôl i'r hen wlad. Eithr yr oedd to arall yng Nghymru erbyn hynny. Hwtiwyd ef am annerch yn Saesneg, a chalonnau ei hen ffrindiau yn gwaedu drosto. Torrodd i wylo dan y driniaeth ac eisteddodd i lawr.

Gwnaeth Eliot Crawshay-Williams enw iddo'i hun fel dramodydd yn ogystal ag 'a much married man'. Yn ei gyfrol *Simple Story: An accidental autobiography*, mae'n dyfynnu Oscar Wilde – 'Young men want to be faithful, and are not. Old men want to be faithless, and cannot.' Nid oes unrhyw gyfeiriad at Morfydd yn yr hunangofiant, ond mewn erthygl yn *Wales*, Rhagfyr 1958, mae'n cofio'n annwyl am yr eneth brydferth, fywiog y cafodd ef y fraint o'i chyfri'n ffrind agos.

Ailbriododd Ernest Jones ym mis Hydref 1919 wedi carwriaeth fyrrach na'i un ef a Morfydd, hyd yn oed. Yn ei hunangofiant, *Free Associations: memories of a psycho-analyst*, ceir darlun ohono'n hen ŵr mwyn, flwyddyn cyn ei farw, yn pwyso ar fraich ei ail wraig, Katharine Jokl. Yn yr epilog i'r gyfrol honno mae ei fab, Mervyn Jones, yn cyfeirio ato fel un oedd yn caru bywyd i'r eithaf, a hynny'n gwbl ddiofn. Roedd yr ail briodas, a barodd ymron ddeugain mlynedd, meddai, yn enghraifft o gariad ar ei orau a'i ddyfnaf.